古典文獻研究輯刊

四 編

曾 永 義 主編

第 26 冊

白居易碑誌文研究

林 巧 玲 著

國家圖書館出版品預行編目資料

白居易碑誌文研究／林巧玲 著 — 初版 — 新北市：花木蘭文
化出版社，2012〔民 101〕
目 2+218 面：19×26 公分
（古典文學研究輯刊　四編：第 26 冊）
ISBN：978-986-254-775-5（精裝）
1.（唐）白居易 2. 碑文 3. 文學評論
820.8　　　　　　　　　　　　　　　　　101001749

ISBN-978-986-254-775-5

古典文學研究輯刊
四　編　第二六冊　　　　　　ISBN：978-986-254-775-5

白居易碑誌文研究

作　　　者　林巧玲
主　　　編　曾永義
總 編 輯　杜潔祥
出　　　版　花木蘭文化出版社
發 行 所　花木蘭文化出版社
發 行 人　高小娟
聯絡地址　新北市永和區中正路五九五號七樓
　　　　　　電話：02-2923-1455／傳眞：02-2923-1452
網　　　址　http://www.huamulan.tw 信箱 sut81518@ms59.hinet.net
印　　　刷　普羅文化出版廣告事業
初　　　版　2012 年 3 月
定　　　價　四編 32 冊（精裝）新台幣 52,000 元

白居易碑誌文研究

林巧玲　著

作者簡介

林巧玲，國立中興大學中國文學研究所碩士，曾任教於玉山高中、慈明高中、青年高中。

提　　要

　　白居易歷來以詩聞名於世，其實他的散文同樣也有極高的水平，但卻沒有引起人們的足夠重視，一些文學史著作都略而不論。本文乃從白氏散文中的碑誌文作探究，期能拋磚引玉，引起學者之注意，開展探究之領域。

　　本論文整理白居易碑誌文於《全唐文》、《白居易集》、《文苑英華》以及《唐文粹》的分類情形，探討白居易碑誌文的寫作動機與篇章分類，比較白居易碑誌文的內容與新舊唐史傳，經過碑、史比較，更能具體地了解前人的事跡。

　　白居易可稱是撰寫碑誌的名家，其體例，是文隨人異。從內容到形式能不落俗套，並非是千篇一律、固定不變的格局。從白居易碑誌文中「題」、「序」、「銘」三部分作探究，可見白居易對文體、文風進行改革。

　　藉由白居易碑誌文可以研究人物家世背景、認知喪輓文學發展、瞭解當代社會狀況、明瞭唐代官制制度、探究佛道流行情況、補史籍記載之闕漏等。可說潛藏豐富的價值，只要學者能善於讀取與考證，必能一一如躍眼前。

謝　辭

　　論文終於完成了！一路走來心中充滿著許多感激。感謝中興中文所的栽培，感謝指導教授—李建崑老師的提攜和教導，在相關議題討論時，給予我許多創新的見地和研究方向。在口試時，感謝李建福教授、吳福助教授對我論文的指正和建議，開闊了我更多的思考面向，使論文更臻完美和嚴謹。還要感謝白居易，由於他創作的碑誌文，使我能開展探究之領域。

　　此外，在論文寫作期間，由於家人的關心和協助，我才能無後顧之憂的完成論文。在求學期間還得到了許多同事、同學、朋友們的關懷和幫助，這些都是我無法忘懷的美好回憶，由於無法一一致謝，謹於此祝福他們平安、順利。

謹致於中華民國九十六年六月

目
次

第一章 緒 論

第一節 研究動機

　　白居易，字樂天〔註1〕，自號醉吟先生、香山居士。晚唐・張為《詩人主客圖》，以樂天為「廣大教化主」〔註2〕；明・胡震亨《唐音癸籤》說：「唐詩人生素享名之盛，無如白香山。」清・趙翼《甌北詩話》也說：「香山詩名最著，及身已風行海內，李謫仙後一人而已。」等等，其實白居易的評價資料為數不少，他不僅在後代引起廣泛注意與研究，在當時作品已是風行海內外〔註3〕，足見他在文學發展史有一定的地位與影響。他是中國文學史上偉大的現實主義詩人，這一點，幾乎家喻戶曉；他同時又是唐代一流的散文家，這一點，卻不大被人們注意。綜觀白居易的全部作品，不難發現其散文

〔註1〕 宋・晁迥《法藏碎金錄》卷九：「白公名居易，蓋取《禮記・中庸》篇云：『君子居易以俟命。』字樂天，又取《周易・繫辭》云：『樂天知命故不憂。』」
〔註2〕 白居易的詩歌創作，非但影響了他同時代的詩人元稹、劉禹錫、李紳、張籍、王建、楊巨源等人，而且對宋代及以後的著名詩人如王禹偁、梅堯臣、蘇軾、黃庭堅、陸游、楊萬里、袁宏道、吳偉業、袁枚、趙翼、王闓運、黃遵憲等，也都產生過深遠的影響，他被張為稱為「廣大教化主」，絕非過譽之辭。
〔註3〕 白居易的詩歌在當時和後代都發生了極重大的的影響。他在〈與元九書〉中曾說過：「自長安抵江西，三四千里，凡鄉校佛寺逆旅行舟之中，往往有題僕詩者；士庶僧徒孀婦處女之口，每每有詠僕詩者。」明代陳繼儒在《太平清話》中曾記載道：「白居易諷諫集，契丹主親以本國字譯出，詔蕃臣讀之。」白居易的名聲遠播國外。當時有朝鮮商人來求索白詩，帶回去賣給該國宰相，一篇值百金。日本僧人惠萼也在蘇州南禪寺抄得一部白集帶回國，後陸續有人抄回，至今日本保存有相當於宋、元時的三種抄本各一卷，視為國寶。

創作不論在數量方面還是質量方面，均可追及其同時代的散文大家韓愈、柳宗元。但是，也許由於白氏詩名太大了，而掩蓋了他其他方面的成就，關於這位「極文章之闡奧」（〈與元九書〉）的大散文家的散文創作，幾乎被所有史學家所忽視，當然就更談不上作什麼系統深入的研究了。

本論文以白居易碑誌文作品為探究之原因，有下列幾點：

（一）引發讀者研讀白氏散文的興趣

白居易的文學成就在詩歌上受到了肯定，而在散文上的表現，卻被韓、柳的光芒所掩蓋，無法得到其應有的公平肯定。

劉大杰在《中國文學發展史》中分析說：

> 穆修所說的「李杜雄歌詩，道未極渾備」，這是他們對詩歌表示不滿的態度；而認為只有散體古文，才能達到「辭嚴義密，製述如經」和明道致用的功效。所以他們不重視詩人李、杜、元、白之流，而只推尊古文家韓、柳了。〔註4〕

由這一段話，我們可了解到白居易散文在宋代無法得到肯定之原因，「李杜雄歌詩，道未極渾備」，更何況是受到杜甫影響極深的白居易呢！宋人對白居易的評價大都是就白居易的詩歌而言，在宋人眼中的白居易是一位唐代詩人，因而忽略了他在其他文學上的表現。

白居易在散文方面的表現，在文學史上並不十分受到矚目，其主要的原因，在於他的文學理論和創作主要表現於詩歌方面，因而他在詩壇上所耀現的光芒遠超過他在散文方面的表現。文學史或文學批評史提到白居易的時候，並沒有給白居易散文適當的評價。通常都把他定位於中唐詩壇上的復古派，在一般的散文史中是少有專書提到白居易的散文，或有提到，也只是陳列式的介紹，並沒有把白居易的散文當作是散文史發展歷程中重要的一部份。

歷來研究白居易及其作品之學者，可謂甚多。主要集中於詩歌，然對其散文之研究，卻寥寥無幾，缺乏應有的關注〔註5〕，實為可惜。其實白居易在散文方面的成就，在唐代「古文運動」中亦有舉足輕重的地位，他現存於《白

〔註 4〕 見劉大杰：《中國文學發展史》（台北：華正書局，1995 年），頁 591。
〔註 5〕 謝佩芬針對 1949 年至 1991 年，臺灣地區白居易研究進行概況性的介紹，認為關於白居易作品之研究，數量雖眾，但多偏重其為人熟知之篇什，涵括範圍未臻全面，發展空間仍甚寬廣，參見謝佩芬：〈近四十年來臺灣地區白居易研究概況〉，《中國唐代學會會刊》第三期，1992 年 10 月，頁 63。

氏長慶集》七十一卷中有文卅四卷，只是後人重視其詩作，卻掩蓋了文章上的影響，然而〈舊唐書白居易傳〉早有評論，所謂：「元和主盟，微之、樂天而已。」〔註6〕本文打算從白居易散文中以墓誌銘部分，作為探討對象，以作引玉之磚，旨在引起讀者研讀白氏散文的興趣，從而繼承這份珍貴的遺產。

（二）見賢思齊

蓋棺定論，墓誌是對人的最終評判。墓誌是記錄一個人一生的重要事蹟，有助於了解當事人的生命歷程。「人生自古誰無死，留取丹心照汗青。」所謂「不朽」，即在於立功、立德、立言，墓主各有歷史地位，令人緬懷。具有歷史意義的古墓可以成為古蹟，墓主總有一段可歌可泣的故事，藉著墓誌流傳，足以令人見賢思齊，陶冶高尚的情操。

（三）重視金石文化

在中國歷史的研究領域中，想要對印刷術發明以前的時代有所建樹，並進一步結合新文化史的研究風格，碑誌石刻史料的利用不失為一種可行之道。

唐朝在物質文化和精神層面，都創造了超越前代的輝煌成果。當時，在喪葬中使用墓誌，已成為一種社會風尚。皇室貴戚、官宦之家、平民百姓，乃至僧尼道士，皆可撰文刻石，葬入墓中，這就為後世遺存下來數量龐大的墓誌〔註7〕，其中隱含的訊息，值得我們去探索。

（四）學習豐富多變的創作手法

白居易的墓誌文有其獨到的藝術手法。他突破了歷來碑祭文字「鋪排郡望、藻飾官階」的成規。起筆不拘於「世系」、「歲月」、「名字」、「爵里」等固定程式，而是根據需要，不斷變化。

〔註6〕　《舊唐書·白居易傳》說：「昔建安才子，始定霸于曹、劉；永明辭宗，先讓功于沈、謝。元和主盟，微之、樂天而已。臣觀元之制策，白之奏議，極文章之壺奧，盡治亂之根荄。」可見對白居易在當時文壇地位的推崇了。

〔註7〕　以超過萬件的歷代墓誌資料，在學術研究的價值上，必然相當可觀。以斷代而言，這批墓誌資料中，又以唐代部分數量最為龐大，所分佈地區也最廣泛，足以代表唐代所呈現在文化、文字上的風格與特色。所以趙超說：「唐代是中國封建社會的極盛時代。尤其是唐代前期，國力強盛，文化發達，社會比較安定，成為我國石刻史上最輝煌的一個階段。現存唐代石刻數量較多，達一萬件以上。分佈地區也很廣泛，大部分省、市，甚至中原地區的許多縣都有唐代的石刻存留下來。」參見趙超：《中國古代石刻概論》（北京：文物出版社，1997年），頁33。

　　白居易是撰寫碑誌的名家，而且其中有許多墓誌銘，從內容到形式並非是千篇一律、固定不變的格局。而是文隨人異，所記的內容、筆法、風格多彩多姿。碑誌作品中，有對話，有細節描寫。在內容上經過取捨剪裁，使行文繁簡適當，凸出了重點，體現了墓誌銘的特色。因此，研究白居易碑志文，能學習豐富多變的創作手法，提升寫作技巧、行文能力。

（五）研究白居易文學及思想具有參考價值

　　碑誌文是東漢末期發展起來的一種應用文體。寫作這種文體的目的，往往是表彰死者生前的功績，故有時難免稱美過當之嫌。然而，白居易用這種歌功頌德的文體，來闡明自己的創作態度、寫作方法、思想層面。因此，要研究白居易的思想或文學論時，這些碑誌作品無庸置疑也是不可忽視的參考資料。從這些碑誌作品中再參酌其他的詩文，期望能使樂天的文學理論更全面性、更趨於圓滿。

　　綜合以上，促使本人以白居易碑誌文作為碩士論文之研究對象。

第二節　研究範圍

　　本論文主要採用漢京文化事業出版的《白居易集》〔註8〕共七十一卷〔註9〕為主，加上外集上下卷。此外並參考《全唐文》、《文苑英華》、《唐文粹》以

〔註8〕白居易生前，曾對自己的詩文進行過幾次編集，初名《白氏長慶集》，後改為《白氏文集》。現存最早的《白氏文集》，是南宋紹興年間（1131~1162）刻本，僅七十一卷，收詩文3600多篇，1955年文學古籍刊行社曾影印出版。明萬曆三十四年（1606），馬元調重刻《白氏長慶集》七十一卷，與紹興本基本相同。加有日本那波道圜一六一八年的活字覆宋刻本（商務印書館影印出版），分前、後集，內容也與紹興本大體相同。清初汪立名則刻有《白香山詩集》四十卷，僅詩，無文，其中包括輯佚而成的《補遺》二卷，並於原注外增加箋釋。1979年中華書局出版、校點的《白居易集》，以紹興本為底本，參校各本，加以訂補；又編《外集》二卷，蒐集佚詩佚文，並附白氏傳記、白集重要序跋和簡要年譜。

〔註9〕依《新唐書·藝文志》，《白氏長慶集》原為七十五卷，現存七十一卷，白居易生前所自編，分諷諭、閒適、感傷、雜律四類。白居易會昌五年寫後序「白氏前著長慶集五十卷，元微之為序。後集二十卷，自為序，今又續後集五卷，自為記。前後七十五卷，詩筆大小凡三千八百四十首。」宋朝陳振孫〈直齋書錄解題〉為七十一卷，今本《白居易集》分諷諭、閒適、感傷、律詩、格詩、制詔、奏狀、策林、碑誌序記等，共七十一卷，外集卷上中下詩文補遺，共三千七百餘篇。

及朱金城《白居易集箋校》〔註10〕，以期望碑誌文本身的準確度更接近於原始面貌。

　　年譜方面則參考朱金城《白居易年譜》〔註11〕以及羅聯添《白樂天年譜》〔註12〕，如此較能掌握樂天書寫碑誌文時的歷史背景。兩本年譜先對白居易的生平事蹟約略敘述，旁及白居易的至交親屬，並皆引白詩來證明，不同的是朱金城《白居易年譜》在敘完事蹟之後，直接列出白居易創作的重要詩篇，然後另立一「箋證」的單元，對有關詩文加以箋證和考釋。至於羅聯添《白樂天年譜》則在述完白居易的重要活動之後，另外再加上「作品繫年」的單元，條列出當年的代表作品，再對此一作品做注解。

　　有關白居易傳記資料的著作，本論文主要則參閱王拾遺著的《白居易傳》〔註13〕，這本傳記的寫作非常詳實，將白居易的風貌清晰明白地展現無疑。另外還有劉維崇著的《白居易評傳》〔註14〕，全書分為四章將白居易的一生的「生平、家世、思想、作品」分別敘述。另有褚斌杰著的《白居易評傳》〔註15〕，分別評傳白居易的家世、家庭、生平、政治思想、文學主張、作品等項目。

　　唐代政教關係之史籍，如新舊《唐書》、《唐國史補》、《唐摭言》、《唐會要》、《唐律疏議》、近人有關茲類之作，如楊樹藩《唐代政制史》〔註16〕、張晉藩《中國官制通史》〔註17〕等相關經史資料之外，其他一些評論，如近人

〔註10〕朱金城：《白居易集箋校》（上海：古籍出版社，1988年）
〔註11〕朱金城：《白居易年譜》（台北：文史哲出版社，1982年）
〔註12〕羅聯添編著：《白樂天年譜》（台北：國立編譯館，1989年）
〔註13〕王拾遺著的《白居易傳》（西安：陝西人民出版社，1983年）全書共12章。著者在〈後記〉中說了撰寫這部傳記的緣由：鑒於以前他所寫有關白居易研究文章，現在發現有論點失誤、事跡差錯、評述欠妥之處，有必要再寫一部白居易傳記。著者吸收了學術界的一些研究成果，融匯到書中。書前有〈白居易世界觀芻議〉一文為代序，探討了白居易的世界觀、人生觀，認為白居易思想分前後兩期。前期積極樂觀，「達則兼濟天下」是這時期的表現。後期主要是「窮則獨善其身」，線索分明，有利於把握白居易的人生軌跡。
〔註14〕劉維崇：《白居易評傳》（台北：商務印書館，1996年）
〔註15〕褚斌杰著的《白居易評傳》（北京：北京大學出版社，1985年）全書由〈導言〉、〈詩人的家世〉、〈詩人的一生〉、〈開明的政治思想〉、〈先進的文學主張〉、〈具有高度人民性的作品〉、〈作品的藝術風格〉、〈作品的影響〉等組成，從標題來看，盡是對白居易唱贊歌，反映了當時的時代面貌。
〔註16〕楊樹藩：《唐代政制史》（台北：正中書局，1967年）
〔註17〕張晉藩主編：《中國官制通史》（北京：中國人民大學出版社，1992年）

陳寅恪的《元白詩箋證稿》〔註18〕和岑仲勉的《白氏長慶集偽文》，對白居易的詩文多所考訂。中華書局 1962 年出版陳友琴所編《古典文學研究資料彙編·白居易卷》，收集自中唐至晚清有關評論資料，都是研究白居易較重要的參考書籍。〔註19〕

第三節　研究方法

　　白居易碑傳文作品共計二十九篇，以此作為研究的對象。研究方向選定以後，下一步的工作就是資料的獲得，擬蒐集資料的方式如下：

　　（一）利用工具書，來查索資料：如百科全書、字辭典、年鑑、年表、傳記資料等。

　　（二）蒐集與研究論題相關之論著：論文方面有學位論文、期刊論文、報紙論文、會議論文。有些論著往往有關於該論題研究現況的敘述或檢討，可方便蒐集研究資料。另外，各論著的附註和參考書目也可提供相當多的參考資料。

　　（三）檢查相關研究資訊：為了預防已有新的研究成果出現而自己卻不知道，會時時注意新的出版資訊或相關的學術活動。

　　（四）請教專家：找尋與研究領域有關之學者，請教問題，不但可以得到不少書本上找不到的資料，甚至可以釐清或解決心中不少疑惑。

　　（五）善用網路資源：充分利用網路上的論文，搜尋系統與各種資料庫，由網路及檢索的能力，以利未來研究論文撰寫的參考。

　　以白居易所寫碑誌文，作為此次分析的對象，就必須對相關之文體學〔註20〕、文獻學〔註21〕及金石學〔註22〕有所了解。

〔註18〕陳寅恪《元白詩箋證稿》全書分〈長恨歌〉、〈琵琶行〉、〈連昌宮詩〉、〈艷詩〉及〈悼亡詩〉、〈新樂府〉、〈古樂府〉等七章進行箋證。

〔註19〕陳友琴編撰的《白居易資料彙編》（北京：中華書局，1996 年）一書也非常有參考價值。全書是從中唐到清末大約 200 種著作中，輯出 900 多條有關白居易詩歌的評論和論述的資料，依評論者時代先後排列，分唐五代、宋金、元代、明代、清代 5 部分編輯諸家評述，另有補遺 18 人論著 27 篇，書後附有《白居易本人關於論詩的意見》，從白居易詩文中收集而成。

〔註20〕文體，指文學的體裁、體制或樣式。研究文體的起源、發展和流變，以及其特點，分類的學科，稱為「文體學」。參見褚斌杰：《中國古代文體學》（台北：學生書局，1992 年），頁 1。

〔註21〕以文獻和文獻發展規律為研究對象的一門科學。研究內容包括：文獻的特點、

　　明‧吳訥《文章辨體序說》：「文辭以體制爲先」，古人認爲文學創作和文學批評，都首先要明體制。本文客觀地把碑誌文體諸問題加以探討。就碑傳文的文學性質，分析唐時期碑傳文的體製與敘事技巧，進而由白居易碑誌文，考察其寫作技巧，分析白居易碑誌文之內涵及蘊含之價值。

　　典籍者，思想之結晶，學術所由寄也。文獻學是一門研究範圍十分廣泛的綜合性學科〔註23〕。開展文獻學研究，對文獻資源的收集、整理、管理和利用都有重要的價值。通過對文獻類型的研究，可以更科學地對文獻群加以劃分，從而提高文獻管理水平；本論文蒐集相關文獻，瞭解其研究歷史與現況，以達到提高工作效率與成果之具體目標。

　　金石學是以古代青銅器和石刻碑碣爲主要研究對象的一門學科，偏重於著錄和考證文字資料，以達到證經補史的目的，舉凡所列於墓誌中的官銜、世系、風俗、地理、文學、文字……等，均已成爲學界所珍視的重要參考材料。解讀白居易所寫碑誌文，碑誌方面的專書，整理具有系統性，如果和拓本對讀，並加上思考，將使研究內容更嚴謹，避免錯誤的發生。

　　本論文採逐篇研讀，先就文字的甄別、文句的判讀、文章的通解是解讀銘文最基本的功夫，如果文字不認得，文句讀不通，要理解篇章的內容是一定會有錯誤的，因此在解讀銘文的初步工作，便需要勤查字典、類書，將字的通假，成語、典故的出處查清楚。當斷句、分段都可以有初步規模，文章的架構建立起來以後，再將碑傳文的作者身分加以分析，說明各自創作的動機及背景，藉以進一步了解各篇作品的內容；再就碑傳文的文學性質，分析唐時期碑傳文的體製與敘事技巧，確立白居易的碑誌作品範圍後，將各篇作

　　　　功能、類型、生產和分布、發展規律、文獻整理方法及文獻與文獻學發展歷史等。

〔註22〕研究中國歷代金石之名義、形式、制度、沿革；及其所刻文字圖象之體例，作風；上自經史考訂，文章義例，下至藝術鑒賞之舉也。參見朱劍心：《金石學》（台北：台灣商務印書館，1968年），頁3。

〔註23〕古文獻就形式而言，包括語言文字和版本形態，涉及中國古代語言文字學（含文字學、音韻學、訓詁學）和古籍版本、目錄、校勘、辨僞、輯佚學等。就內容而言，分具體和抽象兩個方面，具體包括人物、史實、年代、名物、典制、天文、地理、曆算、樂律等，涉及自然和社會、時間和空間諸多方面的考實之學；抽象方面主要思想內容，需要緊密結合具體內容由淺入深地剖析探求。按學術性質來分，古文獻學又分考據學和義理學，有關形式方面的文字、音韻、訓詁、版本、目錄、校勘、辨僞、輯佚諸學（其中目錄、辨僞、輯佚又與內容有關）以及有關內容的考實之學均屬考據學，有關思想內容的剖析探求屬於義理學。

品列表呈現。經過相關資料的比較分析，復對照《舊唐書》、《新唐書》列傳中之記載，及前人的各方論點，加以比較對照，提出本文研究論點的依據，並且取樣爲例作爲佐證。進而由白居易碑誌文，考察其人際網絡、瞭解寫作技巧，分析白居易碑誌文之內涵及蘊含之價值。簡言之，本文經由資料之蒐集與驗證，將各家之論點做分析與歸納，並融合個人意見以進行統整研究，而後將研究所得，依規定格式，撰寫成碩士論文。

第四節　相關研究概況

歷來對白居易作品研究，大體來說，分爲：

一、年譜方面

宋・陳振孫《白文公年譜》、清・汪立名《白香山年譜》、白書齋、顧學頡合著《白居易家譜》（中國旅遊出版社，1983 年出版）由「家譜」、「序贊」、「今人著述」三部分組成，其中，家譜部分爲其核心之所在。家譜全名爲《樂天後裔白氏家譜》，以白居易爲始祖，共記樂天后裔 53 代。另外朱金城《白居易年譜》、羅聯添《白樂天年譜》等，對詩人的身世、事蹟、交游的考證，再輔以作品之繫年，使讀者能更加深刻的了解和認識白居易。

二、養生方面

愁苦病痛本是人生難以避免的歷程，但善於養生者，能調攝精神，養護形體，積極上可達長壽健康之目的；消極上則可延遲衰老病痛之到來，或減低衰病對身心造成之不適感受。中唐詩人白居易對其愁苦病痛之感受，特別敏銳。因此在他六十年寫作生涯中，有關愁病之記載經常可見。若要對白居易佛道養生有徹底且完整之探賾，可參考廖美雲〈白居易之佛道養生探賾〉、沈潔〈白居易、蘇東坡、朱熹的養生方法〉、張積學〈白居易帶病養生成壽星〉等作品。

三、愛情方面

人活在情愛之中，愛情是人類的共同經驗。人生幸福的內涵表現在事業之外，最重要的就是愛情的滿足。孫蘭廷所作〈白居易詩中的愛情婚姻觀〉，從白居易所寫的愛情婚姻詩中，對白居易思想和創作進行深化之研究。林明珠〈你是我最在乎的從前——從詩中看白居易婚前的一段情〉從白居易婚前

與湘靈的一段情，對詩人的心靈形成一道揮抹不去的創痕作探討。王輝斌〈白居易的婚姻問題〉，是以白居易集中涉及其妻室的全部作品爲審視點，並結合有關材料，認爲白居易一生凡兩娶。原配楊氏爲楊虞卿從父妹，結婚時間在元和三年夏；繼室爲楊汝士胞妹，結婚時間在大和元年前後。

四、交遊方面

朱琦〈論韓愈與白居易〉、吳鶯鶯〈張籍與韓愈、白居易的交游及唱和〉、劉國盈〈韓愈和白居易交游考〉、鄧新躍〈韓愈白居易文學交游考〉。以上論著大都探究白居易與韓愈的郊游情況。

五、老境方面

韓學宏〈白居易詩中的「老境」〉，分成四部份作論述：在「老境與光陰」中，詩人已意識到光陰溜逝、年華老去、歲月蹉跎的景況；在「老境與白髮」中，詩人從幾近三十種修辭的技巧，將老境顯現在白髮上的感受加以具體表達；「老境與衰羸」中，詩人以各種不同的遣辭方式表達老境的衰態，諸如顏衰、齒衰、筋力衰、身傭、睡少、餐減、健忘等；在「老境與病痛」中，詩人從老、病與衰、病的相仍，以至具體寫出眼、肺、頭、耳等病痛，極盡能事的加以點染病痛中的老境；在「老境與病痛」中，詩人寫出名利意氣漸銷減，一如秋氣蕭條般，與少年風花雪月的生活已漸行漸遠的情況，並不時流露出受死亡威脅的心理。另外，王紅麗〈白居易易詩中衰老主題的文化闡釋〉、林明珠〈論白居易詩中的老年世界〉等，亦探討了此類問題。

六、園林思想方面

唐代園林之興盛，特別是在長安、洛陽兩京一帶，更是公卿貴族及文人私家園林聚集之處，據宋代李格非《洛陽名園記》記載：「方唐貞觀、開元之間，公卿貴戚開館列第於東都者，號千有餘邸。」〔註 24〕可知當時朝中屬官多居洛陽。在眾多私家園林中，較爲可觀者，是表現個人生活情趣，格調較爲高雅的文人園林〔註 25〕。唐代文人往往以園林做爲詩文創作題材，白居易正可爲此類文人代表。在其記詠園林的詩文中，一再傳達的是他的造園理念

〔註24〕宋・李格非：《洛陽名園記》，收入《古今逸史》（台北：藝文印書館，1966年），頁9。

〔註25〕唐代著名的文人園林有王維「輞川別業」、白居易「履道園」、斐度「集賢園」和「綠野堂」、李德裕「平泉莊」、牛僧孺「歸仁園」等。

及對造園的熱情，特別是對伴他度過晚歲十八年生活的洛陽履道園著墨更深。王怡斐所寫〈生命圖景的映現～白居易履道園空間意蘊之探究〉，乃選擇以履道園為主題，分別從園林景觀設計、園林意境、及履道園之於樂天的意義三方面來探討樂天履道園之空間意蘊。另外尚有岳毅平〈白居易的園林意識初探〉、孫家騏〈道不盡的田園情～感悟白居易的田園詩〉、岳毅平〈論白居易的園林景觀說〉、民波〈從池上篇看白居易的園林意象〉等相關論述。

七、宗教思想方面

馬現城所作〈論白居易的人生態度及與儒道佛的交融〉，文章從論述白居易人生態度的成因及特點入手，指出非功利的審美化是白居易人生態度的顯著特徵。白居易形成的非功利審美化態度，對他思想行為中所用以聯結並融合儒道佛三教，最終使三教思想在其身上合為一體的影響效果產生重要作用。張弘《白居易與佛禪》，一書共 7 章分別論述了白居易不同時期和佛禪的關係。另外尚有羅聯添〈白居易與佛道關係重探〉、蕭麗華〈白居易詩中莊禪合論之底蘊〉、楊曉玫〈詩人白居易與佛教因緣〉、王新並〈白居易的淨土信仰與後期詩風〉、李迎春〈白居易禪詩淺探〉、葛麗英〈淺談佛禪對白居易詩歌創作的影響〉、簡宗修〈評近人對「白居易集」佛教相關問題的研究〉、劉國盈〈白居易的佛教信仰與生活態度〉、鍾來因〈論白居易與道教〉等相關論述。

八、詩論方面

羅聯添〈白居易詩詩評論的分析〉，分析歷代白詩評論並加綜合，藉以觀察白詩評價的變遷，暨白居易在中國詩史上地位的升沉。為方便與醒目，自唐迄近代分六個階段，從譽貶兩端闡述討論。另外尚有林于盛〈試論白居易詩歌理論之價值意蘊〉、蕭文苑〈論白居易的詩歌理論及其創作〉、蹇長春〈白居易詩論的美學意義〉、劉文剛〈略論白居易詩歌理論的兩重性〉、梁道理〈論白居易詩歌理論的非現實主義性〉等相關論述。

九、諷諭詩方面

白居易之諷諭詩內容多為體現下層社會人民之關懷與重視，李柏翰〈白居易諷諭詩之語言風格探析－以新樂府五十首為例〉乃藉「語言風格」的剖析，以新樂府五十首為考察中心，客觀呈現諷諭詩語言之特色。另外尚有張

田〈白居易諷諭詩的產生與風格〉、程正江〈論白居易的諷諭詩〉、鄧民〈簡論白居易諷諭詩論與創作〉、謝思煒〈白居易諷諭詩的詩體與言說方式〉、廖美雲〈由漢至唐以來「比興」觀之探索，兼談白居易諷諭詩論〉、游國恩〈白居易及其諷諭詩〉、周天健〈從諷諭詩進窺白居易在中國史上的地位〉等相關論述。

十、閒適詩方面

　　思想影響生活，有某種思想，即有某種生活。就白居易二一六首閒適詩，詳細分析之，其中主要思想有二：一是澹泊名利；二是寡欲知足。有這兩種思想，才能過閒適生活。探討白居易的閒適詩之作品，有王嘉歆〈白居易的閒適詩及其閒適生活〉、檀作文〈試論白居易的閒適精神〉、張金亮〈白居易閒適詩創作心態芻議〉、趙榮蔚〈論白居易後期閒適詩歌的創作心態〉、謝蒼霖〈白居易閒適詩中「知足」心〉、史素昭〈從閒適詩看白居易〉等相關論述。

十一、女性詩方面

　　白居易婦女詩之寫作對象包括貴婦、商婦、農婦、織婦、征人之婦、宮女伎人與自己的妻子等等，在層面上涵蓋了上下階層的婦女。反映婦女生活，提出婦女問題，是白居易詩文的重要內容之一。蔡正發〈白居易婦女觀管窺〉、吳奕寬〈論白居易詩的社會意義〉、張浩〈試論白居易婦女詩的思想意義〉、邱占勇〈杜甫、白居易詩歌中的婦女形象的比較〉、李雷〈白居易女性詩歌社會內涵初探〉、楊明琪〈論白居易的婦女詩〉、王秉鈞〈為婦女呼籲鳴不平的白居易〉、劉興〈白居易婦女詩婚姻觀探索〉、廖美雲〈白居易婦女詩析論〉。以上篇章乃探究白居易婦女詩之寫作內容與表達重點。

十二、新樂府方面

　　蹇長春所寫〈試論白居易對永貞改革的態度及新樂府運動的歷史背景〉，此文由樂天新樂府的原流溯洄起；次則探討樂天新樂府所體現的詩論；又次，進一步分析樂天新樂府的創作藝術，並徵引詩例為證。此間，或引述後代之詩評家相關的重要言論為佐，或酌援樂天本人及其同時期文人的論述相參。另外尚有蔡正發〈白居易「新樂府」與「策林」比較研究〉、王運熙〈白居易的新樂府〉等相關論述。

十三、專書方面

　　陳友琴《白居易資料彙編》由中唐到清末、大約二百多種著作中輯錄九百多條對白居易其人、其詩詞文章的評論和記述。謝思煒《白居易集綜論》為著者在北師範大學攻讀博士學位時所作的學位論文，分為上、下編。謝思煒博士的這部論著，材料翔實，立意新穎，做到了論從史出，史論結合，是白居易研究中的不可多得一部力著。另外，謝思煒也校注白居易的詩作，新出版的《白居易詩集校注》匯聚了校注者十餘年對於白居易及其詩文的研究，不少內容屬新發現，對研讀白詩及相關文學、語言學現象，均極有幫助。王拾遺《白居易生活繫年》，詳細地記錄了從唐代宗大歷七年到武會昌五年之間白居易主要的生平事跡。考訂了白居易生平、行事、思想、交游各個方面的情況，主要依據是詩人的詩歌和文章，必要時也引錄一些史籍和別人的詩作。針對前人記述疏漏之處，著者在條目之下加以按語說明，從而糾正了不少的錯誤。朱金城著《白居易研究》，收錄了十四篇文章，包括：白居易交遊考、續考和三考，讀白居易詩札記與白居易寫景詩初探等。王汝弼選注的《白居易選集》舉凡白居易詩詞文創作的名篇大都收入，頗具代表性。選目注意思想性、藝術性，作品力求各體兼備，又適當照顧到作者對當時重大歷史事件的反映。顧學頡、周汝昌選注的《白居易詩選》也是一部很有價值的選本。選詩 176 首，詩後有簡要注釋，包括寫作背景、生平交游及疑難詞彙和典故的注釋。左忠誠主編《白居易研究》，1989 年渭南白居易研究會內部印刷。內文主要有《白居易故里考釋》、《白居易在渭南事略》、《論白居易退居渭村時期的思想和作品》等文章二十餘篇。《白居易與忠州》四川省忠縣政協委員會1993 年編印，專門介紹白居易在忠州的事蹟。著名作家馬識途作序。葛培嶺《白居易》、楊宗瑩《白居易研究》、施鳩堂《白居易研究》、黃錦珠《白居易—平易曠達的社會詩人》、楊國娟《白居易長恨歌與琵琶行研究》等，大都探討白居易的生平軼事、交游與唱和，文學創作及詩歌藝術風格。

十四、學位論文方面

　　蕭雅蓮《白居易新樂府詩語言藝術研究》就白居易五十首新樂府研究其語言藝術。研究範圍集中在白居易這五十首新樂府詩的修辭、句式、音韻、用典特色、用字技巧方面。陳家煌《白居易生命歷程對詩風影響之研究》論文的架構主要分為三部分，主要探討的是白居易初仕後，中年的貶謫及晚年

退居洛陽的詩風的轉變。林明珠《白居易詩探析》論文就白居易詩之各種類型、題材及體製，探析其藝術表現與成就。所探研究角度，以深入挖掘白詩之藝術內涵及其在詩歌中應有地位為主。何享憫《白居易詩歌中之歷史人物形象探討》論文凡十章，透過作品及人物之探討，領略白居易詩、文作品之豐富。韓庭銀《白居易詩與釋道之關係》論文主在探討白居易詩與釋道思想之關係，並輔以白居易的生平事蹟及其對詩之認識與主張。胡淑貞《白居易賦研究》本文將樂天的賦作一一分析，整理出他的特色以及賦學理論，使樂天的「文章合為時而著，歌詩合為事而作」的文學理論更為圓滿。蔡淑珍《白居易閒適詩研究～以「情性」為考察基點》以白居易閒適詩為主要考察對象，分別觀察中國閒適詩類的溯源、白居易閒適詩本身的相關問題，以及白居易閒適詩中展現的情性觀，並思考白居易閒適詩在中國詩學史上的意義。蔡霓真《白居易詩歌及樂舞研究》論文對白居易詩歌及樂舞嘗試研究，將詩歌作品中有關古琴、古箏、琵琶、歌唱和樂舞的詩，有記述白氏聽音樂、觀歌舞後的感受、描寫樂曲及樂器演奏情形、對音樂的觀點等進行探討。此外尚有俞炳禮《白居易詩研究》、柯慶明《白居易詩探析》、廖美雲《元白新樂府研究》、邱曉淳《白居易敘事詩研究》、黃麗卿《清人評白居易詩研究～以詩話為主》、蔣淨玉《白居易詩歌中陶淵明風範》、李妮庭《閑樂：宋初白居易接受研究》、蔡淑梓《白居易諷諭詩的創作理論與修辭實踐》、沈芬好《白居易詩集中季節、姜素英《白居易散文研究》等論文研究〔註 26〕，可提供參考之依據。

　　從上面的介紹中我們可以看出，有關白居易的基礎研究，學術界已經有了豐厚的積累，全集的整理、年譜的撰寫、生平行事的考證、資料的匯編等工作都很全面細緻。歷來研究白居易及其作品之學者，可謂甚多。然對其碑誌文之研究，卻寥寥無幾，僅有幾篇期刊論述〔註 27〕。白居易歷來以詩聞名於世，其實他的散文同樣也有極高的水平，但卻沒有引起人們的足夠重視，一些文學史著作都略而不論。本文乃從白氏散文中的碑誌文作探究，期能拋磚引玉，引起學者之注意，開展探究之領域。

〔註 26〕 參考「國家圖書館全國博碩士論文資訊網」http：//datas.ncl.edu.tw/theabs/1/
〔註 27〕 關於白居易碑誌文的研究，有王振芳，〈白居易所作墓誌銘簡論〉，《洛陽師範學院學報》第 6 期（2004 年），頁 71～73；有篠原亨一，〈白居易墓誌銘中的「結構」和「群體」〉，《中華佛學學報》第 4 期（1991 年），頁 379～450。

第二章　唐代碑誌概述

第一節　碑誌的起源與種類

一、碑誌的起源

所謂碑誌，是刻在石碑上的文辭。碑誌的起源甚早。明・吳納云：

> 按《儀禮・士婚禮》：「入門當碑揖。」又《禮記・祭義》云：「牲入
> 麗于碑」〔註1〕賈氏注云：「宮廟皆有碑，以識日影，以知早晚」《說
> 文》注又云：「古宗廟立碑繫牲，後人因於上紀功德。」是則宮室之
> 碑，所以識日影；而宗廟則以繫牲也。〔註2〕

這裡說明，宮室之碑最初是為了「識日影」、「知早晚」而設置的；宗廟碑是
為了祭祀拴牲口而設置的。另外，劉勰在《文心雕龍・誄碑篇》云：

> 碑者，埤也；上古帝王，紀號封禪，樹石埤岳，故曰碑也。周穆紀
> 跡於於弇山之石，亦古之意也。又宗廟有碑，樹之兩楹，事止麗
> 牲，未勒勳績。而庸器漸缺，故後代用碑，以石代金，同乎不朽，
> 自廟徂墳，猶封墓也。〔註3〕

劉勰以為，碑的起源，是上古帝王，為了記錄名號，舉行封禪，都要以石土
增高附基，「故曰碑也」。周穆王在弇山上刻石記錄自己的行跡，也是上古立

〔註1〕見《禮記・祭義》卷四十八清・阮元校勘，《十三經注疏》（台北：藝文出版
　　　社，1979年），頁819。

〔註2〕明・吳納，《文章辨體序說》，收入於《文體序說三種》（台北：大安出版社，
　　　1998年），頁65。

〔註3〕劉勰：《文心雕龍》（台北：學海出版社，1991年），頁214。

碑的用意。最初，古代帝王記功業，除了刻於石上外，也在器皿上勒銘，後來勒銘逐漸少用，就用石碑來代替金器，同樣可以傳之不朽，故碑上的文字也沿襲而稱碑銘。從宗廟到墳墓都要立碑，表示對死者的懷念。由此可知，碑誌文是最初上古帝王記錄功業，經過拴牲畜之用，後來發展到墳墓前的刻石記功。

宮室中的測影碑，宗廟中的繫牲碑，墓旁的下棺碑，原來都不刻碑文，使用價值不大。特別是下棺碑，葬後就無用了，或順便埋入墓中，或棄置墓旁。後來有人刻上一些相應的文字，就逐漸形成碑文。原先，古人歌功頌德，多勒銘鐘鼎，藏於宗廟。風俗一開，效法的人多了，銅鐵既不易得，鑄刻又很困難，於是慢慢地以石代金，形成碑刻。

碑文這種文體，原本一般市民沒有資格立碑，也立不起碑。後來刻碑的風俗逐漸普及，幾乎處處可碑，事事可碑，人人可碑。徐師曾《文體明辨序說》中綜述說：

> 後漢以來，作者漸盛，故有山川之碑，有城池之碑，有宮室之碑，有橋道之碑，有壇井之碑，有神廟之碑，有家廟之碑，有古蹟之碑，有風土之碑，有災祥之碑，有功德之碑，有墓道之碑，有寺觀之碑，有托物之碑，皆因庸器（彝鼎之類）漸缺而後爲之，所謂「以石代金，同乎不朽」者也。〔註4〕

於是前人實行，後人效法，中國的名勝古蹟竟有了「碑石林立」，此種獨特的民族特色，碑文也成了使用範圍極廣的應用文體。

由於碑誌文本是經過「記錄功業」、「拴牲畜之用」和「追念死者」而發展的一種文體，就其內容和性質來看，可以分爲三種形態，即記功碑、宮室神廟碑和墓誌銘。

記功碑文是用以記述某人或某一重大歷史性的事件功業的碑文。〔註5〕最早的碑文是周穆王時的〈岕山刻石〉，但碑文已不傳。秦始皇統一天下後，巡行各地，並在所經之處刻石記功，現存的作品有〈泰山刻石文〉、〈琅邪臺刻石文〉、〈東觀刻石文〉〈會稽刻石文〉等〔註6〕。這些碑文爲李斯所撰，主要是歌頌秦始皇統一天下的功業，宣揚秦王朝的聲威。

〔註4〕 明·徐師曾，《文體明辨序說》，收入於《文體序說三種》（台北：大安出版社，1998年），頁102。

〔註5〕 褚斌杰：《中國古代文體學》（台北：學生書局，1995年），頁452。

〔註6〕 見司馬遷《史記·秦始皇本紀》（台北：泰順書局，1971年），頁177。

　　神廟碑，一般以宮室、神廟等建築的緣由、過程為主要內容。此後，開山、修橋道、築城池有建碑記事，故有「山川之碑」、「城池之碑」、「橋道之碑」。這些碑文中常常摻雜了稱頌神靈「法力」、「靈驗」等內容，可取者不多；但少量文章兼寫建築周圍環境景致，尚有一些文采。如王勃〈益州縣竹縣武都山淨惠寺碑〉、韓愈〈柳州羅池廟碑〉等。

　　墓碑文是記述死者生平事跡的。墓碑文有兩種：一種是立於地上的，另一種是埋在地下的，而其間又因墓主身分、所用文體、適用場合及碑銘材質之不同，而有種種異名。如墓前所立之神道碑、墓碣，唯品官可用，一般人只可用墓表、阡表。至於墓內所藏誌銘則以墓誌銘或墓誌銘並序為題者所見最多，但亦有單稱墓誌、墓銘，或以壙誌、壙銘、埋銘、墳記、石記、槨銘為題者，唯釋氏之徒稱之塔銘。〔註7〕

　　顧名思義，墓誌就是標誌墓葬的文字材料〔註8〕。墓誌的意義，大致可分為二：其一是種隨葬物，屬於私秘性的物品，為應付死後世界的憑證；其二是綜括墓主一生的傳記。墓誌的數量宏大，蘊藏了豐富的材料，很多是古代史書所遺漏未載的資料，因此就會使墓誌成為考證歷史文獻，如家世、官爵、以及地理等等，知所利用之外，連同一些涉及意識形態或價值觀念的訊息，也可成為研究領域。

　　迄漢以後，墓誌銘的形式也有了變化，即前有序，用散文寫；後有銘，用韻文寫。雖然稱為「序」，卻往往被認為碑文的中心內容，而後面的「銘」文成為補助內容，所以後代有些碑文，是沒有銘的〔註9〕，因此後來產生了許多變體。徐師曾說：

　　　然云誌銘而或有誌無銘，或有銘無誌者。曰墓誌，則有誌而無銘。

　　　曰墓銘，則有銘而無誌。然亦有單云誌而有銘，單云銘而有誌者，

　　　而題云誌而卻是銘，題云銘而卻是誌者，皆別體也〔註10〕

墓誌銘起於何時，雖無法確定〔註11〕，但據前人說法，略知其盛行時期。徐

〔註7〕以上有關墓誌碑銘名稱、內容之原則，參考（明）徐師曾，文體明辨卷52，「行狀」、「墓誌銘」，卷55，「墓碑文」卷56，「墓碣文」、「墓表」諸條序說；並趙翼，陔餘叢考卷32，「碑表」、「墓誌銘」、「碑表誌銘之別」、「行文」諸條。

〔註8〕趙超：《石刻史話》（台北：國家出版社，2003），頁97。

〔註9〕褚斌杰：《中國古代文體學》（台北：學生書局，1995年），頁453。

〔註10〕明·徐師曾，《文體明辨序說》，收入於《文體序說三種》（台北：大安出版社，1998年），頁108。

〔註11〕有關墓誌的起源問題，學者見解各有不同，詳就其因，主要在於認定的標準

師曾說：「至漢，杜子夏始勒文埋墓側，遂有墓誌，後人因之。」〔註12〕，劉勰亦說：「自後漢以來，碑碣雲起」〔註13〕，可見這種文體在漢代頗爲盛行。漢代作家中，蔡邕最爲人所推崇。〔註14〕到了六朝，隨著駢文之盛行，碑誌亦隨之駢文化。這種文體目的在於敘述功德，故當時王公貴族都爭先恐後地給先人撰寫碑誌，於是產生了內容上的「諛墓」和形式上的「程式化」等兩種弊病。到了唐代，寫墓誌銘已相沿成風，無法挽回變俗之弊端，正如李肇所說的：「長安中，爭爲碑誌，若市賈然，大官薨卒，造其門如市，至有喧竟构致，不由喪家。」〔註15〕按新舊唐書紀傳及附傳中，記載墓誌銘墓主人數共二千六百二十四人〔註16〕。可見唐代墓誌銘的創作數量是非常豐富的。

二、碑誌體的種類

　　碑誌一體究包含多少細目，歷代學者意見分紛歧。如《古文辭類纂》〔註17〕分爲「碑」「碑記」、「墓碑」、「墓表」、「墓碣」、「神道碑」、「墓志」、「墓銘」、「墓志銘」、「壙志」、「壙志銘」等十一目；吳曾祺《古今文鈔》〔註18〕則分爲「碑」、「碑記」、「神道碑」、「碑陰」、「墓志銘」、「墓志」、「墓表」、「靈表」、「刻文」、「碣」、「銘」、「雜銘」、「雜志」、「墓版文」、「題名」等十五目；清・葉昌熾在《語石》〔註19〕一書中，就碑文的內容，將碑碣的種類分爲石經、字書小學、封禪、詔敕、符牒、書札、格論、典章、譜系、界至、詩文、墓誌、塔銘〔註20〕、浮圖、經幢〔註21〕、刻經、造像、

形制的差異，所以趙超先生在《中國古代石刻概論》說：「作爲封建社會埋葬制度重要內容之一的墓誌是怎樣產生，又是怎樣演變成現在習見的標準形制的？它究竟起源於哪一個歷史時期？前人眾說紛紜，莫衷一是。」朱劍心《金石學》亦云：「墓誌，不知究始於何時。」

〔註12〕明・徐師曾，《文體明辨序說》，收入於《文體序說三種》（台北：大安出版社，1998年），頁107。

〔註13〕劉勰：《文心雕龍》（台北：學海出版社，1991年），頁214。

〔註14〕參見劉香蘭，《蔡邕及其碑傳文研究》（台北：政治大學中文碩士論文，1990年）

〔註15〕唐・李肇：《唐國史補》（台北：世界書局，1978年）

〔註16〕毛漢光：《唐代墓誌銘彙編附考・第一冊》（台北：中研院歷史語言研究所，1983年），頁2。

〔註17〕清・姚鼐：《古文辭類纂》（台北：廣文書局，1990年）

〔註18〕清・吳曾祺：《涵芬樓古今文鈔》（台北：商務印書館，1911年）

〔註19〕清・葉昌熾《語石》（遼寧：教育出版社，1998年）

〔註20〕釋氏之葬，起塔而繫以銘，猶世法之有墓誌也。

〔註21〕經幢，陝人通稱爲石柱；俗亦曰八楞碑，以其八面有楞也。幢頂每面，或有

畫像、地圖、橋柱、井闌、柱礎、石闕、題名、摩崖、買地別、投龍記、神位題字、食堂題字、醫方、書目、吉語、詛盟、符籙、璽押、題榜、楹聯、石人題字、石獅題字、石香爐題字、石盆題字等 41 類目；近代學者薛鳳昌則於《文體論》中分爲「石刻」、「碑及碑記」、「廟碑及神道碑」、「碑陰」、「墓志及墓志銘」、「墓表」、「碣」、「銘」、「題名」等九目〔註 22〕。葉程義《漢魏石刻文學考釋》分爲「碑」、「墓碑」、「墓志銘」、「墓表」、「墓碣文」、「碑陰文」等六目〔註23〕。

　　依前所述，則碑誌體可分爲碑文、誌文二大類，而各目的歸類，茲分析如下：

（一）刻石

碑刻的興起，當在漢代，秦時只稱爲刻石，故秦始皇東巡鄒嶧山諸刻，皆曰「刻石」而不言「碑」。再者，其雖爲碑文的前身，但無碑的形制，故此類古刻應與碑文分開；刻石應刪除。

（二）碑〔註24〕

當屬碑誌體碑文類中無疑。

（三）碑記

依其體製可歸入「碑」目中。

（四）廟碑

體製符合碑誌體；蓋屬碑文類。

（五）神道碑

雖名爲「碑」，卻立於墓旁，爲紀頌死者，故可入誌文類。

（六）碑陰文

因其刻於碑背而得名。至唐代已成文體之一；故歸屬碑文類。

　　造象，故又呼爲八佛頭。唐人文字，多曰寶幢，亦曰花幢。……奉佛之士，建幢墓域，謂之墳幢。

〔註22〕薛鳳昌：《文體論》（台北：商務印書館，1970 年）

〔註23〕葉程義：《漢魏石刻文學考釋》（台北：商務印書館，1970 年）

〔註24〕許慎《說文解字》卷九〈石部〉云：「碑者，豎石也。」；劉勰在〈誄碑〉篇曰：「碑者，埤也。上古帝皇，紀號封禪，樹石埤岳，故曰碑也。」碑，有自卑增高的意思。上古時代，帝皇紀建帝號，行封禪禮，都以石土增高地基於山岳，故命名爲「碑」。

（七）墓志銘

埋於壙中之文，當屬誌文類。

（八）墓銘

只是體製上較墓誌銘少了「志」，故可納入墓誌銘之中。

（九）墓表〔註25〕（靈表、神道表）

此類之文樹於神道，當屬誌文。

（十）碣

古人碑碣並稱。《說文解字·石部》云：「碑爲豎石，碣爲特立之石，其義本一。」〔註26〕《後漢書·竇憲傳》注：「方者謂之碑，圓者謂之碣」〔註27〕。柳宗元論述唐代葬令謂：「五品以上爲碑，龜趺螭首。降五品爲碣，方趺圓首」，則後世始以形狀、官爵區別碑碣之異，碑、碣當不相同，然而墓碑文與墓碣文〔註28〕卻相類，故墓碣當可併入神道碑。

（十一）銘

可依其內容及功用，而歸之於碑誌中。

（十二）墓志、墓銘、雜銘、雜志

皆因其位置或體製上的差異，而有不同的命題；實可併入墓誌銘中。

（十三）墓版文

又稱「墳版文」，與壙志銘、權厝銘、華表銘、墓甎銘……等同因刻文位置不同，而另立名稱；若依體製及刻文位置來看，當納入墓誌銘中。

〔註25〕《文體明辯序說·墓表》云：「按墓表自東漢始，安帝元初元年立〈謁者景君墓表〉，厥後因之。其文體與碑碣同，有官無官皆可用，非若碑碣之有等級限制也。以其樹於神道，故又稱神道表。其爲文有正有變，錄而辯之。又取仟表、殯表、靈表，以附於篇，則溯流而窮源也。蓋阡，墓道也；殯者，未葬之稱，靈者，始死之稱；自靈而殯，自殯而墓，自墓而阡也，近世用墓表，故以墓表括之。」收入於《文體序說三種》（台北：大安出版社，1998 年），頁 111。
〔註26〕許慎：《說文解字·石部》（台北：藝文印書館，1967 年），頁 82。
〔註27〕范曄：《後漢書·竇憲傳》（台北：鼎文書局，1975 年），頁 812。
〔註28〕《文體明辯序說·墓碣文》云：「潘尼作〈潘黃門碣〉，則碣之作自晉始也。唐碣制方趺圓首，五品以下官用之，而近世復有高廣之等，則其制益密矣。古者，碑之與碣本相通用。後世乃以官階之故而別其名，其實無大異也。其爲文與碑相類，而有銘無銘，惟人所爲，故其題有曰碣，有曰碣頌并序，皆碣體也。」收入於《文體序說三種》（台北：大安出版社，1998 年），頁 111。

（十四）題名

與今日遊客慣於遊樂區刻上「某某人到此一遊」同義；當不能歸於碑誌體中。

根據上述，則碑志體可分爲碑文、誌文二大類，各目再依處所、功用、體製等標準，則「碑文」下有碑文（碑、碑記）、廟碑、碑陰文、銘等四目，「誌文」下分墓誌銘（墓誌銘、墓志、墓銘、雜銘、雜志、墓版文）、神道碑、墓表、銘等四目。

第二節　唐代碑誌文體的轉變

就唐代墓誌文體的演變而言，在文體的表達上，約在八、九世紀之交，從駢體文更換爲散文。唐代中期以前的墓誌，是繼承南北朝墓誌的寫作風格，用駢體文書寫。唐代墓誌在體裁上的革新，主要在大曆之後。這主要與當時的文學運動有關。唐代興起的復古運動，反對當時華而不實的駢體文，提倡古文，也就是散文。韓愈所領導的文學改革不只產生在思想層面上，其效應無遠弗屆，連帶書寫文體上，也受其影響。〔註29〕

唐初碑誌嚴格用駢體文寫作，顯得很沉悶。武后時已開始變化，一是改變常用的套式，如佚名撰〈柳懷素墓誌〉〔註30〕仿賦體，通篇以陸沉王孫與當途公子的對話來記錄和評述死者的一生，顯得獨具一格；另一方面則是以史傳的寫法用入碑誌，如乾陵出土崔融撰〈薛元超墓誌〉〔註31〕，僅略存駢意，通篇均用史傳筆法寫其歷官，且穿插大量君臣遇合的談話和事迹，是可以作文學傳記來讀的。

中唐以後墓誌中，更多地增加了細節的表述和描摹。韓愈〈唐故殿中少監馬君墓誌〉寫馬君幼時容貌，〈試大理評事王君墓誌銘〉中穿插王適假託文書以求婚的有趣故事。這時期出現了一批篇幅超過三千字的長篇碑誌，記事

〔註29〕唐代後期興起的古文運動，反對當時流行的駢體文，提倡古文，也就是散文。雖然說古文運動的倡導者韓愈的重點在思想層面上，但是很明顯地，它的貢獻在於書寫文體上。除了古文家之外，當時興起的元稹、白居易等元和詩人也散播著白話文的氣息。

〔註30〕周紹良、趙超：《唐代墓誌彙編續集・延載 001》（上海：古籍出版社，2001年）

〔註31〕周紹良、趙超：《唐代墓誌彙編續編・垂拱 003》（上海：古籍出版社，2001年）

更注重用具體的談話和故事來展現人物的性格和能力。如魏博節度使〈何弘敬墓誌〉〔註32〕，誌文錄武宗君臣決策討澤潞、何弘敬治軍討叛及其喪事處置，錄談話達十多處，顯得很特別。〈楊漢公墓誌〉〔註33〕中有一大段敍述其在鄮縣尉任上智破殺妻案的過程，作者當然是希望藉此體現誌主的斷事能力，據此也可窺見許多作者重視在墓誌中增加生動的描寫。

唐代碑誌文數量十分巨大，出土地域極其遼闊，其誌主和作者包括了社會各階層的人士，覆蓋面很寬。同時，還具有以下特徵：一是程式化的敍述文，要在一篇文章中交待死者的家世仕歷、品行建樹、死期後事及家人的悼念追思，誌文要寫得準確簡明而得體、言辭感人而眞切，即一篇文章中應包含敍事、議論、抒情三方面內容；二是大都有明確具體的撰文刻石的時間和地點；三是出土碑誌得以面世，具有普遍的偶然性，不是人爲選擇的結果。〔註34〕指出這幾點的意義，是要說明碑誌融合了常用文體的多項要素，作者必然選用自己擅長，又是當時通行而最適合表述的文體來寫作，同時，出土碑誌沒有經過選擇，沒有被當時人或後來人從文章優劣或文風偏好等方面做過遴選，它所體現的是唐代社會各層面上通用的書面文體的原始狀況，又可以按具體的年月和地域作出準確的統計分析。因此，用出土碑誌分析唐代文體遷變的眞實過程，是很有說服力的。

陳尙君乃根據《唐代墓誌彙編》和《唐代墓誌彙編續集》所收出土墓誌，分八個時期，分析從初唐到中唐前期墓誌中所顯示的文體變化情況。他將這些墓誌粗略地分爲五體，第一體是全循駢文的規範，除對事實的敍述外，凡涉議論、讚揚、感歎等，全以駢文出之；第二體仍較多地保留駢文的文句，駢句中已多雜散句，駢句中不盡用典；第三體雖仍有不少駢文中常見的四六句型，偶亦有駢體的對句出現，主體已屬散體而非駢體；第四體已全屬散體，沒有駢文的句式；第五體是較簡單的誌文，僅有誌題，或僅略述死者簡況，沒有議論和感慨。〔註35〕

〔註32〕周紹良、趙超：《唐代墓誌彙編續編・咸通 032》（上海：古籍出版社，2001年）

〔註33〕周紹良、趙超：《唐代墓誌彙編續編・咸通 008》（上海：古籍出版社，2001年）

〔註34〕參見翁育瑄〈唐宋墓誌的書寫方式比較〉《東吳歷史學報》第 11 期，2004 年6 月，頁238。

〔註35〕見陳尙君：〈新出石刻與唐代文學研究〉，收入於《六朝隋唐學術研討會論文集》（台北：文史哲出版社，2004 年），頁 714。

時　期	存墓誌總數	第一體	第二體	第三體	第四體	第五體
高祖太宗時 （718～649）	318	166	37	8	3	82
高宗時 （650～683）	1151	589	457	37	4 （僞誌1）	64
武后時 （684～704）	597	271	268	56	4	18
神龍先天間 （705～712）	201	45	78	57	12	9
玄宗開元間 （713～741）	729	55	424	166	61	23
玄宗天寶間 （742～756）	388	26	122	113	84	3
肅代兩朝 （756～779）	205	6	43	103	49	4
德宗時 （780～805）	187	0	38	82	87	0

　　由上表〔註36〕觀之，《唐代墓誌彙編》和《唐代墓誌彙編續集》二書的高祖、太宗、高宗三朝，收入一百多方高昌磚誌，多數很簡單，太宗時全無駢迹，高宗時有駢句地出現，但較簡單。可以看出，唐初純用散體的很少，列入第三體的作品，多數是較下層人士和文化落後地區的。武后時期已經展示出變化的迹像，其特徵一是在駢體與散體的交叉使用中，敍事的成分明顯增多，二是雖還保留以四六字句居多的駢文句式，但用典以喻事的比例明顯減少。玄宗時期文體取向已發生明顯的逆轉，全循駢體的作品已很少爲作者所採用，仍保留的駢體句式也較以往簡脫明暢。天寶以後，散體已逐漸佔據主流位置。從這一點上來看，殷璠在《河岳英靈集》序中所說景雲、開元間詩風的變化，與文體的變化是基本同步的。

　　大體而言，唐代中期以前的墓誌，大體沿襲南北朝時駢體文的特點，注重文句雕琢和音韻協調，講究對仗，大量使用典故和譬喻，需要很高的文學造詣，才能瞭解意義，一般人在閱讀時，常感艱澀難懂。再者，引用典故時，常有一些固定的套話，如讚揚女子的才德時，就提到孟母斷織誨子、梁鴻舉案齊眉等等。這些陳腔濫調，已逐漸爲唐代文人所厭煩、不欣賞了。〔註37〕

〔註36〕見陳尚君：〈新出石刻與唐代文學研究〉，收入於《六朝隋唐學術研討會論文集》（台北：文史哲出版社，2004年），頁715。
〔註37〕趙超，《石刻史話》（台北：國家出版社，2003），頁147。

唐代後期的墓誌，典故的引用與華麗的詞藻明顯地減少，文章也不那麼艱澀難理解，對墓主個人的事蹟，開始有了具體的描述。唐代隨著古文運動的興起，墓誌改用散文的方式直接敘述死者生平事蹟，語言自然，反而更生動感人。而唐代後期也能見到許多近親者爲死去的親人所寫的墓誌。藉著近親者感性的筆調，更能傳達其對死者的無限追思。

第三節　唐代刻寫碑誌的風氣

唐朝建立以後，結束了魏晉南北朝長期分裂的局面，實現了南北統一。經過長期穩定的發展，國力恢復，人民生活安定，社會經濟迅速發展，使人們有條件去刻石立碑，甚至拿出巨額資財求人寫碑誌。

一、帝王碑刻之風盛行

唐太宗李世民提倡王羲之的行草書，用行草書寫碑，開一代書風。他親自用行草書書寫「晉祠銘」、「屛風碑」、「溫泉銘」等。溫碑原石早佚，敦煌石室中存有唐代拓本，現有影印本流傳。「溫泉銘」乃以行書入碑之作，觀其筆勢躍動，秀逸雄邁，頗具二王之風。

唐玄宗李隆基提倡隸書，自已也寫得一手優美的漢隸，據說他一共寫有30多件，現存於世者還有大約10件，「紀泰山銘」、「石臺孝經」、「王仁皎碑」、「慶唐觀紀聖銘」等即爲其手跡。其中「慶唐觀紀聖銘」刻於開元十七年。碑在山西浮山縣，因地僻人稀，知者甚少，所以捶拓者不多，碑能有較好的保存，這是了解唐玄宗隸書的絕好材料。

武則天不僅爲中國第一位女皇帝，也是開草書立碑先聲的人。〔註38〕「昇仙太子碑」，武則天撰文並書，武周聖曆二年立於河南偃師縣緱山仙君廟。碑主昇仙太子，王子晉也。武后時人謂張昌宗爲子晉轉世後身，所以武后爲修葺子晉祠廟而親自撰文書碑。其筆勢流動，字字神采飛揚，此碑兼有章草遺韻，提按折轉之間，古意盎然。

所謂：「上有所好，則下必有甚焉。」帝王的鼓勵，親自下詔命撰碑文，自然引發碑傳文體的創作風氣。至於在當時一方面可以博取君上歡心，又可以換取功名利祿的碑傳文體，便在逐步發展中漸漸走出專屬的體製，作者們則在鼓勵下，不斷發揮並創造出許多碑傳文的寫作技巧。

〔註38〕陳龍海：《名碑解讀》（台北：牧村出版社，2000年），頁294。

二、陵墓碑和祠廟碑較多

　　唐代帝王對於身邊一些名重一時的大臣，往往也以身後立碑或親自爲他們撰寫碑銘的方式以示褒寵。魏徵是太宗朝名臣，對於貞觀年間政治的大治，有所助益。魏徵逝世之後，太宗親自爲他立碑，以示追念〔註39〕。玄宗朝宰相張說致仕以後，在家休養，一次爲先人立碑表，玄宗仍「賜御書碑額以寵之」〔註40〕。他死後，又爲之撰寫神道碑，時人十分稱嘆。其它像高宗作李勣碑，德宗作段秀實碑，都成爲一時榮聞。這種皇帝賜碑在當時已成爲褒獎大臣的一種特殊方式，同時也奠定了唐代人崇尚立碑的社會基礎。

　　唐太宗李世民對他的將士有感情，生前就規定：他的功臣大將去世以後，一定要埋葬在他的陵墓左右，從而形成了文武功臣陪陵制度。唐太宗墓稱爲「昭陵」，陪葬的功臣、將相和妃嬪、公主等共計有一百多人，每人墓前都豎立墓碑，所以陵區本身就形成一個大規模的碑林。〔註41〕這些碑至今尚存 40 餘塊，其中有「李勣碑」。李勣原名徐世勣，字懋公，唐太宗最得力的武將，因戰功顯赫，賜姓李，又避唐太宗諱改成此名。該碑刻於唐高宗儀鳳二年（公元 677 年），高宗李治親自撰文並書丹，行書 32 行，每行 90 多字，其碑現在仍存原地（即陝西醴泉縣昭陵博物館內），高 7.5 米，寬 1.3 米，厚 0.7 米，其碑體爲昭陵墓葬碑之冠〔註42〕。

三、名書法家書碑盛行

　　唐朝是中國文化藝術發展的黃金時代。正如范文瀾在《中國通史簡編》中描述：

> 唐朝國威強盛，經濟繁榮，在中國封建時代是空前的，在當時的世界上也是僅有的。在這個基礎上，承襲六朝並突破六朝的唐文化，博大精深、輝煌燦爛，蔚成中國封建文化的高峰，也是當時世界文化的高峰。〔註43〕

唐代經濟文化的的鼎盛，提供書法藝術發展的條件。在唐朝，書法可以說是

〔註39〕劉肅：《大唐新語・卷一》（北京：中華書局，1985 年），頁 2。

〔註40〕劉肅：《大唐新語・卷十一》（北京：中華書局，1985 年），頁 117。

〔註41〕徐自強、吳夢麟：《中國的石刻與石窟》（台北：台灣商務印書館，1994 年），頁 50。

〔註42〕程徵、李惠編著：《唐十八陵石刻》（陝西：人民美術出版社，1988 年），頁 42。

〔註43〕范文瀾：《中國通史簡編》（北京：人民出版社，1953 年），頁 162。

群星閃耀、絢麗無比。在這個階段裏，篆、隸、行、草、楷全面發展，書家輩出，為中國書法的寶庫增添了許多珍貴碩果與光彩。

唐代著名書家，如褚遂良、虞世南、王知敬、歐陽詢和歐陽通父子、薛稷和薛曜兄弟、顏真卿、李邕、蔡有鄰、韓擇木、梁升卿、徐浩、柳公權、裴璘、劉禹錫等人，都書寫過不少碑文，從而保留了大量名家真蹟。

四、文人書碑盛行

名人在臨死前自撰墓誌，評價自己的一生。晚唐詩人杜牧就「臨死自寫墓誌」〔註44〕。顏魯公真卿出使蔡州，為叛臣李希烈所拘，「知必禍及，自為誌銘置左右」〔註45〕。中唐名相裴晉公度也曾自寫銘文〔註46〕。白居易也曾自作碑銘。當然，這種情況多數為名臣重位，尚不多見。

當時還有些人為朋友寫誌立碑，以盡朋友之義。白居易墓中的神道碑就是好友李商隱所作，白敏中為他樹立的。

五、反映中外關係的碑刻較多

「唐蕃會盟碑」，刻於唐長慶三年，豎於西藏拉薩大昭寺，至今尚存。碑陽右側漢文，楷書，左側藏文，內容記述唐蕃和約盟文；碑陰記載土蕃起源、發展等歷史情況及唐蕃會盟經過；碑側記述參加盟誓雙方官員姓名。據史書記載，唐蕃會盟前，曾屢戰屢和，此次會盟，畫定唐蕃轄界，並刻於石碑，使子孫後代銘記，標誌著唐蕃之間一個和平時期的到來，數百年間未再發生過一次大的戰爭，有利於漢藏兩族的發展。此碑是研究漢藏民族關係史的絕好實物材料；「南詔德化碑」，約立於閣羅鳳贊普鐘十四、十五年間，碑在今雲南省大理市太和村西南，內容記述了南詔政權建立初期的一系列重要史實，是研究南詔史的第一手材料；碑陰職官題名，提供了南詔初期職官制度和許多民族成員參加南詔政權的情況，是讚揚唐代南詔國王閣羅鳳業績及南詔與唐朝關係的重要碑刻；「大秦景教流行中國碑」立於唐建中二年，碑首額上刻十字架。碑陽下部及左右兩側用敘利亞文和漢文合刻 70 名景教僧的名字和職銜。碑文計 32 行，每行 62 字，分序、頌兩部分。內容主要是敘述景教在中國傳播的情況，是研究唐代景教和中西文化交流的重要資料。此碑在明

〔註44〕元・辛文房《唐才子傳》卷六（北京：中華書局，1911 年），頁 178。
〔註45〕宋・王讜：《唐語林》（台北：商務印書館，1997 年），頁 27。
〔註46〕宋・王讜：《唐語林》卷二，頁 27。

朝末年出土後，不但爲中國學者所注意，也引起外國傳教士的興趣。十九世紀初，曾有人想偷運此碑出境，由於廣大群眾的保護，他們的陰謀未能得逞，現存西安碑林。〔註47〕

由於唐代刻石立碑成風，玄宗開元年間制定《開元禮》明確規定了官員立碑的規格與標準，希圖以此爲準繩，對盲目立碑者加以限制，《唐六典》卷四〈尚書禮部〉載：

> 碑碣之制，五品已上立碑，螭首龜趺，趺上高不過九尺。七品已上立碣，圭首方趺，趺上高不過四尺。若隱淪道素，孝義著聞，雖不仕，亦立碣。……凡德政碑及生祠，皆取政績可稱，州爲申省，省司勘覆定，奏聞，乃立焉。〔註48〕

由於這則規定的出現，劃定了官員立碑與碣的品級標準，對盲目立碑者確實起到了一定的限制作用，但它無疑也等於承認了官員立碑的合法性，且將其等級化、品位化，成爲體現逝者生前品級的標誌之一。

劉叉也是當時名士，投到韓愈門下，他很看不慣這種風氣，認爲韓愈是「諛墓中人所得耳」(《唐才子傳》卷五)。把爲人寫碑頌的收入看成是奉承死人所得的錢財，不屑一顧。當然，受流風的影響，當時也確有文人按文估價，把給價的多少與自己的文名相聯繫。皇甫湜是中唐有名的文學家，裴度曾將他召到幕府做判官。一次裴度修福先寺，想立碑，求文於白居易。皇甫湜知道後非常生氣，說：「近捨湜而遠取居易，請從此辭」。裴度道歉，又請他寫作。之後贈以車馬繒綵甚厚」。湜卻嫌少，說：「自吾爲顧況集序，未曾許人，今碑字三千，字三縑，何遇我薄耶。」最後裴度不得不隨其所要「酬之」。〔註49〕可見，在當時人的觀念中給錢的多少就標誌著文章價值的大小，越是名人，價碼越高。

這種風氣的滋長，完全改變了刻石立碑的本意。立碑的人只想求名聲不朽，所以文字越美越好，而作者爲求得主人歡心，給價高，則一味奉承，不求實際，所以最終的結果是使碑誌成了歌功頌德，隱惡藏拙的一種工具。當時許多人都曾批評這種風氣。白居易還曾寫作「立碑」詩，抨擊時弊。文道：

〔註47〕胡永炎，〈大秦景教流行中國碑〉，《藝術家》第4期，2003年4月，頁458～465。
〔註48〕李林甫：《唐六典》卷四（北京：中華書局，1992年），頁42。
〔註49〕〈皇甫湜傳〉見 宋·歐陽修、宋祁等撰、楊家駱主編：《新唐書》（台北：鼎文書局，1994年），頁5267。

勳德既下衰，文章亦陵夷，但見山中石，立作路傍碑，銘勳悉太公，

敘德皆仲尼，復以多爲貴，千言直萬貲，爲文彼何人，想見下筆時，

但欲愚者悅，不思賢者嗤，豈獨賢者嗤，仍傳後代疑，古石蒼苔字，

安知是媿詞，我聞望江縣，麹令撫惸嫠，在官有仁政，名不聞京師，

身沒欲歸葬，百姓遮路岐，攀轅不得歸，留葬此江湄，至今道其名，

男女涕皆垂，無人立碑碣，唯有邑人知。〔註50〕

白居易通過立碑者與望江縣令相對比，批評那些盲目立碑之人，勸諫他們爲官要行惠政，只要你做了有益於百姓的善事，百姓是絕不會忘記的，何必非要立碑，不僅讓賢者譏笑，還爲子孫後代留下媿詞，徒勞無益。

當然，個別人的抨擊與抵制並不能阻止流風的蔓延，相反，優裕經濟生活，穩定的社會環境卻不斷地爲它提供生長的土壤。人們無論從圖名不朽的心理上，還是從經濟付出的資財，都足以應付這一巨額消費。質地堅硬、耐火耐風的碑石纔足以抵擋各種天災人禍的侵襲。唐代人之所以不惜重金去求人刻寫碑誌，最重要的大致即是這一原因了。

唐代流行刻誌立碑，致使唐代碑誌撰刻極爲發達。綜觀中國古化歷史，歷朝所刻碑誌都遠不及唐代多，其範圍之廣，涉及面之寬，超過歷代。唐代碑誌之多，是歷代所無法比擬的。這與唐代刻寫碑誌風氣的盛行是分不開的。

第四節　唐代碑誌的研究成果

金石文化的內容豐富而絢麗，有著珍貴的歷史和文化價值。由於金石文字可作爲校經考史之用，自古以來，不斷有人進行研究，尤其自宋代開始，金石學大興。對於自宋朝到清朝期間的情形，趙萬里《漢魏南北朝墓誌銘集釋‧序》有精湛的論述：

前人著錄古冢遺文，蓋肇於趙宋之世。歐陽永叔《集古錄》首考宋宗懋母夫人、南齊海陵王二誌，以補益史傳、沈存中《夢溪筆談》、黃思伯《東觀餘論》亦詳載海陵王誌出土始末。知宋人留意於前代蘷幽之文，亦與三代彝器、兩京碑刻無異，自後趙德父撰《金石錄》，著錄漸廣，孫蔚、拓跋吐度真、普六如忠諸誌，皆歐公所未見。陳思《寶刻叢編》引《復齋碑錄》、《京兆石刻錄》但記誌主姓名、葬

〔註50〕〈立碑〉見唐‧白居易：《白居易集》（台北：漢京文化事業有限公司，1984年），頁33。

日、書撰人、出土地，此後世《天下金石誌》、《寰宇訪碑錄》之所
由昉；視歐趙徵文考獻，孳孳唯恐不足，固有間矣。顧歐趙考證雖
密。然禾錄誌文，使人無由窺豹，終爲憾事。元末陶南郵迻錄梁永
陽王妃等誌文於《古刻叢鈔》然考治獨缺。以是知二者得兼如洪氏
《隸釋》、《隸續》之不易遘也。近世金石之學，凌越前代。青浦王
蘭泉《萃編》一書，有鑿空之功，合歐、趙、南郵之學爲一，斯學
大昌，如日中天。然拓墨僅據一本，編校出於眾手，紕謬孔多，讀
者惑焉。厥後陸劭聞《續編》、陸星農《補正》，踵事增華，得失參
半。光緒間，宜都楊惺吾遴選石墨，爲《寰宇貞石圖》，不繁鈔胥之
勞，可覘廬山之面。〔註51〕

根據趙氏的說法，前人不僅已著錄、研究石刻類文學，也有括例著作的產生，
如元‧潘昂宵《金石例》、明‧王行《墓銘舉例》、清‧梁玉繩《誌銘廣例》
等，顯示了對石刻文學的重視。

　　民國以來，對石刻文學的研究工作有著許多重要的進展。許多學者投入
這方面的研究，包括對於名義起源、發展歷史、考釋工作以及考史的結合等
方面，進行各專題或綜合性的研究，取得很大的成果。例如端方《匋齋藏石
記》（商務印書館 1911 年石印本）、羅振玉的《芒洛冢墓遺文》、《蒿里遺文》、
《山左冢墓遺文》、《山右冢墓遺文》等，另有多位熱愛收藏石刻古物的私人
收藏家，以于右任《鴛鴦七誌齋》、張鈁《千唐誌齋藏誌》爲代表。

　　四十年代到七十年代末，相對來說缺乏有規模的建樹，只有《西安郊區
隋唐墓》〔註52〕可以一提。學者要利用石刻文獻，只能從幾個大圖書館中翻
檢拓片，很不方便。

　　從八十年代中期以來，發生了很大改變，首先是舊輯、舊藏石刻拓本的
集中彙印，如《唐宋墓誌：遠東學院藏拓片圖錄》〔註53〕，香港中文大學中
國文化研究所名譽高級研究員饒宗頤教授赴法講學，於法國遠東學院書庫發
現由 Maurice Courant 蒐集之中國唐、宋時代墓誌拓本史料，爰加整理，並依
年代順序編成目錄，凡 388 件，每件均附有完整原拓影本及說明。由齊魯書
社又影印李根源《曲石精廬藏唐墓誌》，篇幅不大，頗存精品，泉男生和王

〔註51〕趙萬里：《漢魏南北朝墓誌銘集釋》（台北：鼎文書局，1972 年），頁 1。
〔註52〕中國科學院考古研究所編：《西安郊區隋唐墓》（北京：科學出版社，1966 年）
〔註53〕饒宗頤編：《唐宋墓誌：遠東學院藏拓片圖錄》（香港：中文大學出版社，1981
　　　　年）

之澳二誌尤受學者重視；稍後出版的《北京圖書館藏歷代石刻拓本彙編》〔註54〕，唐五代部分有二十多冊，占全書約一半，收唐代各類石刻拓本超過三千種；此期也出版許多有關墓誌銘編目、釋文圖版的專籍論文，如周紹良《唐代墓誌銘彙編》、吳樹平與吳寧歐《隋唐五代墓誌匯編》、趙超初審編寫、李秀萍等人校稿覆審《新中國出土墓誌・河南卷》等，是中國大陸在墓誌銘研究方面的著作。臺灣中央研究院則有毛漢光所主持的《歷代碑誌銘、塔誌銘、雜誌銘、墓誌銘等拓片目錄》專題研究，並著有專書《唐代墓誌銘彙編考》〔註55〕，從 1985 年開始出版，每冊 100 件，到 1994 年出至第十八冊而中輟，僅收錄到開元十五年。該書兼收石刻和典籍中的唐墓誌，採用拓本影印，附錄文和考釋，錄文除據拓本外，又據前人校錄和有關文獻予以校訂，考釋則備錄前賢研究意見，復援據史籍作出考按，在同類各書中體例最稱善備。上述諸書所收，均爲 1949 年前所出石刻，多有重出，但所據拓本不同，可以互校。毛漢光所錄有十多方爲他書所未見。

　　彙聚前人的石學著作的工作也應提及。臺灣學者編《石刻史料新編》〔註56〕，將歷代石學著作，包括方志中的石刻部分影印彙爲一編，雖編輯略顯粗糙，確是方便學人的無量功德之舉。中國國家圖書館金石組編《歷代石刻史料彙編》〔註57〕較前書篇幅稍小，重要諸書均收錄，也便於檢用。

　　張沛編次《昭陵碑石》〔註58〕，彙聚了昭陵博物館幾十年來的工作業績，包括了一大批唐初名臣懿戚的碑誌，份量大大超過了羅振玉《昭陵碑錄》，只是該書的大碑拓本縮得太小，無法辨識，錄文又未充分吸取以前學者的成績，稍有缺憾。中國文物研究所與地方文物研究所合作編纂《新中國出土墓誌》，已出《河南》第一冊（文物出版社 1994）、《陝西》第一冊（文物出版社 2000）和《重慶》冊（文物出版社 2002）。此套書按各省市、縣爲單元收錄新出歷代墓誌，唐代約占三分之一左右，包括圖版與錄文、考釋，說明出土時地，編次較爲科學。

〔註54〕北京圖書館編：《北京圖書館藏中國歷代石刻拓本彙編》（北京：中州古籍出版社，1989 年）

〔註55〕毛漢光：《唐代墓誌銘彙編附考 1～18 冊》（台北：中央研究院歷史研究所，1985~1994 年）

〔註56〕《石刻史料新編》已出一至三編九十冊（新文豐出版公司 1977～1986）

〔註57〕中國國家圖書館金石組編：《歷代石刻史料彙編》（北京：北京圖書館出版社，2000 年）

〔註58〕張沛：《昭陵碑石》（西安：三秦出版社，1993 年）

據石刻錄文的著作，當首推周紹良等編《唐代墓誌彙編》〔註 59〕，全書錄墓誌 3676 方，既包括宋以來的各種傳世墓誌，也包含了 1983 年以前的各種公私藏拓和已發表的石刻錄文。該書按照石刻原件錄文，十分忠實，且附有很細緻的人名索引，極便讀者。近出的《唐代墓誌彙編續集》〔註 60〕繼承了前編的體例，續收墓誌 1564 件，絕大多數是五十年代以來的新出土者，彌足珍貴，只是《續編》的校錄質量明顯遜於前編，與前編重復和本編重復的墓誌即達數十篇。吳鋼主編《全唐文補遺》七冊（三秦出版社 1994 至 2000），存文約 4200 篇，幾乎全取石刻，墓誌約占十之九五，與上述周編頗多重復，但包含了數量可觀的陝西新出石刻，于《隋唐五代墓誌彙編》新見石刻也作了很認眞的校錄，值得重視。唯此書體例，系取《全唐文》未收者，但隨得隨刊，編次無序，既不循《全唐文》舊例，又不存石刻原貌，不說明錄文來源，各冊自成單元，利用頗不便。

日本學者氣賀澤保規編《唐代墓誌所在總合目錄》（汲古書院 1997），按照墓誌刻石時間爲序，編錄十種專書中收錄唐墓誌的情況，甚便學者利用。

天津古籍書店 1991 年出版的《隋唐五代墓誌彙編》〔註 61〕多達三十冊，隋唐五代墓誌滙編，共收隋唐五代墓誌拓本五千餘種，按收藏地域或單位分爲以下九卷：

《洛陽卷》共收墓誌三千餘種，裝訂爲十五冊。對洛陽及其所屬各縣的新舊墓誌進行了廣泛地搜集和系統地整理。同時，對出土於本地區而流傳它地的墓誌也進行了必要地徵集和清理。所得墓誌數量之巨，爲各卷之冠。

《河南卷》共收墓誌一百餘種，裝訂爲一冊。這些墓誌基本上是除洛陽地區以外的河南省各市縣收藏的墓誌，大多數是近六十年新出土的。

《陝西卷》共收墓誌七百種左右，裝訂爲四冊。前二冊所收以陝西省博物館收藏的墓誌爲主，後二冊以陝西省博物館以外的陝西省各地的墓誌爲主。

《北京卷》（附《遼寧卷》）共收墓誌五百餘種，裝訂爲三冊。這些墓誌來源有三：一是北京各大圖書館、博物館收藏的舊拓本，二是北京地區近六十年新出土的墓誌，三是遼寧地區近六十年發掘的墓誌。

〔註 59〕周紹良主編：《唐代墓誌彙編》上下冊（上海：古籍出版社，1992 年）
〔註 60〕周紹良、趙超：《唐代墓志滙編續集》（上海：古籍出版社，2001 年）
〔註 61〕隋唐五代墓志滙編編輯委員會編：《隋唐五代墓志滙編》（天津：古籍出版社，1991 年）

　　《北京大學卷》共收墓誌近四百種，裝訂爲兩冊。本卷拓片均庋藏於北京大學圖書館，有一些拓片是其他地區和單位沒有收藏的珍品，雖屬舊拓，但卻是第一次刊布於世。

　　《河北卷》共收墓誌一百餘種，裝訂爲一冊。這些墓誌，全部出土於河北省，舊拓不多，近六十年新出土的墓誌佔有五分之四的份量。這些新出土的墓誌，大部份沒有發表過，也不見於著錄。個別誌石形體巨大，雕刻精美，實屬墓誌實物中難見的殊品。

　　《山西卷》共收墓誌近二百種，全部爲山西省出土，其中長治市出土一百一十五種，佔總數一半以上。近六十年新出土的墓誌有一百三十七種。

　　《江蘇山東卷》共收墓誌一百餘種，裝訂爲一冊。這些墓誌，以江蘇省出土的居多，少數出土於山東省。江蘇部份，舊拓、新拓大體各佔一半。山東部份，基本上是過去沒有公布，也未見著錄的新誌。

　　《新疆卷》共收墓誌二百種左右，裝訂爲一冊，其中大部份是新疆維吾爾自治區吐魯番地區出土的高昌王國至唐代西州的墓誌。這些墓誌，以近六十年出土的新品居多。

　　綜觀碑誌的演變，乃是由最初上古帝王記錄功業，經過拴牲畜之用，後來發展到墳墓前的刻石記功。至於其起源，仍無法確定，但由文獻的探討，可得知，其發展演變的情形是漢代已將碑誌的文體定型，而至唐代由於帝王碑刻、文人書碑之風盛行，加上唐朝建立以後，結束了魏晉南北朝長期分裂的局面，實現了南北統一。經過長期穩定的發展，人民生活安定，經濟迅速發展，使人們有條件去刻石立碑，甚至拿出巨額資財求人寫碑誌，也因此唐代之碑誌文才會成爲歷代之冠。唐代碑誌文的內容豐富而絢麗，有著歷史和文化價值。無怪乎自古以來，不斷有學者進行研究，挖掘蘊含其中珍貴的遺產。

第三章　白居易碑誌文概述

第一節　收錄版本

　　白居易的碑誌文共二十九篇，其中十四篇爲墓誌銘，四篇爲神道碑，二篇爲墓碑，二篇爲塔碑銘，二篇爲幢記，社石記、塔碣銘、石壁經碑文、墓碑銘及家廟碑銘則各占一篇。以下列一表格，說明白居易碑誌文在《文苑英華》、《唐文粹》、《白居易集》、以及《全唐文》的載錄情形。

白居易碑誌作品	文苑英華	唐文粹	白居易集	全唐文
1. 如信大師功德幢記	卷八百二十一		卷六十八	卷六百七十六
2. 華嚴經社石記				卷六百七十六
3. 東都十律大德長聖善寺鉢塔院主智如和尙茶毗幢記			卷六十九	卷六百七十六
4. 蘇州重元寺法華院石壁經碑文		卷六十五	卷六十九	卷六百七十八
5. 有唐善人墓碑銘（並序）	卷八百七十三		卷四十一	卷六百七十八
6. 西京興善寺傳法堂碑銘（並序）	卷八百六十六		卷四十一	卷六百七十八
7. 唐故湖州長城縣令贈戶部侍郎博陵崔府君神道碑銘（並序）	卷八百九十八		卷六十九	卷六百七十八
8. 淮南節度使檢校尙書右僕射趙郡李公家廟碑銘（並序）	卷八百八十二	卷六十 題作〈唐淮南節度使檢校尙書右僕射趙郡李公家廟碑〉	卷七十一	卷六百七十八

9. 故饒州刺史吳府君神道碑銘（並序）		卷五十八	卷六十九	卷六百七十八
10. 唐故通議大夫和州刺史吳郡張公神道碑銘（並序）	卷九百二十七題作〈曹州別駕張公神道碑〉	卷五十八	卷四十一	卷六百七十八
11. 唐贈尚書工部侍郎吳郡張公神道碑銘（並序）	卷八百九十八題作〈嶺南觀察推官贈尚書工部侍郎吳郡張公神道碑銘〉		卷四十一	卷六百七十八
12. 大唐泗洲開元寺臨壇律德徐泗濠三州僧正明遠大師塔碑銘（並序）			卷六十九	卷六百七十八
13. 唐東都奉國寺禪德大師照公塔銘（並序）			卷七十一	卷六百七十八
14. 唐撫州景雲寺故律大德上宏和尚石塔碑銘（並序）	卷八百六十六題作〈撫州景雲寺故律大德上弘和而在塔碑〉	卷六十二	卷四十一	卷六百七十八
15. 唐江州興果寺律大德湊公塔碣銘（並序）	卷八百六十六		卷四十一	卷六百七十八
16. 唐故會王墓誌銘（並序）	卷九百三十五題作〈會王墓誌銘〉		卷四十二	卷六百七十九
17. 故滁州刺史贈刑部尚書滎陽鄭公墓誌銘（並序）	卷九百五十四題作〈滁州刺史鄭公墓誌銘〉		卷四十二	卷六百七十九
18. 唐揚州倉曹參軍王府君墓誌銘（代裴頲舍人作）	卷九百五十八		卷四十二	卷六百七十九
19. 唐太原白氏之殤墓誌銘（並序）			卷四十二	卷六百七十九
20. 醉吟先生墓誌銘（並序）	卷九百四十五題作〈自撰墓誌〉		卷七十一	卷六百七十九
21. 唐銀青光祿大夫太子少保安定皇甫公墓誌銘（並序）	卷九百四十五題作〈銀青光祿大夫太子少保安定皇甫公墓誌〉		卷七十	卷六百七十九
22. 唐故銀青光祿大夫秘書監曲江縣開國伯贈禮部尚書范陽張公墓誌銘（並序）	卷九百四十五題作〈故銀青光祿大夫秘書監曲江縣開國伯贈禮部尚書范陽張公墓誌〉		卷七十	卷六百七十九

	文苑英華	唐文萃	白居易集	全唐文
23. 唐故武昌軍節度處置等使正議大夫檢校戶部尚書鄂州刺史兼御史大夫賜紫金魚袋贈尚書右僕射河南元公墓誌銘（並序）	卷九百三十七 題作〈相國武昌節度處置等使正議大夫檢校戶部尚書鄂州刺史兼御史大夫賜紫金魚袋贈尚書右僕射河南元公墓誌銘〉	卷六十八 題作〈唐故武昌軍節度觀察處置等使正議大夫檢校戶部尚書鄂州刺史兼御史大夫賜紫金魚袋贈尚書右僕射河南元公墓誌銘〉	卷七十	卷六百七十九
24. 唐故虢州刺史贈禮部尚書崔公墓誌銘（並序）	卷九百五十四 題作〈虢州刺史贈禮部尚書崔公墓誌銘〉		卷七十	卷六百七十九
25. 唐故溧水縣令太原白府君墓誌銘（並序）	卷九百五十九		卷七十	卷六百八十
26. 大唐故賢妃京兆韋氏墓誌銘（並序）	卷九百六十九		卷四十二	卷六百八十
27. 唐河南元府君夫人滎陽鄭氏墓誌銘（並序）	卷九百六十九	七十	卷四十二	卷六百八十
28. 唐故坊州鄜城縣尉陳府君夫人白氏墓誌銘（並序）			卷四十二	卷六百八十
29. 海州刺史裴君夫人李氏墓誌銘（並序）	卷九百六十九		卷六十八	卷六百八十

　　本文的碑誌文本，根據《文苑英華》、《唐文萃》、《白居易集》、《全唐文》的原因在於：這些典籍都是輯佚求備的性質，幾乎是照單全收，沒有優劣之分，在分類上也有各自的一套原則。

　　《文苑英華》是宋太宗時李昉、宋白、徐鉉等二十餘人共同編纂的類書。《文苑英華》於太平興國七年開始編輯，雍熙三年完成。選材侷限與《文選》相銜接，上自南朝梁代，下至五代，選錄作品近兩萬篇。按文體分賦、詩、歌行、雜文，還收錄了詔誥、書判、表疏、碑誌等，可用來考訂史實。其中唐人作品佔十分之九。南宋宋孝宗時周必大、胡柯、彭叔夏校訂後刊行，今存者即此校定本。〔註1〕宋洪邁撰有《文苑英華辯証纂要》。

〔註1〕這部總集從太平興國七年九月開始纂修，到雍熙三年十二月（九八七年一月）完成。原來準備和《文選》一起刊印，由於發現原稿有許多不能使人滿意的地方，真宗景德四年（一○○七）做過一次「芟繁補闕」的工作，真宗大中祥符二年（一○○九）又由石待問和張秉、陳彭年等覆校兩次。校完後是否刊刻，由於史料記載的含混，已經很難斷定。南渡以來，宋孝宗又命令「校

《唐文粹》序稱「纂唐賢文章之英粹」。全書一百卷。作者北宋·姚鉉編，太平興國進士，官至兩浙轉運使，善文詞，尤長於詩。《唐文粹》於眞宗咸平五年開始編選，眞宗大中祥符四年定稿。共 100 卷，16 本。此書最早刻於南宋紹興間。元明兩代多次刊刻，常見者有商務印書館民國間《四部叢刊》影印元翻印宋刻小字本。明·張溥有《唐文粹刪》十卷，清·郭鮎有《唐文粹補遺》二十六卷。姚氏對于唐末以來柔靡頹放的文風非常不滿。這種文風一直影響到宋初。當時流傳的唐詩選本如《唐詩類選》、《極玄集》、《又玄集》等又都「率多聲律，鮮及古道」，是「資新進後生干名求試者急用」的工具。他立志改變宋初文風，因此就要編纂一本體現古道、能矯時弊 的唐代詩文選本，以繼《昭明文選》。於是他「遍閱群集，耽玩研究，掇菁擷華」，經過十多年編成此書，共錄詩九百餘首，分六十餘類，全取古體，其錄入標準是「止只古雅自命，不以雕琢爲工，故侈言蔓辭，率皆不取」。

《白居易集》，1984 年漢京文化事業有限公司出版。此書是用紹興本作底本〔註2〕，整理則請顧肇倉參校宋明清各本進行校勘和標點。這雖然不是現存各本的會校，但舉凡原本明顯的錯誤和脫漏之處。或改或補（衍文以圓括號爲識、脫文以方括號爲識），都一一做了校記；對於僅依版本不能解決的問題，整理者也參證史料加以考訂，盡量使它成爲一部較爲完整的白集讀本。此外，整理者又將前人已經拾補的連同新近發現的佚詩佚文編爲外集兩卷。書末附載有關白居易的傳記和白集的序跋，以及重新編寫的白居易年譜簡編，目的是爲讀者提供一些參考資料。

《全唐文》，唐文總集名。清仁宗嘉慶十九年（西元一八一四）由董誥、戴衢亨、曹振鏞等一百零七人奉詔編校而成。是書以有唐一代之文爲主，亦兼採五代十國作品。取四庫全書、永樂大典、古文苑、文苑英華、唐文粹爲底本、廣搜散見於史子雜家、金石碑板之文，普行甄錄，殘篇斷簡亦概採輯。凡二萬零二十五篇，作者三千零三十五人（據日本京都大學人文科學研究所編「唐代的散文作家」一書統計結果。全唐文序稱萬八千四百八十八篇，作者三千零四十二人，與實際有出入），以文從人，勒爲千卷。其序次首諸帝，

理書籍」的專職人員做了一次校訂，但是質量很差，以致周必大在告老辭官以後不和胡柯、彭叔夏等再做一次校訂才上版刊行。這次校出的錯誤，分別用小字夾注或篇末黑地大字的形式一一標明。今天看到的《文苑英華》，就是這個校定的本子。

〔註 2〕宋紹興刻七十一卷本《白氏長慶集》，是現存最早的白集刻本。

次后妃，次宗室諸王，次公主（五代亦依此序次，十國主附五代後），次臣工，次釋道，次閨秀，闕名及宦官、四裔之文則附編卷末。作者世次以登第之年爲主，各爲小傳，載其里居、科第，及歷官始末，其事蹟爲史傳所無者，則搜訪遺佚，間采瑣事，以備掌故。是書之編，仿聖祖勅編全唐詩之意，故其體例、命名亦皆仿之。書內存釋道諸文四十餘卷，而章咒偈頌等類不載；他如《會眞記》、《柳毅傳》、《霍小玉傳》等說部之書，亦概從刪。在文字校錄方面，全書《凡例》規定：「碑碣以石本爲據，余則其文義優者從之，若文義兩可，則註明一作某字存證」；「金石文字，類多剝蝕而版本完善足信者，即據以登載；其無可據，則註明闕幾字存證；惟殘闕過甚僅留數字，無文義可尋者，不錄。」本書版本主要有：（1）清嘉慶十九年（1814）揚州全唐文局刻本，版入武英殿；（2）光緒時廣州重刻本。（3）1983 年中華書局影印嘉慶本，並附影光緒時陸心源的《唐文拾遺》72 卷和《唐文續拾》16 卷，全部斷句。（4）1990 年上海古籍出版社據原刊本剪貼縮印，後附陸心源《唐文拾遺》、《唐文續拾》，勞格《讀全唐文札記》、岑仲勉《讀全唐文札記》等。

白氏散文，向來不甚受推重，故前人僅作零星之校勘，而未全力爲之披榛莽、掃蕪穢者，以致魯魚虛虎之訛，觸目皆是。目前校訂白居易散文較爲完備，有羅聯添所寫的《白居易散文校記》〔註3〕及朱金城編撰的《白居易集箋校》〔註4〕。

《白居易散文校記》作者於民國五十三年春獲覩景印宋紹興本白氏長慶集，取其散文略爲勘校，發現其勝處固多，然脫字、衍文暨字句之誤，亦不少。乃爰據此本，旁稽《文苑英華》、《唐文萃》、《全唐文》等書籍，撰爲斯篇。白居易碑誌文作品，除了〈醉吟先生墓誌銘〉一篇，置之不校外，其餘都比較各版本，作了詳細的考證、勘校。

《白居易集箋校》是以先詩後箋系統之明萬曆三十四年馬元調刊本《白氏長慶集》爲底本（但刪去了馬本附加之音注）以敦煌殘本《白氏詩集》及宋·紹興本《白氏文集》、《四部叢刊》影印日本那道圓翻宋本《白氏長慶集》、清康熙四十三年汪立名草堂刻本《白香山詩集》〔註5〕、清·武進費氏覆宋本

〔註3〕羅聯添：《白居易散文校記》（台北：學海出版社，1986 年）

〔註4〕朱金城：《白居易集箋校》（上海：古籍出版社，1988 年）共六冊。

〔註5〕清·汪立名編注《白香山詩集》。該書取《長慶集》前二十卷、後集十七卷、別集一卷，又眈摭諸書，爲補遺二卷，共四十卷。康熙四十一年（1702）成書，同年即翌年汪氏一隅堂刊刻。

《白氏諷諫》等重要刊本及《才調集》、《文苑英華》、《唐文粹》、《樂府詩集》等重要總集和選集參校，並參考了清・盧文弨《群書拾補》校《白氏文集》、清・查慎行《白香山詩評》校語等要校記。全書 71 卷，編次悉依底本以存其舊，而凡與底本、宋・紹興本卷次有異者，均注明卷數於後。凡底本、宋・紹興本未收之佚詩，另輯爲外集 3 卷。本書先列箋証，後列校記。由於參校之本及校記近 20 種，廣博精審，箋校者功力深厚，態度嚴謹，故訂正魚魯亥豕之誤不勝枚舉。白居易碑誌文作品箋証部分收集資料亦稱詳備，按語多切中穩妥，並盡量採用前後互証法，可說極具參考價值。

第二節　白居易碑誌文的寫作動機

　　現存白居易碑誌文共有二十九篇，觀墓主的身分，自王侯將相至閭巷之士，無所不包。〔註6〕考察白居易與墓主的關係，大約可分爲：一、居易的親屬，如：弟弟白幼美、叔父白季康、外祖母白氏。二、朋友與同僚，如：李紳、吳丹、張誠、皇甫鏞、張仲方、元稹等。三、朋友之親屬，如：元稹之母鄭氏、裴克諒之妻李氏。四、佛教人士，如：大徹禪師、上弘和尚、智如和尚、如信大師、明遠大師、南操、神照、神湊。五、時人，如：李建、崔孚、張無擇、王士寬、崔玄亮等是當時聞名之士。六、本人，如：白居易。

　　白居易爲人撰寫墓誌銘之動機，大約有「請銘」、「奉詔」和「自願」等三種：

（一）請銘〔註7〕

〔註6〕任何形式的文學皆可反映社會現象，碑傳文所反映的程度可以說是相當深入而全面的。這話怎麼說呢？因爲，盛唐時期對於爲人們身後撰寫墓誌以及鐫刻立碑的風氣，已由早期專爲帝王服務的型態，逐漸深入平民百姓之中，碑傳文的誌主的身分層次，也自然擴大到上自皇室、貴族、朝臣，下至一般平民百姓與婦女、孺子。

〔註7〕請銘可分爲：
　1. 契好請銘：墓誌並未進一步提供訊息說明雙方當初如何建交，但「契好」、「游舊」一類的措詞卻透露出雙方相當程度的熟識。於是，彼此的交誼遂使撰誌者認爲自己負有卻之不恭的撰誌義，也是請銘者能夠向撰誌者邀文正當合理的憑藉。在情，基於朋友交誼；在理，朋友交遊而得熟知墓主行事，撰誌者和請銘者在此一情境中的互動都應當順利完成。
　2. 同僚請銘：在公領域處理公共事務的共同經驗是雙方私人情誼、往來發展的契機和環境。這種同宦共仕衍生的交誼的確很符應這些墓主、撰誌者與請銘者的生命經驗。

試觀白居易所作的碑誌文，其中〈西京興善寺傳法堂碑銘〉、〈唐東都奉國寺禪德大師照公塔銘〉、〈唐江州興果寺律大德湊公塔碣銘〉、〈東都十律大德長聖善寺缽塔院主智如和尚茶毗幢記〉及〈如信大師功德幢記〉等篇是白居易直接表明，由墓主的徒弟之請銘所作的；〈故饒州刺史吳府君神道碑銘〉、〈唐贈尚書工部侍郎吳郡張公神道碑銘〉、〈故滁州刺史贈刑部尚書滎陽鄭公墓誌銘〉、〈唐故銀青光祿大夫祕書監曲江縣開國伯贈禮部尚書范陽張公墓誌銘〉、〈唐故虢州刺史贈禮部尚書崔公墓誌銘〉、〈唐故溧水縣令太原白府君墓誌銘〉及〈唐河南元府君夫人滎陽鄭氏墓誌銘〉等篇是白居易直接表明，由墓主的家屬之請銘所作的。

（二）奉詔

在白居易之碑誌文中，〈大唐故賢妃京兆韋氏墓誌銘〉與〈唐故會王墓誌銘〉，兩篇乃奉詔之作。

（三）自願

至於白居易墓誌銘的優秀的作品，大都出於自願之作。這些作品的墓主，大都是自己的親戚、交往深厚的好友，甚至於作者本身，文中充分流露出作者真摯的心情。這種作品與應酬之作，不可相提並論。

〈醉吟先生墓誌銘〉是自撰墓誌〔註8〕，墓誌銘一般都是在主人翁過世後才寫的，但在這篇碑誌文中，白居易卻以墓誌銘來描寫自己，由主人翁自寫的這篇碑誌文，顯含著矛盾，這種矛盾以濃縮的模樣，浮現在白居易對自己死亡的虛構描寫上。自己給自己預撰墓誌銘，在不少歷史名人身上也都發生

---

3. 推薦請銘：「推薦」這類情況雖然似乎也顯示墓主在官場中良好的人際關係，但這種往來的脈絡卻恐怕以「公」的成分為多，而且其實推薦人與被推薦人（墓誌銘中基本上就是指墓主）之間並不一定有深刻的私情，甚或可能是上司與下屬、座主與門生之類帶有上下、主從意義的人際關係。不過，單就墓誌的書寫看來：一類的行文遣詞雖然令人感到無法直接將這些推薦者與墓主視為具私人情誼的朋友，但還是顯現某一種公領域中的非血緣人際關係的營造情境。參見吳雅婷〈宋代墓誌銘對朋友之倫的論述〉《宋代墓誌史料的文本分析與實證運用》（台北：東吳大學歷史學系出版，2003年），頁4。

〔註8〕岑仲勉白集醉吟先生墓誌存疑（以下簡稱存疑）一文疑為偽撰，陳寅恪《元白詩箋證稿》亦贊岑氏之說，茲箋附於各條之後。又寶刻叢編四洛陽縣下引復齋碑錄云：「唐醉吟先生白公西北巖石碣，樂天自著墓碣也，白敏中書，會昌六年十一月立。」岑氏存疑謂碣樹墓上，且在洛陽，與此誌藏穴中者非同一本。

過。日本學者川合康三在其著作《中國的自傳文學》中，把作者本人生前自撰的墓誌銘視爲雖然沒有顯示自傳字眼、但同樣屬於一種特殊的自傳性質的文字；說它們相對客觀眞實，甚至有些要比那些揚揄自己的自傳更實事求是，更切近眞實的自我。〔註9〕

　　王讜《唐語林》載，裴度在憲、穆、敬、文宗四朝歷任顯職 20 餘年，「執生不回，忠於事業，時政或有所闕，靡不極言之」，時人論將相，皆推度爲首。裴度自爲墓誌銘曰：「裴子爲子之道，備存乎家牒；爲臣之道，備存乎國史。」；杜牧的有「嗟爾小子，亦克厥修」句子；顏眞卿的「天之昭明，豈可誣乎！有唐之德，則不朽耳！」何其擲地有聲？當年，李希烈謀反，宰相盧杞乘機剷除異己，要德宗派顏眞卿去傳聖諭，招降納叛－－實際上等於把顏眞卿送進虎口。顏眞卿果然被執，他對前來遊說的人說：「若等聞顏常山否？吾兄也，祿山反，首舉義師，後雖被執，詬賊不絕於口。吾年且八十，官太師，吾守吾節，死而後已。」在出發的時候，顏眞卿已知此行結局，「度必死，乃作遺表、墓誌、祭文」。

第三節　碑誌文的內容與史傳之比較

　　白居易所作碑誌文，計有 29 篇。這些碑誌文墓主的事蹟內容，有些在唐史中也有詳略不等的記載，這些人的事蹟就可以碑、史互相對照。如果有碑史不相合的地方，則加以究其原因，並探究相關的因素，也因此可以看出白居易的立傳標準。

　　白居易所撰的 29 篇碑誌作品中，9 位墓主之行跡，因史書也同樣記載他們的事蹟，而可以尋索碑、史不同之處。經過碑、史所說的內容比較，可以發現「碑詳史略」、「史詳碑略」等二大類。

　　白居易碑誌文，墓主在史書也有傳記者（包括附見於他傳者）如下：

（一）〈醉吟先生墓誌銘〉（白居易：《舊唐書》卷 166・列傳第 116；《新唐書》卷 119・列傳第 44 白居易傳）

（二）〈唐故武昌軍節度處置等使正議大夫檢校戶部尚書鄂州刺史兼御史大夫賜紫金魚袋贈尚書右僕射河南元公墓誌銘〉（元稹：《舊唐書》卷 166・列傳第 116；《新唐書》卷 174・列傳第 99 元稹傳）

〔註 9〕川合康三（日）著、蔡毅譯：《中國的自傳文學》（北京：中央編譯出版社，1999 年），頁 97。

（三）〈淮南節度使檢校尚書右僕射趙郡李公家廟碑銘〉（李紳：《舊唐書》卷 173・列傳第 123；《新唐書》卷 181・列傳第 106 李紳傳）

（四）〈唐故銀青光祿大夫祕書監曲江縣開國伯贈禮部尚書范陽張公墓誌銘〉（張仲方：《舊唐書》卷 171・列傳第 121；《新唐書》卷 126・列傳第 51 張仲方傳）

（五）〈唐故虢州刺史贈禮部尚書崔公墓誌銘〉（崔玄亮：《舊唐書》卷 165・列傳第 115；《新唐書》卷 164・列傳第 89 崔玄亮傳）

（六）〈唐銀青光祿大夫太子少保安定皇甫公墓誌銘〉（皇甫鏞：《舊唐書》卷 165・列傳第 115；《新唐書》卷 164・列傳第 89 皇甫鏞傳）

（七）〈唐故會王墓誌銘〉（會王李繻：《舊唐書》卷 150・列傳第 100 會王李繻傳）

（八）〈大唐故賢妃京兆韋氏墓誌銘〉（德宗韋賢妃：《舊唐書》卷 52・列傳第 2；《新唐書》卷 77・列傳第 2 后妃傳）

（九）〈有唐善人墓碑銘〉（李建：《舊唐書》卷 155・列傳第 105；《新唐書》卷 162・列傳第 87 李建傳）

一、史詳碑略

白居易撰寫碑誌文時，由於墓主生平功蹟，無法一一列舉，只用「簡述」筆法帶文，因此出現「史詳碑略」之現象。

（一）白居易

新、舊《唐書》及《唐才子傳》，皆記載樂天袖書謁顧況〔註10〕。史書也直接引用白居易文學作品。如〈與元九書〉一文，《舊唐書》便收錄了全文。

居易與元稹相善，同年登制舉〔註11〕，交情隆厚。然而兩地為官，身相

〔註10〕白居易十五六歲進京謁見顧況一事：《陳譜》：「舊史云：年十五六歲，袖詩謁顧況。況迎門禮謁曰：『吾謂斯文遂絕，今復得子矣。』《摭言》云：況謔公曰：『長安物貴，居大不易。』及讀〈原上草〉詩『野火燒不盡，春風吹又生』，乃曰：『有句如此，居亦何難！』」按：《摭言》記事多誤。貞元四年（七八八）以前，居易無赴長安之可能。貞元五年之後，顧況因嘲謔貶官饒州司，復至蘇州。如謂居易有謁顧況之事，或相遇於饒州或蘇州也。資料來源：朱金城：《白居易年譜》（台北：文史哲出版社，1991 年）。

〔註11〕案白氏長慶集代書寄微之百韻詩首四司云：「憶在貞元歲，初登典校司。身名同日授，心事一言知。」蓋居易與元稹同時以書判拔萃登第，同時授秘書省校書郎。而居易撰唐故武昌軍節度處置等使正議大夫檢校戶部尚書鄂州刺

分離，若有互相唱和的詩篇，便放在竹製的筒中傳遞，以互訴心情。〔註12〕時元稹在通州，篇詠贈答往來，不以數千里爲遠。嘗與稹書，因論作文之大旨曰，即是著名的〈與元九書〉，此文是相當著名的文藝論著，也是中唐文學思想的一大文獻，白居易的重要文學理論在信中表達得十分清楚。文中白居易推崇詩的地位爲六經之首，提出「根情，苗言，華聲，實義」八個字解說詩的內容和形式的關係。情、義是內容，言、聲是形式，以果木的生長過程爲喻，情如果木之根，言語如苗葉，聲律如其花朵，內容如其果實。主要是論詩主張：認爲文學的重要使命是補察時政、洩導人情。嚴厲批評六朝文風，特別強調杜甫的價值，指出文學要具社會意義，要求內容充實和諷刺作用。

　　白居易是唐代現實主義詩人，作品數量相當多，憲宗元和年間，因擔任左拾遺諫官，想盡一份爲民請命的責任，所以創作很多諷諭詩〔註13〕，運用了詩經賦、比、興的表現手法，這些反應現實的詩歌，對讀者有告誡、教育的意味。《白香山詩集》有白居易詩二千八百八十八首，其中諷諭詩有一百七十二首。其諷諭詩，在當時必然引起一些權貴不滿，在〈與元九書〉提到：

> 凡聞僕《賀雨》詩，衆口籍籍，已謂非宜矣；聞僕《哭孔戡》詩，衆面脈脈，盡不悅矣；聞《秦中吟》，則權貴豪近者，相目而變色矣；聞樂遊園寄足下詩，則執政柄者扼腕矣；聞《宿紫閣村》詩，則握軍要者切齒矣；大率如此，不可徧舉。

史兼御史大夫賜紫金魚袋贈尚書右僕射河南元公墓誌銘曰：「十五明經及第。二十四試判入四等，署秘省校書。」元氏長慶集同州刺史謝上表亦自謂：「年二十四登乙科，授校書郎。」元稹生於代宗大曆十四年（七七九），居易生於大曆七年（七七二）。元稹二十四歲爲德宗貞元十八年（八〇二）。是年居易三十一歲。以元證白，可見汪譜居易於貞元十八年以書判拔萃登第授校書郎之說爲是。又案：李商隱撰刑部尚書致仕贈尚書右僕射太原白公墓碑銘曰：「公字樂天，諱居易，前進士，避祖諱選書判拔萃。」居易祖父鞏縣令鍠。鍠音同宏，居易爲避諱，故棄博學宏辭而就書判拔萃。

〔註12〕中唐文會之風日盛，但是文人地相隔，而以詩作爲書信，相相互酬唱，似乎還是始於元、白等人。《唐語林》載其事云：「白居易長慶二年以中書舍人爲杭州刺史……，時吳興守錢徽、吳郡守李穰皆文學士，悉生平舊友，日以詩酒寄興……元稹鎮會稽，參其酬唱，每以筒竹盛詩來往。」又胡震亨《唐詩談叢》卷五即載：「詩筒始元白。白官杭州，元官越州，每和詩，入筒遞之。白有詩云：『爲向兩州郵吏道，莫辭來去遞詩筒。』」由此可見，白居易和元稹可說是中國首先使用詩筒的人。

〔註13〕〈與元九書〉也提到：「自拾遺來，凡所適、所感，關於美刺興比者；又自武德訖元和，因事立題，題爲新樂府者，共一百五十首，謂之諷諭詩」。

白居易以詩道自任，他當然知道會受到朝廷一些人排斥，還是很有心的繼續創作，這些詩句逐漸流傳到社會，〈與元九書〉提到：

> 自長安抵江西，三四千里，凡鄉校、佛寺、逆旅、行舟之中，往往
> 有題僕詩者；士庶、僧徒、孀婦、處女之口，每每有詠僕詩者。

可知當時白居易的詩流傳很廣，學校、佛寺、旅店、客船，都題著他的詩句；士庶、僧徒、孀婦、處女口裡，也都吟詠白居易的詩，也達到諷諫時弊的效果。不僅如此，其詩流傳之廣泛，於《舊唐書》中言及：

> 予始與樂天同秘書，前后多以詩章相贈答。予譴掾江陵，樂天猶在
> 翰林，寄予百韻律體及雜體，前后數十詩。是后各佐江、通，復相
> 酬寄。巴、蜀、江、楚間洎長安中少年，遞相仿效，競作新辭，自
> 謂爲元和詩。而樂天《秦中吟》、《賀雨》諷諭閒適等篇，時人罕能
> 知者。然而二十年間，禁省觀寺、郵候牆壁之上無不書；王公妾婦、
> 牛童馬走之口無不道。其繕寫模勒，炫賣于市井，或因之以交酒茗
> 者，處處皆是。其甚有至盜竊名姓，苟求自售，雜亂間廁，無可奈
> 何。予嘗于平水市中，見村校諸童，競習歌詠，召而問之，皆對曰：
> "先生教我樂天、微之詩。"固亦不知予爲微之也。又雞林賈人求市
> 頗切，自云："本國宰相，每以一金換一篇，甚僞者，宰相輒能辨別
> 之。"自篇章已來，未有如是流傳之廣者。

白居易的詩歌，由於具有較高的思想性和強烈的藝術感染力，當時不論在國內和國外都廣爲流傳〔註 14〕。白居易的詩在朝鮮很受歡迎，當時的宰相還能分辨白詩的真僞，願以百金易白詩一篇。元稹《白氏長慶集序》即言：「雞林賈人求市頗切，自云本國宰相每以百金換一篇，其甚僞者，宰相輒能辨別之。」〔註 15〕由此可見，白居易的詩歌無論國內外都備受讚揚，價值性極高。

　　史書也直接引用白居易的上疏文。《舊唐書》中言及章武皇帝納諫思理，渴聞讜言，召入白居易爲翰林學士，後拜左拾遺。居易自以逢好文之主，非次拔擢，欲以生平所貯，仰酬恩造。拜命之日，獻疏言事曰：「蒙恩授臣左拾遺，依前翰林學士，已與崔群同狀陳謝。臣又職在禁中，不同外司，欲竭愚誠，合先陳露。伏希天鑒，深察赤誠。」在《新唐書》中會王承宗叛，帝詔

〔註14〕白詩之流傳情形，可參看〈與元九書〉及元稹之白氏長慶集序。在國外之風
　　　　行情形，可參看梁容若先生所著之《文學十家傳·白居易傳——國外流傳章》。
〔註15〕〈白氏長慶集序〉見唐·白居易：《白氏長慶集》（台北：藝文印書館，1981
　　　　年），頁 1。

吐突承璀率師出討，居易上言：

> 陛下討伐，本委承璀，外則盧从史、范希朝、張茂昭。今承璀進不
> 決戰，已喪大將，希朝、茂昭數月乃入賊境，觀其勢，似陰相爲計，
> 空得一縣，即壁不進，理無成功。不亟罷之，且有四害。以府帑金
> 帛、齊民膏血助河北諸侯，使益富強，一也。河北諸將聞吳少陽受
> 命，將請洗滌承宗，章一再上，無不許，則河北合從，其勢益固。
> 與奪恩信，不出朝廷，二也。今暑濕暴露，兵氣熏蒸，雖不顧死，
> 孰堪其苦？又神策雜募市人，不恇于役，脫奔逃相動，諸軍必搖，
> 三也。回鶻、吐蕃常有游偵，聞討承宗歷三時無功，則兵之強弱，
> 費之多少，彼一知之，乘虛入寇，渠能救首尾哉？兵連事生，何故
> 蔑有？四也。事至而罷，則損威失柄，祗可逆防，不可追悔。

又穆宗好畋游，獻《續虞人箴》以諷，曰：

> 唐受天命，十有二聖。兢兢業業，咸勤厥政。鳥生深林，獸在丰草。
> 春蒐冬狩，取之以道。鳥獸虫魚，各遂其生。民野君朝，亦克用寧。
> 在昔玄祖，厥訓孔彰：「馳騁畋獵，俾心發狂。」何以效之，曰羿與
> 康。曾不是誡，終然覆亡。高祖方獵，蘇長進言：「不滿十旬，未足
> 爲歡。」上心既悟，爲之輟畋。降及宋璟，亦諫玄宗。溫顏聽納，獻
> 替從容。璟趨以出，鷂死握中。噫！逐獸于野，走馬于路。豈不快
> 哉，銜橛可懼。審其安危，惟聖之慮。

在儒家兼濟思想的指導下，他不怕得罪權貴近幸，連續上書論事，如《奏請
加得音中節目》、《論制科人狀》、《論於□裴均狀》、《論和糴狀》、《奏閿鄉縣禁
囚狀》等，都是關係國家治亂、人民生活的重要文件。又元和五年，元稹貶
江陵士曹。元稹這次遭受貶謫，白居易曾竭力抗爭，白居易爲元稹的事，三
次上奏章爲他洗白，《舊唐書》便收錄了全文曰：

> 臣昨緣元稹左降，頻已奏聞。臣內察事情，外聽眾議，元稹左降有
> 不可者三。何者？元稹守官正直，人所共知。自授御史已來，舉奏
> 不避權勢，只如奏李佐公等事，多是朝廷親情。人誰無私，因以挾
> 恨，或假公議，將報私嫌，遂使誣謗之聲，上聞天聽。臣恐元稹左
> 降已後，凡在位者，每欲舉職，必先以稹爲誡，無人肯爲陛下當官
> 守法，無人肯爲陛下嫉惡繩愆。內外權貴親黨，縱有大過大罪者，
> 必相容隱而已，陛下從此無由得知。此其不可者一也。

昨元稹所追勘房式之事，心雖徇公，事稍過當。既從重罰，足以懲違，況經謝恩，旋又左降。雖引前事以爲責辭，然外議喧喧，皆以爲稹與中使劉士元爭，因此獲罪。至于爭事理，已具前狀奏陳。況聞士元蹋破驛門，奪將鞍馬，仍索弓箭，嚇辱朝官，承前已來，未有此事。今中官有罪，未聞處置；御史無過，卻先貶官。遠近聞知，實損聖德。臣恐從今已后，中官出使，縱暴益甚；朝官受辱，必不敢言。縱有被凌辱毆打者，亦以元稹爲戒，但吞聲而已。陛下從此無由得聞。此其不可二也。

臣又訪聞元稹自去年已來，舉奏嚴礪在東川日枉法，沒入平人資產八十余家；又奏王沼違法給券，令監軍押柩及家口入驛；又奏裴玢違敕征百姓草；又奏韓皋使軍將封杖打殺縣令。如此之事，前后甚多，屬朝廷法行，悉有懲罰。計天下方鎮，皆怒元稹守官。今貶爲江陵判司，即是送與方鎮，從此方便報怨，朝廷何由得知？臣伏聞德宗時有崔善貞者，告李錡必反，德宗不信，送與李錡，錡掘坑熾火，燒殺善貞。曾未數年，李錡果反，至今天下爲之痛心。臣恐元稹貶官，方鎮有過，無人敢言，陛下無由得知不法之事。此其不可者三也。

若無此三不可，假如朝廷誤左降一御史，蓋是小事，臣安敢煩瀆聖聽，至于再三！誠以所損者深，所關者大，以此思慮，敢不極言！疏入不報。

元稹自監察御史謫爲江陵府士曹掾，翰林學士李絳、崔群上前面論稹無罪，居易累疏切諫爲他求情，事情雖然沒有成功，但他卻盡了所有的力量。

樂天爲諫官時，不負其言，最能顯其本領，苟有事時，不枉忠直，今藉兩唐書所舉諫諍之例，香山之諫諍，如何鯁直，可備知其大慨矣！

再如《舊唐書》提及白居易被貶官之事曰：

十年七月，盜殺宰相武元衡，居易首上疏論其冤，急請捕賊以雪國恥。宰相以宮官非諫職，不當先諫官言事。會有素惡居易者，掎摭居易，言浮華無行，其母因看花墮井而死，而居易作《賞花》及《新井》詩，甚傷名教，不宜置彼周行。執政方惡其言事，奏貶爲江表刺史。詔出，中書舍人王涯上疏論之，言居易所犯狀跡，不宜治郡，追詔授江州司馬。

按舊唐書所載者兼括三要素而成立，亦即白母看花墜井、白居易作賞花新井詩、武元衡遇刺時，此二事乃合爲中傷者之口實。如此記述之用意，蓋欲說明白居易被貶謫的原因，故其目的但敘當時憎惡白居易者之飛短流長，並不注意此事之眞僞。關於居易母因看花墜井而死一事，五代‧高彥休《唐闕史》曰：

> 公母有心疾，因悍妒得之。及嫠，家苦貧，公與弟不獲安居，常素米丐衣於鄰郡邑。母晝夜念之，病益甚。公隨計宜州，母因憂憤發狂，以菫刀自剄。人救之得免。後遍訪醫藥，或發或瘳。常恃二壯婢，厚給衣食，俾扶衛之。一日稍怠，斃於坎井。時裴晉公爲三省，本廳對客；京兆府申堂狀至，四坐驚愕。薛給事存誠曰：『某所居與白鄰，聞其母久苦心疾，叫呼往往達於隣里。』坐客意稍釋。他日，晉公獨見夕拜，謂曰：『前時眾中之言，可謂存朝廷大體矣。』夕拜正色曰：『言其實也，非大體也。』由是晉公信其事。凡曰墜井，必恚恨也，隕穫也；凡曰看花，必怡暢也，閒適也。安有怡暢閒適之際，遽致顛沛廢墮之事？〔註16〕

高氏此段文字，旨在說明居易母並非因看花而墜井死甚明。《唐闕史》又謂：「樂天長於情，無一春無詠花之什，因欲戲藻其罪。又驗新井篇是尉盩屋時作，隔官三政，不同時矣。」〔註17〕意謂賞花詩乃泛指居易詠花之詩句而言，並非專指一詩。《新唐書》較《舊唐書》刪落賞花兩字，但云「賦新井篇」，與高氏說合。高氏能指出新井詩寫作時地，新唐書刪落賞花二字而仍云「賦新井篇」，可見五代北宋時新井詩猶存。今白集不見此詩，正如居易請捕盜賊疏，蓋已俱遭刪落之故。

又《舊唐書》提到白居易逍遙自得，吟詠情性爲事曰：

> 居易初對策高第，擢入翰林，蒙英主特達顧遇，頗欲奮屬效報，苟致身于訏謨之地，則兼濟生靈，蓄意未果，望風爲當路者所擠，流徙江湖。四五年間，幾淪蠻瘴。自是宦情衰落，無意于出處，唯以逍遙自得，吟詠情性爲事。

居易既以尹正罷歸，每獨酌賦詠于舟中，因爲《池上篇》〔註18〕曰：白居易

〔註16〕 五代‧高彥休：《御覽唐闕史》（台北：藝文印書館，1966年），頁35。
〔註17〕 五代‧高彥休：《御覽唐闕史》（台北：藝文印書館，1966年），頁36。
〔註18〕 東都風土水木之勝在東南偏，……優哉游哉，吾將老乎其間。

所以會對「池上」﹝註 19﹞情有獨鍾，乃是此時的白氏身居閒職，可以經營在
洛中的居處「履道」。據詩集得知，白居易於元和十四年（819 年）調到忠州
做刺史，長慶二年（822 年）爲杭州刺史，到了寶曆元年（825 年）三月，又
詔除蘇州刺史。文宗太和七年（833 年），白居易已六十二歲，罷河南尹，再
授賓客分司，歸履道里第。這時，他在洛陽履道地方買下住宅，在〈池上篇
並序〉中有介紹買履道的始末，曾言：「太和三年夏，樂天始得請爲太子賓客，
分秩於洛下，息躬於池上。」

　　在蘇州任所期間，洛陽履道園早已成爲他精神家園的寄託，殷切的思歸
之情於其詩中表露無遺。白居易之所以選擇洛陽履道園爲最終依歸，一來是
因爲履道園正座落在綠蔭迴合、渠水流貫的好風土上；再來就是因爲有履道
園，白居易才得以把妻小親屬、家妓侍兒都聚攏在一起，享受溫暖、安適的
天倫之樂，〈池上篇〉云：「妻孥熙熙，雞犬閑閑。優哉游哉，吾將終老乎其
間。」履道園成爲樂天和親人凝聚團圓的地方，這正是樂天心中最欣然滿足
的理想之境。

　　白居易愛飲酒。從少到老，不曾改變。偶爾因病停杯或因齋戒而斷酒，
齋期將滿，早已饞涎欲滴。他無論獨飲，與友人共飲。都能盡歡而醉。他以
酒忘憂，以酒養性，以酒招客。晚年自號醉吟先生，作醉吟先生傳以明其志。
白居易的晚年大都是在參禪、學道、琴酒、弦歌之中度過的，這種優游生活
其實是詩人理想不得實現的一種無可奈何的選擇，因而作品裡表現了一種出
世之氣，他的這種轉變是一個正直的知識分子，在那個時代社會政治制度擠
壓下的必然結果。

　　爲了滌除人生煩惱，白居易以妓樂詩酒放情自娛。他蓄妓與嗜酒無厭，
直到暮年。蓄妓玩樂，始自東晉，唐代比較普遍，而在白居易身上表現得最
爲突出。從他的詩中知姓名之妓便有十幾個。嗜酒，據他自己說，「唯以醉爲
鄉」，「往往酣醉，終日不醒。」宋人統計白居易詩，說他「二千八百首，飲
酒者九百首。﹝註 20﹞」所以如此，都是爲了逃避現實，自我麻醉。他還進一

﹝註 19﹞翻遍白氏的詩作，有關「池上」的相關作品不少。例如有〈池上夜境〉、〈池
　　　　上竹下作〉、〈池上早秋〉、〈池上〉、〈池上閑吟〉、〈池上即事〉、〈池上逐涼〉、〈池
　　　　上寓興〉、〈池上篇並序〉、〈池上贈韋山人〉、〈池上小宴問程秀才〉、〈履道池
　　　　上作〉、〈池上有小舟〉、〈池上閑詠〉、〈宿池上〉等等數篇。
﹝註 20﹞宋長白《柳亭詩話》：「韓退之多悲，詩三百六十，言哭泣者三十首：白樂天
　　　　多樂，詩二千八百，言飲酒者九百首。」參見陳友琴編：《白居易資料彙編》
　　　　（北京：中華書局，1986 年），頁 246。

步從佛教中尋找精神倚托，尋求解脫之法，用佛家消極出世思想麻醉、安慰自己。《大宋高僧傳》所載白居易向名僧致禮稽問佛法宗意，與名僧探討佛理妙義，多在出守杭州後。白居易進而持齋坐道場，並且從此後一直好佛，經常持三長月齋，即在一、五、九月在家坐道場。所以白居易又爲古代文人中崇佛、達觀的代表，歷代不少人對他稱讚備至。其實，他之崇佛，並非眞心事佛，而是爲了解除煩惱，尋求解脫，是對社會的消極反抗，是一種退縮，也是在當時社會環境中一種無可奈何的選擇。是仕途坎坷，感到失望所致。飽經憂患後，才潛心釋氏以寄托。白居易晚年所撰《醉吟先生傳》自我表白云：「性嗜酒、耽琴、淫詩。凡酒徒、琴侶、詩友多與之遊，游之外，棲心釋氏」。可知他是先酒樂而後佛的。

　　七十多歲的白氏，除與文友賢友，詩酒唱和，白居易〈胡、吉、鄭、劉、盧、張等六賢，皆多年壽，予亦次焉。偶於弊居，合成尚齒之會。七老相顧，既醉甚歡。靜而思之，此會稀有；因成七言六韻以紀之，傳好事者〉據白居易〈襄州別駕府君事狀〉被人艷羨有「七老會」〔註21〕、「九老圖」〔註22〕之外，常與香山僧如滿結火社，每肩輿往來，白衣鳩杖，自稱香山居士。當他七十五歲去世時，遺令葬於香山如滿師塔之側。

　　將白居易自撰墓誌銘與兩《唐書》本傳相對照，我們對白居易的了解會更全面和清楚一些。在史書中，不僅描寫立傳對象之事跡，且直接引用文學作品或上疏文，所以更令人明確地了解其爲人的文學主張或憂國憂民的政見。《舊唐書》記事詳贍，收有白居易論事書疏及與元九書、池上篇等文；《新唐書》文字精簡，刪落諸文，僅保留部分論事書疏。然兩書繁簡雖殊，均不免有錯誤及不實處。茲特比勘兩書，考其同異，並作辨證於後。

　　案：李商隱撰墓碑銘曰：「公以致全刑部尙書，年七十五。會昌六年八月薨東都。」陳譜、汪譜俱據此定卒年爲會昌六年八月。陳譜曰：「公卒之歲，

〔註21〕 會昌五年，時樂天七十四歲，和胡杲，吉皎；鄭據、劉貞、張渾等人於履道園組織「七老會」：「七人五百七十歲，拖紫紆朱垂白鬚。手裡無金莫嗟嘆，樽中有酒且歡娛。詩吟兩句神還王，酒飲三杯氣尚粗。嵬峨狂歌教婢拍，婆娑醉舞遣孫扶。天年高過二疏傳，人數多於皓圖。除卻三山五天竺，人間此會更應無。三仙山、五天些圖，多老壽者。」後來李元爽和如滿同歸洛陽，也加入七老，成爲「九老會」，履道園也成爲九老們談天說地、溫馨聚會的地方。

〔註22〕 《新唐書》云：「嘗與胡杲、吉日文、鄭據、劉眞、盧眞、張渾、狄兼謨、盧貞燕集，皆高年不事者，人慕之，繪爲《九老圖》。」

新史及墓碑所載皆同。獨舊史云大中元年，年七十六，非也。當以墓碑爲定。」
舊唐書誤遲一年。

（二）元稹

元稹生亂世，八歲喪父，他隨母親居鳳翔，依倚舅族。家貧無師，由母
課讀，《舊唐書》有記載云：

> 稹八歲喪父。其母鄭夫人，賢明婦人也；家貧，爲稹自授書，教之
> 書學。

《新唐書》云：

> 母鄭賢而文，親授書傳。

元稹於〈同州刺史謝上表〉中自述其生平云：

> 八歲喪父，家貧無業。母兄乞丐以供資養。衣不布體，食不充腸。
> 幼學之年，不蒙師訓。因感鄰里而稚，有父兄爲開學校，涕咽發憤，
> 願知詩書。慈母哀臣，親爲教授。年十有五，得明經出身，由是苦
> 心爲文，夙夜強學。年二十四，登吏部乙科，授校書郎。年二十八，
> 蒙制舉首選，受左拾遺。

可知元稹父親死後，家裡生活很窮苦，他到了讀書年紀時，又很想到學校去
唸書，可是家裡沒有錢讓他去唸書，所以他很羨慕鄰居的孩子可以上學。元
稹的母親鄭氏很能夠理解他的心情，所以母親鄭氏就親手抄寫書本，然後教
他識字、讀書，他在母親的教導之下，學習的很好，十五歲就考取明經科。

稹性鋒銳，見事風生。既居諫垣，不欲碌碌自滯，事無不言，即日上疏
論諫職。又以前時王叔文、王伾以猥褻待詔，蒙幸太子，永貞之際，大撓朝
政。是以訓導太子宮官，宜選正人。乃獻〈教本書〉。茲節錄如下：

> 臣伏見陛下降明詔，修廢學，增胄子，選司成。大哉，堯之爲君，
> 伯夷典禮，夔教胄子之深旨也！然而事有萬萬于此者，臣敢冒昧殊
> 死而言之。臣聞諸貫生曰："三代之君，仁且久者，教之然也。"誠
> 哉是言！且夫周成王，人之中才也，近管、蔡則讒入，有周、召則
> 義聞，豈可謂天聰明哉？然而克終于道者，得不謂教之然耶？俾伯
> 禽、唐叔與之游，《禮》、《樂》、《詩》、《書》爲之習，目不得閱淫艷
> 妖誘之色，耳不得聞優笑凌亂之音，口不得習操斷擊博之書，居不
> 得近容順陰邪之黨，游不得縱追禽逐獸之樂，玩不得有遐異僻絕之
> 珍。凡此數者今陛下以上聖之資，肇臨海內，是天下之人傾耳注心

之日。特願陛下思成王訓導之功，念文皇游習之漸，選重師保，愼
擇宮僚，皆用博厚弘深之儒，而又明達機務者爲之。……

憲宗覽之甚悅。唐朝自安史之亂後，國勢明顯由盛轉衰，著名詩人元稹正是
生長在這個動亂不安的中唐時期，在這個王朝衰微、藩鎮跋扈、邊患頻仍的
年代，他目睹了當時政治的腐敗、京中權貴生活縱恣、殘酷的官商剝削以及
民眾充滿了苦難的生活，但朝中大臣面對這些社會上的弊端卻不敢直言上
諫，對此，元稹無法緘默不言，又在受到陳子昂和杜甫詩歌的影響下，元稹
致力於寫作諷諭詩，形成「元和體」〔註 23〕，對時事進行美刺、將種種政治
和社會現狀表現於詩中，具有強烈的現實批判精神。《舊唐書》便有以下記載：

> 稹自御史府謫官，于今十餘年矣。閑誕無事，遂專力于詩章。日益
> 月滋，有詩句千餘首。其間感物寓意，可備矇瞽之風者有之。辭直
> 氣粗，罪尤是懼，固不敢陳露于人。唯杯酒光景間，屢爲小碎篇章，
> 以自吟暢。然以爲律體卑痹，格力不揚，苟無姿態，則陷流俗。常
> 欲得思深語近，韻律調新，屬對無差，而風情宛然，而病未能也。
> 江湖間多新進小生，不知天下文有宗主，妄相放效，而又從而失之，
> 遂至于支離褊淺之辭，皆目爲元和詩體。

又唐·李肇《國史補》：「元和已後，爲文筆則學奇詭於韓愈，學苦澀於樊宗
師，歌行則學流蕩於張籍，詩章則學矯激於孟郊，學淺切於白居易，學淫靡
於元稹，俱名『元和體』。」〔註 24〕而兩人在元和年間所寫的長篇排律、小碎
篇章、豔體詩統稱爲「元和體」。這些作品大都極爲通俗化、世俗化，並能爲
社會普遍接受和欣賞的淺近文體，呈現出詩歌歷史轉折時期的寫實尚俗特徵。

另外《舊唐書》記載「蘭亭絕唱」之事曰：

> 在郡二年，改授越州刺史、兼御史大夫、漸東觀察使。會稽山水奇
> 秀，稹所辟幕職，皆當時文士，而鏡湖、秦望之游，月三四焉。而
> 諷詠詩什，動盈卷帙。副使竇鞏，海內詩名，與稹酬唱最多，至今
> 稱蘭亭絕唱。

〔註 23〕 所謂元和體是指元和年間所寫的「諷諭詩」和「長律」。諷諭詩包括「新樂府」、
　　　　「秦中吟」、「古題樂府」等作品，長律包括元白贈等詩、長恨歌、琵琶行、
　　　　連昌宮詞等。元和體本身的特點，係以描寫個人悲歡離合、喜樂哀怨、情愛
　　　　波折、婚戀遭遇、朋友交往、游宴酬醉等爲主，又窮極聲韻，屬對精切，文
　　　　詞流暢，格調清新，敘述細膩，層次明晰，兼有散文之特長。
〔註 24〕 見李肇：《唐國史補》（台北：世界書局，1978 年），頁 212。

依據記載，會稽（指整個地區）山水奇秀，元稹所招請的幕僚都是當時的文士。每當遊山玩水時，常舉行豪華的宴會，據說每月多達三、四次，也作了很多詩。元稹和副使竇鞏之間酬唱最多，至今仍被稱為「蘭亭絕唱」。

依《舊唐書》所言，知元稹所著詩賦、詔冊、銘誄、論議等雜文一百卷，號曰《元氏長慶集》。又著古今刑政書三百卷，號《類集》，并行于代。稹長慶末因編刪其文稿，有〈自敘〉一文，茲節錄如下：

> 劉歆云：制不可削。予以為有可得而削之者，貢謀猷，持嗜欲，君有之則譽歸于上，臣專之則譽歸于下。苟而存之，其攘也，非道也。經制度，明利害，區邪正，辨嫌惑，存之則事分著，去之則是非泯。苟而削之，其過也，非道也。……然而造次顛沛之中，前后列上兵賦邊防之狀，可得而存者一百一十五。苟而削之，是傷先帝之器使也。至于陳暢辨謗之章，去之則無以自明于朋友矣。其余郡縣之奏請，賀慶之禮，因亦附于件目。始《教本書》，至于為人雜奏，二十有七軸，凡二百二十有七奏。終歿吾世，貽之子孫式，所以明經制之難行，而銷毀之易至也。

其自敘如此，欲知作者編刪其文稿之意，備于此篇。

以上介紹，〈唐故武昌軍節度處置等使正議大夫檢校戶部尚書鄂州刺史兼御史大夫賜紫金魚袋贈尚書右僕射河南元公墓誌銘〉中並無提及，而兩唐書卻做了詳細的交代。

然而有些事情，墓志銘則異於新、舊《唐書》，可互為補充。元稹為監察禦史時，曾出使蜀地，奏平涂山甫等 88 家冤事，名動三川。〔註25〕在對這件事的影響上，新、舊《唐書》著重於官吏的懲處及元稹的仕途，而墓志銘著重於百姓的心情。

白居易在墓志文中對元稹詩文的評述，也不僅停留在其才華上，如在述其詩才之後說：「觀其述作編纂之旨，豈止於文章刀筆哉？實有心在於安人治國，致君堯舜，致身伊皋耳。」這種評價也是新、舊《唐書》所沒有的。唐代由於國家強盛，知識分子存有強烈的建功立業的入世思想，這種思想在元稹詩文中也得到了充分展現，白居易的評價更合於歷史的真實。

〔註25〕服除之明日，授監察御史使於蜀，按任敬仲獄得情，又劾奏東川帥違詔條過籍稅，又奏平涂山甫等八十八家冤事，名動三川，三川人慕之，其後多以公姓鋕其子。

（三）張仲方

兩《唐書》，與〈唐故銀青光祿大夫秘書監曲江縣開國伯贈禮部尚書范陽張公墓誌銘〉一樣，皆敘述家世背景，然而以下幾個部分，兩《唐書》做了更周詳的描述。如提及仲方年幼的表現，《新唐書》曰：

> 仲方，生歧秀，父友高郢見，異之，曰："是兒必爲國器，使吾得位，將振起之。

藉由高郢之言，預知張仲方日後的不凡。 又關於駁宰相事議之事《舊唐書》云：

> 會呂溫、羊士諤誣告宰相李吉甫陰事，二人俱貶。仲方坐呂溫貢舉門生，出爲金州刺史。吉甫卒，入爲度支郎中。時太常定吉甫諡爲"恭懿"，博士尉遲汾請爲"敬憲"，仲方駁議曰：古者，易名請諡，禮之典也。處大位者，取其巨節，薆諸細行，垂范當代，昭示后人，然后書之，垂于不朽。善善惡惡，不可以誣，故稱一字，則至明矣；定褒貶是非之宜，泯同異紛綸之論。

《新唐書》云：

> 吉甫卒，太常諡恭懿，博士尉遲汾清諡敬憲，仲方挾前怨未已，因上議曰：古之諡，考大節，略細行，善善惡惡，一言而足。按吉甫雖多才多藝，而側媚取容，疊致台衰，寡信易謀，事無成功。且兵凶器，不可從我始，至以伐罪，則邀必成功。今內有賊輔臣之盜，外有懷毒蠆之臣，師徒暴野，農不得在畝，婦不得在桑，耗賦殫畜，尸僵血流，觜骼成岳，毒痛之痛，訴天無辜，階禍之發，實始吉甫。
> 又言："吉甫平易柔寬，名不配行。請俟蔡平，然后議之。"

憲宗方用兵，惡仲方深言其事，怒甚，貶爲遂州司馬。仲方敢於上議直諫之事，不僅於此。《舊唐書》提及：

> 及敬宗即位，李程作相，與仲方同年登進士第，召仲方爲右諫議大夫。敬宗童年戲慢，詔淮南王播造上巳競渡船三十只。播將船材于京師造作，計用半年轉運之費方得成。仲方詣延英面論，言甚懇激。帝只令造十只以進。帝又欲幸華清宮，仲方諫曰："萬乘所幸，出須備儀。無宜輕行，以失威重。"帝雖不從，慰勞之。

另外，滎陽大海佛寺，有高祖爲隋鄭州刺史日，爲太宗疾祈福，于此寺造石像一軀，凡刊勒十六字以志之。歲久剗缺，滎陽令李光慶重加修飾，仲方再刊石記之以聞。此事於《舊唐書》中便有記載。

（四）李紳

元和三年，李錡盜據京口，愛李紳才學，辟掌書記。李錡最初同他商討大事，他結舌不對。隨後強迫他疏檄，他絕筆不書。誘以厚利不從，迫以淫刑不動，李錡怒，把他囚禁在監獄裏，時隔七旬，李錡被殺，才得釋放。後來朝廷聽說也那忠義的行為，拜右拾遺。過了一年多，穆宗即位，又擢翰林學生，特授司封員外郎知制誥。關於此事，兩唐書及〈淮南節度使檢校尙書右僕射趙郡李公家廟碑銘〉都有提及。然而以下幾個部分，兩《唐書》做了更周詳的描述。例如《舊唐書》言：

> 歲余，穆宗召爲翰林學士，與李德裕、元稹同在禁署，時稱"三俊"，情意相善。

《新唐書》言：

> 爲人短小精悍，于詩最有名，時號"短李"。

有關逢吉欲用僧孺，懼紳與德裕沮于禁中，故設計使李紳離內職之事，記載於《舊唐書》中：

> 二年九月，出德裕爲浙西觀察使，乃用僧孺爲平章事，以紳爲御史中丞，冀離內職，易掎摭而逐之。乃以吏部侍郎韓愈爲京兆尹，兼御史大夫，放台參。知紳剛褊，必與韓愈忿爭。制出，紳果移牒往來，論台府事體。而愈復性訐，言辭不遜，大喧物議，由是兩罷之。愈改兵部侍郎，紳爲江西觀察使。

李紳始以文藝節操進用，受顧禁中。後爲朋黨所擠，濱於禍患。賴正人匡救，得以功名始終。有關此事《舊唐書》中有以下之記載：

> 俄而穆宗晏駕。敬宗初即位，逢吉快紳失勢，慮嗣君復用之。張又新等謀逐紳。會荊州刺史蘇遇入朝，遇能決陰事，眾問計于遇。遇曰："上聽政后，當開延英，必有次對，官欲拔本塞源，先以次對爲慮，余不足恃。"群黨深然之。逢吉乃以遇爲左常侍。王守澄每從容謂敬宗曰："陛下登九五，逢吉之助也。先朝初定儲貳，唯臣備知。時翰林學士杜元穎、李紳勸立深王，而逢吉固請立陛下，而李續之、李虞繼獻章疏。"帝雖沖年，亦疑其事。會逢吉進擬，進李紳在內署時，嘗不利于陛下，請行貶逐。帝初即位，方倚大臣，不能自執，乃貶紳端州司馬。貶制既行，百僚中書賀宰相，唯右拾遺吳思不賀。逢吉怒，改爲殿中侍御史，充入吐蕃告哀使。紳之貶也，正人腹誹，

無敢有言。唯翰林學士韋處厚上疏，極言逢吉奸邪，誣搆紳罪，語在《處厚傳》。天子亦稍開悟。會禁中檢尋舊書，得穆宗時封書一篋。發之，得裴度、杜元穎與紳三人所獻疏，請立敬宗爲太子。帝感悟興嘆，悉命焚逢吉黨所上謗書，由是讒言稍息，紳黨得保全。

有關物議以李德裕素憎吳湘，疑李紳織成其罪。此事於《舊唐書》中有記載曰：

歿后，宣宗即位，李德裕失勢罷相，歸洛陽；而宗閔、嗣復之黨崔鉉、白敏中、令狐綯欲置德裕深罪。大中初，教人發紳鎮揚州時舊事，以傾德裕。

初，會昌五年，揚州江都縣尉吳湘坐贓下獄，准法當死，具事上聞。諫官疑其冤，論之。遣御史崔元藻覆推，與揚州所奏多同，湘竟伏法。及德裕罷相，群怨方構，湘兄進士汝納，詣闕訴冤，言紳在淮南恃德裕之勢，枉殺臣弟。德裕既貶，紳亦追削三任官告。

兩唐書不免有錯誤及不實處。全文卷七三八沈亞之李紳傳：「李紳者，本趙人。」晁公武《郡齋讀書志·卷四》及辛文房《唐才子傳·卷六》均謂李紳爲亳州人，蓋趙郡乃李氏之郡望，後移家亳州。考《新唐書卷七二上·宰相世系表》趙郡李氏，晉以後分成三支，即「東祖」、「西祖」、「南祖」。「南祖」之後有善權，後魏譙郡太守，徙居譙，徐、梁二州刺史。即李紳之八代祖。後紳父晤，歷金壇、烏程、晉陵三縣令，因寓家無錫人。」《新唐書》云：「世宦南方，客潤州。」又按：據舊、新書地理志及元和郡縣志，均以無錫屬常州，舊、新傳以無錫屬潤州〔註26〕，誤。

二、碑詳史略

　　大凡史書記人與事、物，常囿於政治立場、史書筆法與後代史料之限，內容多較精要簡潔，惟其「精要」，則恐流於短省疏漏；由於「簡潔」，難免有不周詳之憾。然而碑傳文對於人物的生平紀錄，則因人、事、時、地、物蒐集之便，資料較易完整齊全，敘述自然詳備，可供後人作研究時參證之用

　　在白居易所作的碑志文中，有些人在唐史記載的文字，過於簡略，有的附於他傳之中，只不過寥寥數行，他們的事蹟，在碑誌文中有比較詳細的記載。如：

〔註26〕李紳，字公垂，中書令敬玄曾孫。世宦南方，客潤州。

（一）會王李緗

《舊唐書》只有寥寥數語，茲敘述如下：

> 會王緗，順宗第十四子。貞元二十一年封。元和五年十一月薨。

而〈唐故會王墓誌銘〉〔註27〕除了描寫死亡日期，對於大小斂之情況，亦有描述曰：「大小斂之日，上皆不舉樂，不坐朝，恩也。越十二月十八日，詔京兆尹王播監視葬事，窆於萬年縣崇道鄉西趙原，禮也。」〔註28〕；復對其品德操守甚爲讚美，對其早逝深感惋惜，並寫出了皇帝的友悌之愛，茲敘述如下：

> 幼有令德，早承寵章，未冠而王，受封於會。夫以祖功宗德之慶，父天兄日之貴，胙土列藩之寵，好德樂善之賢，宜乎壽考福延，爲王室輔。嗚呼！降年不永，二十一而終，哀哉！皇帝厚淳睦之恩，深友悌之愛，故王之薨也，軫悼之念，有加於常情，王之葬也，遣奠之儀，有加於常數。哀榮兼備，斯其謂乎？

由上可知，對於會王李緗的了解，從白居易的碑誌文中所獲得的資料，還比史書多了不少。

（二）德宗韋賢妃

《舊唐書》只有寥寥數語，茲敘述如下：

> 德宗韋賢妃，不知氏族所出〔註29〕。初爲良娣，貞元二年，冊爲賢妃。性敏惠，言無苟容，動必由禮，德宗深重之，六宮師其德行。
>
> 及德宗崩，請於崇陵終喪紀，因侍於寢園。元和四年薨。

而〈大唐故賢妃京兆韋氏墓誌銘〉則側重妃之所以曰賢之義來發揮，茲敘述如下：

〔註27〕此墓誌出土原石現藏陝西省博物館，爲白氏自書所撰文之僅存石刻，參見附圖一。

〔註28〕〈唐故會王墓誌銘〉

〔註29〕舊書卷五二后妃傳：「德宗韋賢妃，不知氏族所出。」考會要卷三：「妃祖濯，尚中宗女定安公主，官至衛尉少卿，父會昌中爲義王駙馬。」新書卷七七后妃傳亦云：「祖濯，尚定安公主。」蓋會要失考，妃之父斷不能遲至會昌中爲義王駙馬。元和姓纂：「駙馬太僕（卿）生會，贊善大夫。」知會乃妃父之名，會字下當有奪誤。義王，玄宗子，開元十三年封，會娶其女，則妃或封縣主，今賢妃墓誌乃云「母曰永穆公主」，其父必誤。永穆，玄宗長女，會要卷六、新書卷八三均祇云降王縥，不合者一。尚公主必稱駙馬，而姓纂於會未之言，不合者二。誌有言：「今奉詔，但書地及時與妃之所以由賢之義而已。」或因此而白氏不及細考。以上引自岑仲勉《唐集質疑》。

上悼焉，哀榮之禮，有以加焉。嗚呼！惟韋氏代德宦業，族系婚戚，
有國史家牒存焉，今奉詔但書地及時，與妃之所以曰賢之義而已。
貞元中，沙麓上仙，長秋虛位，凡六十九禦之政，多聽於妃。妃先
以採蘩之誠奉於上，故能致霜露之感薦於九廟；次以木之德建於下，
故能分雲雨之澤洽於六宮。其餘坐論婦道，行贊內理，服用必中度，
故組川有常訓；言動必中節，故環有常聲。七十二年，禮無違者，
冊命曰賢，不亦宜哉！

有關德宗韋賢妃的世代宦業，族系婚戚，有國史家牒可查考，故白居易略而
不談，白居易側重描寫韋賢妃之所以曰「賢」之義，可說善於剪裁文章，能
抓住墓主特色作發揮。

（三）皇甫鏞

兩唐書均附皇甫鏞傳，所記載之事蹟較為簡略，茲引述如下：

《舊唐書》曰：

鎛弟鏞，端士也。亦進士擢第，累歷宣歙、鳳翔使府從事，入為殿
中侍御史，轉比部員外郎、河南縣令、都官郎中、河南少尹。時鎛
為宰相，領度支，恩寵殊異。鏞惡其太盛，每弟兄宴語，即極言之，
鎛頗不悅。乃求為分司，除右庶子。及鎛獲罪，朝廷素知鏞有先見
之明，不之罪，征為國子祭酒，改太子賓客、秘書監。開成初，除
太子少保分司，卒年四十九。鏞能文，尤工詩什，樂道自怡，不屑
世務，當時名士皆與之交。有集十八卷，著《性言》十四篇。

《新唐書》更只有簡略幾行的敘述：

鎛弟鏞，字穌卿，第進士。鎛為相時，任河南少尹，見權寵太盛，
每極言之，鎛不悅，乃求分司為太子右庶子。鎛敗，朝廷賢之，授
國子祭酒。開成初，以太子少保卒。鏞能屬文，工詩。為人寡言正
色，衣冠甚偉，不屑世務，所交皆知名士。著書數十篇。

而〈唐銀青光祿大夫太子少保安定皇甫公墓誌銘〉則對於其家世，為官履歷，
妻子兒女，描述甚詳；復對其為人操守讚譽有加，曰：

公為人器宇甚宏，衣冠甚偉，寡言正色，人望而敬之，至於燕遊觴
詠之間，則其貌溫然如春，其心油然如雲也。初元和中，公始因郎
官分司東洛，由是得伊嵩趣，愜吏隱心，故前後歷官八九，凡二十
有五年，優游洛中，無西笑意，忘懷窮達，與道始終，澹然不動其

　　心，以至於考終命，聞者慕之，謂爲達人。當憲宗朝，公之仲弟居

　　相位操利權也，從而附麗者有之，公獨超然，雖貴介之勢不能及。

　　及仲之失寵得罪也，從而緣坐者有之，公獨？然，雖骨月之親不能

　　累。識者心伏，號爲偉人。

白居易與皇甫鏮交遊，迨二紀矣，自左右庶子歷賓客，訖於少保傅，皆同官東朝，分務東周，在寮友間，聞之最熟。兩人是感情深厚的摯友，彼此間甚爲了解，墓誌銘的內容自然就豐富了許多。

　　記錄人物生平事蹟的碑傳文，內容既包括某人生平、行治、履歷等基本資料，與正史人物傳記的記載，必定有所重疊。然而因爲二者寫作時間先後有別，難免在事件眞相及事實眞僞上略有出入。唐代碑傳文的寫作，以記錄碑誌主人翁的生平及功德事蹟爲主，其內容與正史中之傳記有許多相同之處，清・王芑孫《金石三例序》云：

　　文章無義例，惟碑碣之製，則備載姓氏、爵里、世系，以及功烈、

　　德望、子女、卒葬之類，近於史家。〔註30〕

但因寫作動機與寫作背景上的差異，以致碑傳文中的記載，與史書難免有所出入。關於皇甫鏮的記載墓誌銘與唐史有出入之處，茲整理如下：

　　有關卒年方面：〈唐銀青光祿大夫太子少保安定皇甫公墓誌銘〉云：「以開成元年七月十日，寢疾薨於東都宣教裡第，享年七十七，皇帝廢朝一日。是歲十月三日，用大葬之禮，歸全於河陰縣廣武原，從太保府君先塋，以盧夫人合祔焉。」；而《舊唐書》謂卒年四十九。

　　有關兄弟關係方面：〈唐銀青光祿大夫太子少保安定皇甫公墓誌銘〉云：「當憲宗朝，公之仲弟居相位操利權也，從而附麗者有之，公獨超然，雖貴介之勢不能及。」則皇甫鏄乃鏮之弟；而《舊唐書》及《新唐書》都稱鏄弟鏮。

（四）崔玄亮

　　兩唐書與〈唐故虢州刺史贈禮部尚書崔公墓誌銘〉皆敘述崔玄亮敢於直諫。

　　《舊唐書》言：

　　宰相宋申錫爲鄭注所構，獄自內起，京師震懼。玄亮首率諫官十四

　　人，詣延英請對，與文宗往復數百言。文宗初不省其諫，欲置申錫

────────────────

〔註30〕清・王芑孫《金石三例序》（台北：商務印書館，1970 年），頁 27。

于法。玄亮泣奏曰：「孟軻有言：『眾人皆曰殺之，未可也；卿大夫
皆曰殺之，未可也；天下皆曰殺之，然后察之，方置于法。』今至
聖之代，殺一凡庶，尚須合于典法，況無辜殺一宰相乎？臣爲陛下
惜天下法，實不爲申錫也。」言訖，俯伏嗚咽，文宗爲之感悟。玄
亮由此名重于朝。

《新唐書》言：

鄭注構宋申錫，捕逮倉卒，內外震駭。玄亮率諫官叩延英苦諍，反
復數百言，文宗未諭，玄亮置笏在陛曰：「孟軻有言：『眾人皆曰殺
之，未可也；卿大夫皆曰殺之，未可也；天下皆曰殺之，然后察之，
乃寘于法。』今殺一凡庶，當稽典律，況欲誅宰相乎？臣爲陛下惜
天下法，不爲申錫言也。」俯伏流涕，帝感悟，眾亦服其不橈，由
此名重朝廷。

而〈唐故虢州刺史贈禮部尚書崔公墓誌銘〉曰：

入爲秘書少監，改曹州刺史兼御史中丞，謝病不就，拜太常少卿。
遷諫議大夫，屢上封章，言行職舉。上召對，加金紫以獎之，假貂
蟬以寵之。未幾，朝有大獄，人心惴駭，勢連中外，眾以爲冤，百
辟在廷，無敢言者。公獨進及雷 ，危言觸鱗，天威赫然，連叱不去，
遂置笏伏陛，極言是非，血淚盈襟，詞竟不屈，上意稍悟，容而聽
之，卒使罪疑惟輕，實公之力。既而眞拜，因旌忠臣。繇是正氣直
聲，震耀朝右，搢紳者賀，皆曰：「國有人焉，國有人焉。」

由以上史書與墓誌銘之比較，可看出史書只是將崔玄亮直諫的內容平鋪直
敘，而墓誌銘是將直諫之過程用旁觀的角度描述，雖無直接引述諫言，但卻
更可從細膩的描寫中，體會出直諫的過程。

有關遺言部分，《新唐書》言：

遺言：「山東士人利便近，皆葬兩都，吾族未嘗遷，當歸葬滏陽，正
首丘之義。」諸子如命。

白居易〈唐故虢州刺史贈禮部尚書崔公墓誌銘〉曰：

崔玄亮將終也，遺誡諸子，其書大略云：吾年六十六，不爲無壽；
官至三品，不爲不達。死生定分，何足過哀？自天寶以還，山東士
人皆改葬兩京，利於便近，唯吾一族，至今不遷。我歿，宜歸全於
滏陽先塋，正首邱之義也。送終之事，務從儉薄，保家之道，無忘
孝悌。吾玉磬琴，留別樂天，請爲墓志云爾。

關於崔玄亮之遺言部分，若看史書，只知其欲安葬之地，但從墓誌銘中，更可知其立遺書之年、葬禮從儉、屬託樂天爲墓誌等要點。

墓誌銘中就唐史未敘述之處，可說明如下：

有關政績介紹方面：

> 公即少師季子。解褐補秘書省校書郎，從事宣、越二府，奏授協律郎大理評事。朝廷知其才，徵授監察，轉殿中，歷侍御史、膳部駕部員外郎、洛陽令、密州刺史。公既至密，密民之凍餒者賑卹之，疾疫者救療之，胔骼未殯者命葬藏之，男女過時者趣嫁娶之，三月而政立，二年而化行，密人悅之，發於謠詠。換歙州刺史，其政如密。先是歙民畜馬牛而生駒犢者，官書其數，吏緣爲姦。公既下車，盡焚其籍，擧息貿易，一無所問。先是歙民居山險而輸稅米者，擔負跋涉，勤苦不支。公許其計斛納緡，賤入貴出，官且獲利，人皆忘勞，農人便之，歸如流水。朝廷聞其政，徵拜刑部郎中，謝病不就。俄改湖州刺史，政如密、歙，加之以聚羨財而代逋租，則人不困，謹茶法以防黠吏，則人不苦，修堤塘以防旱歲，則人不飢，罷珉賴之，如依父母。

由墓誌銘對於崔玄亮從政的描述，可知他是一位不可多得的賢官。因爲有施政才能，有愛民之心，才會在擔任密州、歙州、湖州之刺史時，能夠知百姓疾苦之處，進而針對問題加以解決，得到各州人民的愛戴。

有關「通四科、達三教」之表現：

> 自宗族及朋執間，有死無所歸、孤無所依者，公或葬之祭之，或衣之食之，或婚之嫁之，侯、齊二家之類是也。故閨門稱其孝，群從仰其仁，交遊服其義，可不謂德行乎？公幼嗜學，長善屬文，以辭賦擧進士登甲科，以書判調天官入上等，前後著文集凡若干卷，尤工五言七言詩，警策之篇，多在人口，其餘著述，作者許之，可不謂文學乎？公之典密、歙、湖也，理化如彼，可不謂政事乎？居大諫、騎省也，忠讜如此，可不謂言語呼？公夙慕黃老之術，齋心受籙，服氣煉形，暑不流汗，冬不挾纊，膚體顏色，冰清玉溫，未識者望之如神仙中人也。在湖三歲，歲修三元道齋，輒有彩雲靈鶴，回翔壇上，久之而去，前後籙齋七八，而鶴來儀者凡三百六十。其内修外感也如此，可不謂通於大道乎？公之晚年，又師六祖，以無相爲

心地，以不二爲法門，每遇僧徒，輒論眞諦，雖耆年宿德，皆心伏
之。及易簀之夕，大怖將至，如入三昧，恬然自安，仍於遺疏之末，
手筆題云：「暫榮暫悴敲石火，即空即色眼生花。許時爲客今歸去，
大歷元年是我家。」其解空得證也又如此，可不謂達於佛性乎？總
而言之，故曰通四科、達三教者也。

由墓誌銘可看出崔玄亮在德行、文學、政事、語言四方面的表現以及對於儒
釋道三教的虔誠之心，這都是在史書中所無記載的。

（五）李建

《舊唐書》言：

建名位雖顯，以廉儉自處，家不理垣屋，士友推之。

《新唐書》言：

順宗立，李師古以兵侵曹州，建作詔諭還之，詞不假借。王叔文欲
更之，建不可。左除太子詹事，改殿中侍御史。以兵部郎中知制誥。
宰相有竄家稿詔者，亟請解職，除京兆少尹。會遜被讒，建申治之，
出爲澧州刺史。召拜刑部侍郎。卒，贈工部尚書。

初，建爲學者，家苦貧。兄造知其賢，爲營丐，使成就之。故遜、
建皆舉進士。後雖通顯，不嘗治垣屋，以清儉稱。

在〈有唐善人墓碑銘〉中更詳細說明李建爲官、爲人之情況云：

爲校書時，以文行聞，故德宗皇帝擢居翰林。翰林時，以視草不詭
隨，退官詹府。詹府時，以貞恬自處，不出戶輒逾月，廊帥路恕高
之，拜請爲副。在廊時，有非類者至，以病去。爲御史時，上任有
遏其行事者，作《謬官詩》以諷。爲吏部郎時，調文學科暨吏課高
者得無停年，又省成勞急成狀限，繇是吏吏輩無緣爲姦，迄今選部
用其法。知制誥時，筆削間有以自是不屈者，因請告改少尹。少尹
時，與大議歲減府稅錢十三萬。在澧時，不鞭人，不名吏，居歲餘，
人人自化。在禮部時，由文取士，不聽譽，不信毀。公爲人質良寬
大，體與用綽然有餘裕；爲政廉平易簡，不求赫赫名；與人交外淡
中堅，接士多可而有別，稱賢薦能未嘗倦；好議論而無口過，遠邪
諛而不忤物；其居家菲衣食，厚賓客，敬兄嫂，禮妻子，愛甥姪。
初先太君好善，喜佛書，不食肉，公不忍違其志，亦終身蔬食。自
八九歲時，始諷《詩》《書》日三百言，諷畢久其義。善理《王氏易》

《左氏春秋》。前後著文凡一（一作三）百五十二首，皆理義撮要，詞無枝葉，其卓然者，有《詹事府司直比部員外郎廳記》《請雙日坐疏》《與梁肅書》《上宰相論選事狀》，秉筆者許之。薨之日，不識者惜，識者嘆，交遊出涕，執友慟哭。夫如是，其善人乎？《傳》曰：「善人國之紀也。」《語》曰：「善人吾不得而見之矣。」噫！善人之稱難科哉！獨加於公無愧焉。

從史書與墓誌銘對於李建之描寫，不難發現，從史書只可知李建曾在朝為官及節儉的個性，但若讀墓誌銘更能了解李建當官的處事態度，及平日生活當中如何省吃儉用的具體行為。

〈有唐善人墓碑銘〉與《舊唐書》在內容上有所出入。如「公官歷校書郎左拾遺」，丁居晦重修承旨學士壁記謂建貞元二十一年三月十七日遷左拾遺。《新唐書》同〔註31〕。《舊唐書》則作右拾遺〔註32〕，與白氏此文不合，疑誤。

「翰林時以視草不詭隨退官詹府」，白氏此碑未詳退官詹府之時間。元稹李建墓誌銘：「使居翰林中，就拜左拾遺。會德宗皇帝崩，鄆帥擅師於曹，詔歸之，公不肯與姑息。時王叔文恃幸，異公意，不隨，卒用公意，鄆果怗。後一年，司直給事府，會朝廷以觀察防禦事授路恕治於鄜，恕即日就，公乃自貳拜降。」墓誌云「後一年」應指元和元年，蓋路恕節度鄜坊在元和三年二月，《舊唐書》所云「元和六年坐事罷職，除詹事府司直」，「六年」當係「元年」之誤。〔註33〕

以上五人的傳記，在《新唐書》《舊唐書》中，其篇幅內容十分簡略，而白居易寫他們的墓誌銘，都說得比較詳細，究其原因，史傳文與碑誌文之間有所區別。關於二者的區別，宋人曾鞏有一段議論：

夫銘誌之著於世，義近於史，而亦有與史異者。蓋史之於善惡無所不書；而銘者，蓋古之人有功德、材行、志義之美者，懼後世之不知，則必銘而見之；或納於廟，或存於墓，一也。苟其人之惡，則

〔註31〕《新唐書》：德宗思得文學者，或以建聞，帝問左右，宰相鄭珣瑜曰：「臣為吏部時，當補校書者八人，它皆藉貴勢以請，建獨無有。」帝喜，擢左拾遺、翰林學士。

〔註32〕《舊唐書》：「建字杓直，家素清貧，無舊業。與兄造、遜於荊南躬耕致養，嗜學力文。舉進士，選授祕書省校書郎。德宗聞其名，用為右拾遺、翰林學士。」

〔註33〕參見岑仲勉〈翰林學士記注補〉。

於銘乎何有？此其所以與史異也。其辭之作，所以使死者無有所憾，
生者得致其嚴。而善人喜於見傳，則勇於自立；惡人無有所紀，則
以媿而懼。至於通材達識，義烈節士，嘉言善狀，皆見於篇，則足
爲後法。警勸之道，非近乎史，其將安近？

及世之衰，人之子孫者，一欲襃揚其親，而不本乎理；故雖惡人，
皆務勒銘，以誇後世。立言者既莫之拒而不爲，又以其子孫之所請
也，書其惡焉，則人情之所不得，於是乎銘始不實。後之作銘者，
當觀其人。苟託之非人，則書之非公與是，則不足以行世而傳後。

故千百年來，公卿大夫至于里巷之士，莫不有銘，而傳者蓋少；其
故非他，託之非人，書之非公與是故也。〔註34〕

此兩種文體，皆記載個人的事蹟，但因作者的身分、立場不同，其所敘述的
內容亦有所差別。換而言之，史傳應以直書其事之筆法，描繪立傳對象在歷
史上的行跡，所以其人事跡，無論善惡，無所不寫，立傳對象的歷史行跡，
若無事可記，則一字也不添。

　　碑誌文是敘述死者事蹟，而其著重點在於表揚死者的功德，表達對死者
的追思。後代的史官記述前代人物或事件時，要依靠當時的史料。因此，使
撰文盡量以客觀的筆法行文。與此不同，碑誌文則敘述當代，敘述墓主的行
跡時，有著作者與墓主的私人關係。因此，碑誌文比較主觀性，難免插進作
者的私見。

　　碑體在敘事上，不直接敘述事跡，傳體則是直接敘述，這是碑體與傳體
不同的地方。章太炎《文學略說》中說：

作碑文者，東漢始盛。今漢碑存者百餘通，皆屬文言。往往世系之
下，綴以考語：所治何學，又加考語：每歷一官，輒加考語，無直
敘其事者，故曰：「披文以相質也。」不若是，將與行狀家傳無別。
魏晉不許立碑，北朝碑文，體制近於漢碑；中唐以前之碑，體制亦
未變也……觀夫蔡中郎爲人作碑，一人作二三篇，以其本是文言，
故屬辭可以變化，若爲質言，豈有一人之事跡，可作二三篇述之耶？

〔註35〕

〔註34〕曾鞏〈寄歐陽舍人書〉見：《南豐先生元豐類藁》卷十六（上海：商務印書館，
　　　　1978年），頁124。

〔註35〕章太炎：《文學略說》（高雄：復文圖書出版社，1984年），頁207。

傳記寫人，不分貴賤賢愚，只要其人可傳還是爲他作傳，故著重刻畫人物之描繪，而碑誌文概要敘述人物之德行，缺乏刻劃人物的描繪。

　　碑體與傳體在文字上的多寡，並不一定傳多於碑，或碑多於傳，章太炎《文學略說》中說：

> 史部之文，班馬最卓，後世學步，無人能及。傳之與碑，文體攸殊。傳純敘事，碑兼文質。而宋人造碑，宛然列傳。昌黎以二十餘字作《董晉行狀》，其他碑誌，不及千字。宋人所作神道墓誌，漸有長者。子由作《東坡墓誌》，字近七千，而散漫冗碎，不能收束；晦庵作《韓魏公誌》，文成數萬，亦不能收束。……後人無作長篇之力量，則不能不學韓柳短篇，以求收束得住。〔註36〕

這裡雖然談的是「獨行之文」收束的方法，但也同時觸及到碑、傳異同的問題。「傳純敘事，碑兼文質」，並不一定與長篇、短篇有關。

〔註36〕章太炎：《文學略說》（高雄：復文圖書出版社，1984年），頁195。

第四章　由白居易碑誌文考察其人際網絡

　　社會中的個人與個人之間存有不同的人際關係〔註1〕；各種人際關係結合為不同的人群；各種人群交錯圈畫出社會的形貌。因此本文、嘗試以「人際關係」為線索，探尋白居易與親友的互動情形。以往歷史學研究對於傳統中國人際關係的考察，大致偏向血親姻緣的家族關係。本文除了血緣倫理的範圍，亦向外延伸至平行的社會性人際關係——「朋友」。

第一節　家世考證

　　白居易〈醉吟先生墓誌銘〉云：

> 先生姓白，名居易，字樂天，其先太原人也，秦將武安君起之後。高祖諱志善，尚衣奉禦；曾祖諱溫，檢校都官郎中；王父諱鍠，侍御史河南府鞏縣令；先大父諱季庚，朝奉大夫襄州別駕大理少卿，累贈刑部尚書右僕射；先大父夫人陳氏，贈穎川郡太夫人；妻楊氏，宏農郡君；兄幼文，皇浮梁縣主簿；弟行簡，皇尚書膳部郎中；一女，適監察御史談宏謨；三姪，長曰味道，盧州巢縣丞，次曰景回，淄州司兵參軍，次曰晦之，舉進士；樂天無子，以姪孫阿新為之後。
> 〔註2〕

〔註1〕《周易正義》云：「有天地，然後有萬物。有萬物，然後有男女。有男女，然後有夫婦。有夫婦，然後有父子。有父子，然後有君臣。有君臣，然後有上下。有上下，然後禮義有所錯。」這一段文字基本上隱含了得宜、井然的人際關係與穩定的社會秩序之間正向的關聯。

〔註2〕唐・白居易：《白居易集・卷七十一》（台北：漢京文化事業有限公司，1984年），頁1503。

根據此一資料，可以對其家世，作如下之考證：

一、先世

　　樂天的先世，根據新舊唐書〈白居易傳〉，《新唐書·宰相世系表》，及樂天自撰之〈故鞏縣令白府君事狀〉、〈襄州別駕府君事狀〉、〈唐故溧水縣令太原白府君墓誌銘〉、〈醉吟先生墓誌銘〉等，可以知道：從北齊五兵尚書白建以下，代代相承，都有記載可資查證。而白建以上的先世，則因年代久遠，難以詳考，現有的記載，則又舛誤頗多。如《新唐書》〈宰相世系表〉謂白氏之先世出自姬姓，與樂天的〈白府君事狀〉所說出自芊姓不同。宋·陳振孫引《容齊隨筆》謂：「新唐書宰相世系表承用諸家譜牒，多所謬誤，歐陽公略不削筆，恐未可據。」此言甚是。

　　又〈故鞏縣令白府君事狀〉云「自武安以下凡二十七代至府君」，二十七代之算法是：白起為第一代，第二十七代即鞏縣令白府君鍠。《舊唐書》則稱樂天是「北齊五兵尚書建之仍孫」，建為第一代，樂天正好是第七代。故與樂天自撰之〈故鞏縣令白府君事狀〉有所出入。

　　欲考察白居易家世，樂天所自作之家譜，其見於他為祖白鍠及父季庚而作的〈史鞏縣令白府君事狀〉、〈襄州別駕府君事狀〉尤其明確。此外，為其他族人作墓誌及祭文等，亦常涉及系譜而可用以互補，且各篇所記，其相互之間並無不合之處。

　　依白居易自云，白氏乃出自芊姓，為楚公族。從楚之熊君至建，從建至勝，世代相承。勝號白公，乃為白氏始祖。其後事迹雖不甚詳，但至秦之白起，遂大為白氏揚名。白起有大功於秦，後非其罪賜死，秦人憐之為立祠廟。及秦始皇思白起之功，封其子白仲於太原，乃為太原白氏之祖。白居易往往自稱「太原白居易」，蓋以太原為其族姓所從出。

　　白起後二十七世而有白建，建遷於同州之韓城縣。白建以下，白居易的家譜甚為明確：從白建、士通、志善、溫、鍠、季庚，以至居易。其中，祖墳在韓城者僅有四世，至白溫為止。據舊唐書，白溫從韓城遷下邽，他本人雖仍返葬韓城，但自白鍠以下則皆卜葬於下邽。是故，倘加以嚴密區別，則太原白氏當為白居易的本宗，而韓城乃屬支族，下邽則又為支族之一分支。白居易本為下邽白氏，而自稱太原者，蓋欲示其不忘本而已。

　　以上為白居易所自記的家譜。但宰相世系表附記白敏中之系譜。則頗不同。白敏中之祖與白居易祖父為親兄弟，照理二人自曾祖父以上的系譜宜無

不同，然而事實卻不然。

　　系譜所記白起白仲之事，以至六世祖白建，白居易所記者與宰相世系同。但自白仲至白建之間，其世次則頗異。白居易謂自白起至於白建，共二十七世；宰相世系表則自白仲至白邕二十三世，又五世始及白建。又白居易以白仲為太原白氏之祖，而宰相世系表則謂白氏始於白乙丙。其中差異尤巨者，厥為其始祖之所從出。蓋白居易以為白氏出於芊姓，為楚公族；而宰相世系表，則以為出於周太王之五世孫，屬於虞仲一系。

　　今就兩系譜之異同者觀之，其以白起為白氏之代表者，以及白建以下世系明確，二者皆無不同。

　　白居易之祖先係秦朝名將白起，因有功於秦，封為武安君，後受奸人所陷，賜死於杜郵，秦人憐之，立祠廟於咸陽。及秦始皇之時知其冤，因念其功，乃封其子仲於太原，因此其後世之子孫遂為太原人，直至其第二十六代孫志善之子溫，為朝散大夫，至檢校都官郎中，始遷唐於下邽，白溫之第六子白鍠此為白居易之祖父也就是白起第二十七代孫。

二、祖父母

　　據〈故鞏縣令白府君事狀〉所載，樂天之祖父名鍠，字上鍾（一作確鍾），生於中宗神龍二年，卒於代宗大曆八年，享年六十八歲。

　　白鍠自幼好學，善於文章。尤工五言詩，有集十卷。十七歲，明經及第。授鹿邑縣尉、洛陽縣主簿、酸棗縣令。治埋酸棗有善政，節度使令狐章很看重他，在他官秩滿後，保舉任滑臺節度參謀，軍府中重要的事，都和他商量。後規勸令狐章之過失，令狐不聽，白鍠留書一封，不辭而去。第二年授河南府鞏縣令，朝廷曾三度考察其政績。從做鹿邑尉到鞏縣令，皆以清廉正直，冷靜明理名聞一時。為人穩重篤實，溫和近人，病逝於長安，暫厝下邽下邑里。

　　其妻，即白居易的祖母─河東薛氏，是河南縣尉薛俶的女兒。唐代，縣的官吏有令、丞、主薄（縣府局長），尉（縣府課長），薛俶為正九品下。祖父於大曆八年（七七三）歿於長安，當時白居易二歲。祖母也在大曆十二年去世。元和六年（八一一）十八日，樂天等孫輩始將祖父母的靈襯，遷到下邽縣北義津鄉北原合葬。

　　白居易有一位姑祖母，也是白居易的外祖母。她在未出嫁以前，和順孝敬。後來嫁與陳潤，夫婦相敬如賓，自白鍠和陳潤去世以後，她就撫養白居

易兄弟們不遺餘力。他善琴書，工刀尺，學藝才能兼備，貞元十六年四月一日，死在徐州古豐縣官舍。那時白居易已二十九歲。當年十一月，權窆符離縣南。至元和八年二月二十五日，改葬華州下邽縣義津鄉北原。這位祖母經常到自己女兒的婆家幫忙照顧孫子們。白居易說「及居易、行簡生，夫人鞠養成人，為慈祖母。」最後又說「居易等號慕慈德，敬撰銘誌，泣血秉筆，言不成文。」白居易作墓誌銘說：「恭惟大人，女孝而純。婦節而溫，母慈而勤，嗚呼！謹揚三德，銘於墓門。恭惟夫人，實生我親，實撫我身。欲養不待，仰號蒼旻。嗚呼！豈寸魚之心，能報東海之恩。」（〈唐故坊州鄜城縣尉陳府君夫人白氏墓誌銘〉）從這簡短的幾句話中，就可以體會出她對白居易恩德之深了。

三、父母

樂天之父名季庚（一名季庚），字子申，是白鍠之長子。生於玄宗開元十七年，卒於德宗貞元十年，享年六十六歲。

天寶末明經及第，授蕭山縣尉，歷左武衛兵曹參軍，宋州司戶參軍。德宗建中元年，授彭城縣令。當時徐州為東平所管。該道節度使李正己反叛朝廷，先以重兵駐紮埇口，斷絕汴河的水運，然後謀窺江淮。朝廷憂慮，不知該怎麼辦。

建中二年，李正己去世，其子李納率領軍隊，繼續作亂，於是白季庚勸徐州刺史李洧，以徐州及埇口城歸順朝廷，反抗東平。

東平派其驍將王溫，與魏博將信都崇慶（白居易集慶作敬），率勁卒二萬共攻徐州。徐州無兵，白季庚收合吏民，得千餘人，與李洧堅守城池，一面李洧派牙官王智興到京師告急。

白季庚與李洧堅守徐州。凡四十二日，諸道救兵方至。魏博、淄青軍敗解圍而去，江淮漕運始通。

使賊首先遭到挫敗，不敢東顧，可說是白季庚的功勞。德宗嘉勉白公，從朝散郎超授朝散大夫，自彭城令升為徐州別駕，賜緋魚袋，仍充徐、泗觀察判官。

貞元初。朝廷念白公舊功，加檢校大理少卿，依然做徐州別駕，該道團練判官，掌管州務。秩滿，觀察使皇甫政因白公政績優良，而向朝廷推薦，又除檢校大理少卿，兼襄州別駕。六十六歲，終於襄陽官舍，暫窆襄陽縣東津鄉南原。憲宗元和六年，遷葬於下邽縣義津鄉北原。

樂天之母陳氏，是鄶城縣尉陳潤與妻太原白氏之獨生女，其母白氏，據樂天撰〈唐故坊州鄶城縣尉陳府君夫人白氏墓誌銘〉。說她是「鍠之第某女」，「季庚之姑」。季庚是白鍠之長子。鍠之女，與季庚是同胞而不是姑姪。所以「季庚之姑」之語，蓋有所隱諱。因爲他的父母是以舅甥的親戚關係結爲夫婦，是唐律所不允許的。〔註3〕

陳氏八歲喪父，「居喪致哀，主祭盡敬，其情禮有過成人者，中外姻族咸稱異之。」（〈襄州別駕府君事狀〉）十五歲與季庚結婚，時季庚四十一歲。婚後，「事舅姑，服勤婦道，夙夜九年。」樂天之祖父母先後去世，其母「奉蒸嘗，睦娣姒，待賓客，撫家人，又三十三年，禮無違者。故中外凡爲冢婦者，皆景慕而儀刑焉。」

及樂天之父去世，「諸子尙幼，未就師學。夫人親執詩，晝夜教導，恂恂善誘，未嘗以一呵一杖加之。十餘年間，諸子皆以文學仕進，官至清近，實夫人慈訓所致也。」〔註4〕在這兒白居易由衷流露了對母親感謝之情。

由於丈夫的功勞，夫人也在建中初受封爲「潁川縣君」。元和六年四月三日，在長安宣平里的家中去世，享年五十七歲。

其摯友元稹有〈祭翰林白學士太夫人文〉，作於元和六年七月。白太夫人即白居易之母，歿於四月三日。〔註5〕元稹之作，距白太夫人死時，相去三月。蓋元氏於前年三月貶謫江陵，遠離長安而赴士曹參軍之任。既獲白太夫人凶耗，又無法擅離職守，故僅遣其弟姪代致祭於白母之靈。祭文中自述未遇之時，無所投靠，唯太夫人因其爲愛子之知交，史推濟壑之念，憫絕漿之遲；問訊殘疾，告諭禮儀；減旨甘之直，續鹽酪之資；寒溫必服，藥餌必時：遂表其無任感恩懷德之意。甚且稱太夫人家世茂美，仁深聖善，勵諸子以學，示諸子以正，乃使白居易兄弟皆爲清要之官。

當白居易的母親故去時，好友元稹所寫的〈祭翰林白學士太夫人文〉（《元

〔註3〕 樂天之父季庚，歿於貞元十年，年六十六。其母潁川縣君陳夫人，歿於元和六年，年五十七。據此推計，則陳夫人年十五歲結婚，時季庚已四十一歲矣。夫男女婚配，年距懸遠，要亦常見，本不足異，所可怪者：以唐代一般風習論之，斷無已仕宦之男子，年踰四十，尙未結婚之理。若其父已結婚，樂天於季庚之事狀中，何以絕不言及其前母爲何人？疑其婚配之間，當有難言之隱。

〔註4〕 〈襄州別駕府君（季庚，居易父）事狀〉見《全唐文》卷六八○。

〔註5〕 朝廷因季庚保全彭城的功勞，封陳氏爲潁川縣君，元和六年（八一一）四月三日，歿於長安宣平里的宅第，享年五十七歲。

氏長慶集》）中，剴切敘述白居易年輕時尚未成名，在這貧窮的時期，白居易得到母親的幫助，以及母親慈愛的情形。在這一段文字中，元稹也提到了這位母親的教育方針，她以「學」和「正」教導孩子們。

凡此有關白母生平事行之敘述，自非虛應禮儀而僅作門面之語。蓋起於貧賤之優秀人物，必自有其卓異的母親。白居易兄弟從寒門單族而進士，且終身仍無改其對於文學與淡泊生活之尊重，即足證其母氏之賢良。

關於樂天母親的死因，有因看花墮井而死的傳言。據《舊唐書》〈白居易傳〉曰：

> 十年七月，盜殺武元衡，居易首上疏論其冤，急請捕賊，以雪國恥。宰相嫌其出位，不悅。俄有言：「居易母墜井死，而居易賦新井篇，言浮華，無實行，不可用。」出為州刺史。中書舍人王涯上言，不宜治郡，追貶江州司馬。〔註6〕

由以上文字，可知樂天之母墜井而死亡之事，當時傳聞頗廣，攻訐者以樂天賦新井詩而引為口實，貶為江州司馬。〔註7〕

樂天自父親去世，家境甚貧困。〈傷遠行賦〉曰：

> 貞九十五年春，吾兄吏於浮梁，分微祿以歸養。命予負米而還鄉。……
> 況太夫人抱疾而在堂。自我行役。諒夙夜而憂傷。惟母念子之心，
> 心可測而可量。雖割慈而不言，終蘊結乎中腸。

從這篇賦中，可知其家貧母病，為時不短。元和五年，樂天任左拾遺秩滿，請求改官京兆府判司。其陳情狀裡，也特別提到家貧與母病兩件事，因京兆府判司「資序相類，俸祿稍多，儻授此官，……則及親之祿，稍得優豐。」又「母多病，家素貧，甘旨或虧，無以為養，藥餌或闕空」之故，不能坐視，結果朝廷授給他京兆府戶曹參軍。他在謝官狀中說：「烏鳥私情，得盡歡於展養，……榮幸不止於一身，感戴實深於萬品！」〔註8〕

〔註6〕 後晉·劉昫等撰、楊家駱主編：《舊唐書》（台北：鼎文書局，1994年），頁4340。

〔註7〕 按舊唐書所載者兼括三要素而成立，亦即白母看花墮井，一：白居易作賞花新井詩，二：武元衡遇刺時，此二事乃合為中傷者之口實，三：揆其如此記述之用意，蓋欲說明白居易被貶謫的原因，故其目的但敘當時憎惡白居易者之飛短流長，並不注意此事之真偽。

〔註8〕 據白季庚事狀所記，白居易之母於元和四月三日歿于長安宣平里私第，享年五十七歲。此處私第當為白居易之家。他於元和五年左拾遺任期終了時，自請出任京兆府戶曹參軍。蓋此一職務收入較豐，他需要有較豐的收入。當時

這是樂天之母去世前一年的事。因此關史所說樂天母「有心疾」，「因憂憤發狂」，「叫呼往往達於鄰里」，應當都是事實。〔註9〕

樂天父母結婚時，父年四十一。母年十五歲。年齡差距甚大。陳寅恪曰：「以唐代社會一般風習論之，斷無已仕宦之男子踰四十尚未結婚之理。若其父果已結婚，樂天於季庚之事狀中，何以絕不言及其前母為何人？其故殊不可解。」（〈白樂天之先祖及後嗣〉）〔註10〕

前已言及「其母以悍妒著聞」，其所嫉妒之人，自然是與她爭寵之人。亦即樂天之前母，季庚之大婦。其母因妒而悍，再加上甥舅結婚為律法所不容，而予人以口實，心中鬱結，難以解開，日積月累，終致發狂自殺。如果季庚沒有大婦，樂天之母又何必悍妒呢？

四、兄弟

白居易〈襄州別駕府君事狀〉曰：

> （季庚）有子四人：長曰幼文，前饒州浮梁縣主簿；次曰居易。前京兆府戶曹參軍，翰林學士；次曰行簡，前秘書省校書郎；幼子金剛奴，無祿早世。

（一）兄白幼文

幼文是樂天的異母兄。樂天絕末言及異母之事，但從三件事可以證明：其一是樂天在陳府君夫人白氏墓誌銘中說，白氏是居易、行簡的外祖母，「及居易行簡生，夫人鞠養成人，為慈祖母。」把大哥幼文完全拋開不提。居易、行簡是陳氏所生，故白氏特別疼愛，幫忙女兒照顧。幼文則否。

其二是幼文比樂天大多少歲，已無資料可考。樂天詩題中有浮梁大兄，於潛七兄，烏江十五兄等。浮梁大兄即幼文。樂天排行二十二，故幼文應比樂天大許多歲。

其三是：元和六年四月，陳氏卒，樂天與行簡俱罷官丁憂。居渭村。其年秋，有〈寄上大兄〉之詩。詩曰：

的陳情表今編在文集卷四十二。

〔註9〕關史所記之事，約可分為三段：一為白居易之母發狂而自殺，二為裴度之庇護白居易，三為舊唐書所載看花墮井以及新井詩二事之批評。

〔註10〕〈白樂天之先祖及後嗣〉一文，收入於陳寅恪：《元白詩箋證稿》（北京：生活讀書新知三聯書店，2001年），頁316～330。依陳先生考證所得而特別使人關切者，約有三點：一、白居易是西域胡人的後裔；二、他的精神生活曾受父母非法婚配的打擊；三、他的母親亦因非法婚配而死於非命。

秋鴻過盡無書信。病戴紗巾強出門。獨上荒臺東北望，日西愁立到
黃昏。

秋鴻過盡，應當是秋末時節。是時母親去世已近半年，幼文理當罷官回鄉，
而此詩足以證明他末歸渭村。

按《舊唐書》卷二十七〈禮儀志七〉：

顯慶二年九月，修禮官長孫無忌等奏曰：「庶母古禮緦麻。新禮無服。
謹按庶母之子，即是己昆弟，為之杖朞，而己與之無服。同氣之內，
吉凶頓殊，求之禮情，深非至理。請依典故，為服緦麻。」制又從
之。〔註11〕

又《通典》卷之九十四「奔喪及除喪而後歸制」條下云：

小功緦麻，在遠聞喪，服制已過，但舉哀而已，不復追服也。〔註12〕

幼文遠在三、四千里之外的浮梁，聞喪之日，或已過服制之期，總之不必奔
喪。按常理，應當有書信寄回家，表達哀思，所以樂天在渭村盼望他的信，
一直盼到秋深，仍然音信杳然，因作詩寄上大兄。

在〈唐太原白氏之殤墓誌銘并序〉中，說到改葬幼美之事：「其兄居易、
行簡，藐然已孤，扶哀臨穴，斷手足之痛，其心如初。」幼文因不在渭村，
未參與其事，亦未具名。

元和十一年（八一六）秋，樂天在江州。〈答戶部崔侍郎書〉中說：「前
月中，長兄從宿州來；又孤幼弟姪六七人，皆自遠至。」是幼文至江州依樂
天生活，從此兄弟形影相依。到元和十二年（八一七）閏五月，幼文去世，
他們相會才不過幾個月。

在〈祭浮梁大兄〉文中，樂天稱讚幼文具有「孝友慈惠，和易謙恭」的
德行，能「發自修身，施於為政」，所以「行成門內，信及朋僚」。而不幸到
了中年，「始登下位」，臥病不到兩旬，即與世長辭。死後，歸葬下邽南原。

（二）弟白行簡

行簡，字知退。大曆十一年（七七六）生，小樂天四歲。憲宗元和二年
（八〇七）中進士第，授秘書省校書郎。

穆宗長慶元年（八二一），行簡授左拾遺，這時樂天已回朝任職中書舍人，

〔註11〕後晉・劉昫等撰、楊家駱主編：《舊唐書》（台北：鼎文書局，1994 年），頁
1019。
〔註12〕唐・杜佑：《通典》（台北：大化書局，1978 年），頁 819。

二人一同早朝入閣。樂天有詩示行簡，詩裡充滿任近職的喜悅，並勉勵弟弟一同以身報效朝廷。

敬宗寶曆元年（八二五），行簡五十歲，遷主客郎中，加朝散大夫。樂天在蘇州，聽見此一喜訊。有詩寄行簡，表達他的喜悅。

原來他們兄弟倆人都是在五十歲時任主客郎中，雖然頭上已有數莖白髮，穿上恩賜的緋袍，自是無上的光榮。

寶曆二年（八二六）冬，行簡因病去世，葬在下邽北村。兩年後樂天有〈祭郎中弟文〉，告訴他兩年來家中的瑣事：

> 吾去年春，授秘書監，賜紫；今年春，除刑部侍郎。……龜兒頗有文性，吾每自教詩書，三、二年間，必堪應舉。阿羅日漸成長。亦勝小時。茶郎、叔母以下，並在鄭滑。……宅相得彭澤場官，各知平善。……爾前後所著文章。吾自檢尋編次，勒成二十卷，題爲白郎中集。

白郎中集今已亡佚，《全唐詩》著錄行簡詩七首，《太平廣記》載所著李娃傳一篇，寫名妓李娃與常州刺史鄭某之子之愛情悲喜劇，爲唐代傳奇之代表作。《新唐書》稱其「敏而有辭，後學所慕尙」，《舊唐書》稱其「文筆有兄風，辭賦尤稱精密。文士皆師法之。」

試讀〈祭弟文〉可見哀祭類文之一斑。這是白居易祭其亡弟白行簡之文，題材、內容、思想意義都不重大，但對死者後事的妥善處理的敘述卻十分感人：「龜兒頗有文性，吾每自教詩書，三二年間必堪應舉。」「茶郎、叔母以下，並在鄭滑，職事依前。蘄蘄、卿娘、戶八等同寄蘇州，免至飢凍。遙憐在符籬莊上，亦未取歸。」「骨兜、石竹、香鈿等三人，久經驅使，昨大祥齋日，各放從良，尋收膳娘、新婦看養。」「你前後所著文章，吾自檢尋編次，勒成二十卷，題爲《白中郎集》。」這些如泣如訴，如數家常的敘述，傾訴出作者對骨肉兄弟無限哀悼的深情。下文「吾今頭白眼暗，筋力日日衰，……下邽北村，你塋之東，是吾他日歸全之位；神縱不合，骨且相依，豈戀余生！」「仰天一號，心骨破碎。」這些文字讀來更會令人撕心裂肺，悲而涕零。就情而論，完全可與韓愈那篇被譽爲「祭文中千年絕調」的《祭十二郎文》比高下。

行簡之子，小名龜兒，樂天視如己出，親教詩書。在新唐書宰相世系表中，行簡有子名味道，應是龜兒之名。

（三）弟白幼美

幼美，小名金剛奴。生於德宗建中四年（七八三），小樂天十一歲。七歲能誦詩賦。八歲能讀書鼓琴，九歲不幸遇疾而死亡。權窆於符離之南原，至元和八年（八一三），始遷葬於下邽義津白氏之祖墳。樂天有〈唐太原白氏之殤墓誌銘〉及〈祭小弟文〉。

（四）堂弟白敏中

樂天的排行是二十二，可見他的堂兄弟不少。見於集中的，有三兄，符離主簿六兄，於潛七兄，烏江主簿十五兄等，事蹟皆不詳。

敏中排行第幾已不可考，是樂天的從祖父堂弟，字用晦。父季康，溧水令。敏中少孤，承學諸兄，長慶元年（八二一）登進士第。樂天當時已五十歲，有喜敏中及第，偶示所懷：

> 自知群從爲儒少。豈料詞場中第頻？桂折一枝先許我，楊穿三葉盡驚人。 轉於文墨須留意，貴向煙霄早致身。莫學爾兄年五十，蹉跎始得掌絲綸。

他以白起爲祖，所以說群從爲儒少。樂天先中進士，行簡次之，今敏中又次之，兄弟三人，先後中第，所以說楊穿三葉，詞場中第頻。然後勉勵敏中多留意文墨，早平步青雲之上。

在邠寧，敏中幫助節度使符澈爲政，使符澈「以能政聞」（新唐書白敏中傳）會昌二年（八四二）九月，武宗聞樂天之盛名，欲召爲相，是時樂天因足病不能行走。李德裕一向厭惡樂天，言其衰病，不堪任職。因推薦白敏中，說他「文詞類其兄而有器識」（新唐書白敏中傳），郎日以敏中知制誥，召入翰林爲學士，進承旨。

宣宗立，敏中以兵部侍郎同中書門下平章裏，遷中書侍郎，兼刑部尚書。宣宗厭惡李德裕，罷爲荊南節度使，再貶潮州司馬，又貶崖州司戶。敏中詆毀李德裕不遺餘力，德裕著書責備敏中是「以怨報德」的小人。

敏中得天子之恩遇，兩度爲相，歷任高官顯爵，封公，比乃兄樂天更爲顯赫得志。樂天仕不求進，以退讓爲處世之道，全身遠害；而敏中極積進取。他之排擯李德裕，推測可能有三個理由：其一，宣宗厭惡李德裕，他爲逢迎宣宗之好惡。其二，爲鞏固自己的權勢。李德裕黨爭多年，也曾極力排斥異己。其三，爲李德裕多年來厭惡樂天。他們兄弟情深，他不可能因李德裕的推薦而倒向他。總之他排斥李德裕這件事，使得當時「議者

訾惡」。〔註13〕

　　宣宗時，唐室已紊亂多年。宣宗非賢明之君，而居相位攬大權者，又以逢迎媚上為務，一心排斥異己，鞏固權勢，不以治國平天下為目的，國事自然日非。所以王夫之說：「唐之亡，宣宗亡之。」史家多歸罪白敏中、令狐綯等，認為是這些「群小」進讒言，才使得宣宗罷斥賢臣。其實唐室積習難改，沉痼難癒，雖有房、杜在位，也難以少數人之才幹，挽既倒之狂瀾。白敏中生不逢時。以致謗言交集。誠可痛惜！

五、妻楊氏

　　樂天之妻，弘農楊氏，是楊汝士之妹，楊虞卿之堂妹。楊家是弘農大族，汝士與虞卿都是樂天的好友。

　　他們結婚的時間，大約是在元和二年夏與三年八月之間。元和二年，樂天三十六歲，在盩厔尉任上，有〈戲題新栽薔薇〉詩：

> 移根易地莫憔悴，野外庭前一種春。少府無妻春寂寞，花開將爾當夫人。

唐人稱縣尉為少府，此處為樂天自稱。由此詩可知，本年春天，樂天尚未結婚。

　　元和三年，樂天有〈祭楊夫人〉（樂天妻之姐）一文，文中說：「近接嘉姻。」婚後，樂天有一首〈贈內詩〉，以貧素與妻子相期白首。詩曰：

> 生為同室親，死為同穴塵；他人尚相勉，而況我與君黔婁固窮士，妻賢忘其貧。冀缺一農夫，妻敬儼如賓。陶潛不營生。翟氏自爨薪。梁鴻不肯仕，孟光甘布裙。召雖不讀書，此事耳亦聞。至此千載後，傳足何如人？人生未死間，不能忘其身。所須者衣食，不過飽與溫。蔬食足充肌，何必膏梁珍？繒絮足禦寒，何必錦繡文？君家有貽訓，清白遺子孫。我亦貞苦士，與君新結婚。庶保貧與素，偕老同欣欣。

他勉勵妻子要甘於貧窮的生活。不必追求物質享受。早年樂天家境貧苦，入仕後，要扶養親屬，也並不寬裕，所以諄諄以貧素勸勉妻子。楊氏十分賢德，果真能安貧若素，使樂天能一心為國，盡忠朝事，屢陳時政得失，勸諫君王，了無後顧之憂。

　　元和四年，長女金鑾子降生。不幸三歲夭折。金鑾子死後，楊氏非常悲

〔註13〕楊宗瑩：《白居易研究》（台北：文津出版社，1985年），頁18。

傷，爲了散心，忘掉喪女的悲痛。離開了渭村一段時日。樂天集中有〈寄內詩〉，排列在〈病中哭金鑾子詩〉之後，應是同一時期之作。

貶官本是極爲悲痛之事，但樂天想得開，認爲有妻子同行，來江州實現平生隱居之志，抑鬱的心情，得以開朗。

司馬的俸祿每月有四、五萬，「寒有衣，饑有食，給身之外，施及家人。」（與元九書）經濟情況已經好轉，在〈贈內子〉詩裡，他以「貧中有等級，猶勝嫁黔婁。」來安慰妻子。

樂天宦途奔波，南北往還。楊氏都和他同行。到忠州是「今來仍盡室，此去又專城。」「共載皆妻子。同遊即弟兄。」（〈舟中示舍弟〉）往還杭州是「妻子在我前，琴書在我側。」（〈自餘杭歸宿口〉）「身兼妻子都三口，鶴與琴書共一船。」（自喜）楊氏可說是樂天精神上的支杜，有她在一起。樂天忘掉了旅途的勞苦，遠離家國的憂傷，他心中只是充滿了歡愉。

楊氏照顧樂天，可說無微不至。生病時侍候湯藥，如：「頭痛牙疼三日臥，妻看煎藥婢來扶。」（病中贈南鄰覓酒）冬天照顧寒溫，如：「妻知年老添衣絮，婢報天寒撥酒醅。」閑暇時，「夫妻老相對，各坐一繩床。」（〈三年除夜〉）共同享受寧靜的溫馨。

樂天五十八歲時生男阿崔，不幸阿崔在三歲時夭折。在古代一夫可以多妻的社曾裡，爲延續子嗣而納妾，是天經地義的事，樂天常嘆息命薄無子，但他沒有納妾。他身邊經年有年輕美貌的妓女陪伴，但在妓女年長時，樂天總是把她們放遣，讓她們回家去婚配，從未納妓女爲妾。〔註 14〕由此足見他和楊氏夫妻情感之篤、之專。他說過：「義重莫若妻，生離不如死。」（〈和微之聽妻彈別鶴操〉）妻子在他心日中的地位是多麼崇高啊！

六、兒女

元和四年，樂天的長女金鑾子降生。週歲時，有〈金鑾子晬日〉詩：

> 行年欲四十，有女曰金鑾。生來始周歲，學坐未能言。慚非達者懷，
> 未免俗情憐。從此累身外，徒云慰目前。若無天折患，則有婚嫁牽。
> 使我歸山計，應遲十五年。

〔註14〕他晚年得疾，放歸名聞洛下的樊素、小蠻，更是令人贊歎之事。人稱「櫻桃樊素口，楊柳小蠻腰」，二妓色藝雙全，但樂天卻自感「柳老春深日又斜，任他飛向別人家」，只是二妓依依不捨離去後，樂天也不禁傷神的說：「兩枝楊柳小樓中，嫋娜多年伴醉翁，明日放歸歸去後，世間應不要春風。」

快四十歲才做父親，應該很興奮才對，但從這首詩裡，看不出他得女的歡欣。因為他被「俗情」牽絆，想到日後嫁女的大筆陪奩，會使他延遲歸山之計。「若無夭折患」，真是一語成讖，金鑾子在二歲時死了。女兒死後，樂天悲不自勝，有〈病中哭金鑾子〉詩：

> 豈料吾方病，翻悲汝不全。臥驚從枕上。扶哭就燈前。有女誠為累，
> 無兒豈免憐？病來纔十日。養得已三年。慈淚隨聲迸，悲腸遇物牽。
> 故衣猶架上，殘藥尚頭邊。送出深村巷，看封小墓田。莫言三里地。
> 此別是終天。

臥驚、扶哭、慈淚、悲腸等句，都深刻地表現出喪女的悲傷。中年得女。忽又永別，看見女兒留下的故衣殘藥，傷心得肝腸寸斷。如此這般傷心，仍然不忘「有女誠為累」，女兒是累贅，無兒無女，膝下空虛，也很可憐，到底應如何取捨呢？他真被「俗情」牽絆，這俗情包括重男輕女在內。

稍後又有〈重傷小女子〉詩，懷念女兒的嬌態，承認不能忘情，並嘆息居室粗拙不能養雛，他對夭折的長女懷念不已。元和十二年，次女阿羅生於江州。直到兩歲時，樂天才有羅子詩：

> 有女名羅子，生來纔兩春。我今年已長，日夜二毛新。顧念嬌啼面。
> 思量老病身。直應頭似雪，始得見成人。

他感嘆自己年事已長，女兒尚幼。要到頭白才能看見她成人。

元和十三年（八一八），三女降生。樂天有自到潯陽生三女子，第三個女兒降生，樂天一點也不高興。他強調女兒是世累，是禍患，是魔，必須學佛，將思想遁入空門，才能忘掉這些煩惱。這第三個不受歡迎的累贅，甚至沒有花他父親的詩中留下小名。後來有沒有長大？幾時夭折？都不可得知。因為樂天的話中。再也沒有她的蹤影。他在詩裡誇贊阿羅的聰明，「學母畫眉樣，效吾詠詩聲。」並說出對女兒的期望。

阿羅大約二十歲時結婚，嫁給監察御史談弘謩。開成二年（八三七），談氏外孫女降生。小孩滿月，樂天命名為引珠，希望她能引來掌上明珠。並作詩曰：

> 今旦夫妻喜，他人豈得知？自嗟生女晚，敢訝見孫遲？物以稀為貴，
> 情因老更慈。新年逢吉日，滿月乞名時。桂燎薰花果，蘭湯洗玉肌。
> 懷中有可抱，何必是男兒？（小歲日，喜談氏外孫女孩滿月）

他感受到懷抱嬰兒之樂，這種喜悅，是他自己生女兒時從來沒有過的。做了

外祖父，對外孫兒女的疼愛，都是一樣的，好像不在乎是男是女了。

開成四年，阿羅又生了一個男孩－玉童，樂天真是開心極了。才生三日，即有詩作，並報與好友夢得知道。詩曰：

> 玉牙珠顆小男兒，羅薦蘭湯浴罷時。萱草春來盈女手，梧桐老去長孫枝。慶傳媒氏燕先賀，喜報談家烏預知。明日貧翁具雞黍，應須酬賽引雛詩。（〈談氏外孫生三日，喜是男，偶吟成篇，兼戲夢得〉）

他感謝夢得的吉言。原來前年得外孫女時，夢得有賀詩云：「從此引鸞雛。」如今果然生男，末聯即表示要謝夢得。

外孫三歲時，女婿逝世，更顯得這小男孩的嬌貴。樂天對他寄望甚殷，打算將琴習傳給他。

崔兒是樂天唯一的男孩，生於大和三年，當時樂天已五十八歲。他經常嘆息沒有兒子，感慨「老蚌不生珠。」（〈見李蘇州示男阿武詩，自感成詠〉）。現在老蚌竟然生出一顆明珠。老年得子，真是喜出望外。

接著又有阿崔之詩，再度歌詠老年得子的歡欣。對嬰兒「膩剃新胎髮，香繃小繡襦。玉芽開手爪，蘇顆點肌膚。」都感到貼心的憐愛，他要把弓冶琴書傳給他。誰知崔兒竟然不育，在三歲時死了。六十歲的白髮老父悲傷哭泣，病眼更加昏花。〈哭崔兒〉詩曰：

> 掌珠一顆兒三歲，髮雪千莖父六旬。豈料汝先為異物，常憂吾不見成人。悲腸自斷非因劍，喧眼加昏不是塵。懷抱又空天默默，依然重作鄧攸身。

在向微之報喪的詩裡，他感嘆：「文章十帙官三品，身後傳誰庇蔭誰？」

七、後嗣

白居易〈醉吟先生墓誌銘〉曰：

> 一女適監察御史談弘謩。三姪：長曰味道，盧州巢縣丞；次曰景回，淄州司兵參軍；次曰晦之，舉進士。樂天無子，以姪孫阿新為之後。

《舊唐書》本傳曰：「無子，以其姪孫嗣。」〔註15〕

李商隱為樂天所作墓碑銘并序曰：「子景受，大中三年，自穎陽尉典治集賢御書，侍太夫人弘農郡君楊氏來京師。」〔註16〕

〔註15〕後晉・劉昫等撰、楊家駱主編：《舊唐書》（台北：鼎文書局，1994年），頁4342。

〔註16〕按：李商隱所作〈白居易墓誌銘〉（馮浩詳註樊南文集卷八）有嗣子景受，為

據《新唐書宰相世系表》載：「樂天之嗣景受，以從子繼。」〔註17〕

景受是誰之子？阿新又是誰之子？今所存資料已無法詳考。

樂天一再稱讚行簡之子龜兒，在〈祭郎中弟文〉中說，要將白郎中集與他自己的詩文集「同付龜羅收傳」。幼文有子名宅相，得彭澤場官。幼文與行簡皆早樂天去世，又都只有一子，不可能過繼給樂天，因此以姪孫阿新爲後。所謂「爲後」，並非升輩爲子，而仍居孫輩，實有可能。〈醉吟先生墓誌銘〉乃樂天在世時所作，他還活著就已將後事交代清楚，及至去世，可能家人認爲喪禮中沒有披麻戴孝的孝子，實一大遺憾，於是立姪景受爲後嗣。

第二節　交遊狀況

白居易詩文集中與人贈答酬唱之詩、書信之文，多得不可勝數，另外在白居易的遊記、序跋文中出現的朋友也不少，可略知白居易交遊之廣闊。白居易的朋友不限制於在朝的士大夫、同官，如白居易在〈醉吟先生傳〉中說：「性嗜酒、耽琴、淫詩，凡酒徒、琴侶、詩客多與之游」，他有酒友、詩友、山水、空門友、琴侶等多采多姿、豐富多樣的雅友。楊宗瑩先生在《白居易研究》〔註18〕一書中，寫出白居易的主要交遊二十八人，其考證頗爲詳細。朱金城先生也在《白居易研究》〔註19〕一書中，有關白居易的交遊考，總共列出八十二人。俞炳禮在《白居易詩研究》〔註20〕中以朱金城先生與楊宗瑩先生的考察爲基礎，選出與白居易友誼篤厚或有影響的二十四人，如元微之、劉禹錫、李紳、張籍、唐衢、牛僧孺、李達、李復禮、崔玄亮、張仲方、元宗簡、錢徽、崔群、嚴休復、皇甫鏞、楊汝士、楊虞卿、李宗閔、庾敬休、神湊、智常、智如、神照、如滿等人。其中白居易在他的碑誌作品中提到的朋友有元稹、崔玄亮、李紳、皇甫鏞、張仲方、李建、神湊、智如、神照等九人，以下是有關這九位友人之白居易碑誌作品表。

潁陽尉，兼治集賢御書。李商隱稱景受爲「秀才」（樊南文集補編卷七），倘依《唐國史補》所謂：『進士科通稱爲秀才』，則景受亦當是應試進士者。

〔註17〕宋·歐陽修、宋祁等撰、楊家駱主編：《新唐書》（台北：鼎文書局，1994年），頁 2678。

〔註18〕楊宗瑩：《白居易研究》（台北：文津出版社，1985年）

〔註19〕朱金城：《白居易研究》（台北：文史哲出版社，1992年）

〔註20〕俞炳禮：《白居易詩研究》（台北：台灣師範大學國文研究所博士論文，1988年）

友人名	白居易所作碑誌篇名
1. 元稹	唐故武昌軍節度處置等使正議大夫檢校戶部尚書鄂州刺史兼御史大夫賜紫金魚袋贈尚書右僕射河南元公墓誌銘（並序）
2. 崔玄亮	唐故虢州刺史贈禮部尚書崔公墓誌銘（並序）
3. 李紳	淮南節度使檢校尚書右僕射趙郡李公家廟碑銘（並序）
4. 皇甫鏞	唐銀青光祿大夫太子少保安定皇甫公墓誌銘（並序）
5. 張仲方	唐故銀青光祿大夫秘書監曲江縣開國伯贈禮部尚書范陽張公墓誌銘（並序）
6. 李建	有唐善人墓碑銘（並序）
7. 神湊	唐江州興果寺律大德湊公塔碣銘（並序）
8. 智如	東都十律大德長聖善寺鉢塔院主智和尚茶毗幢記
9. 神照	唐東都奉國寺禪德大師照公塔銘（並序）

一、元稹

唐代文學家。字微之，別字威明。河南洛陽（今屬河南）人。爲北魏鮮卑族拓跋部後裔。〔註21〕八歲喪父後，受異母兄排擠，隨生母鄭氏遠赴鳳翔，依倚舅族。家貧無師，由母課讀，並從姨兄、姐丈學詩誦經，貞元九年以明兩經擢第。貞元十五年，初仕於河中府。貞元十九年在長安入秘書省任校書郎後，與太子賓客韋夏卿之女韋叢結婚。婚後六載，韋叢病故。不到兩年，納妾安氏，後又續娶裴淑。元和元年，登才識兼茂明於體用科，授左拾遺〔註22〕，後得宰相裴垍提拔爲監察御史，出使劍南東川，劾奏不法官吏。元和六年，裴垍去世，元稹政治上失去倚靠，轉而依附藩鎮嚴綬和監軍宦官崔潭峻，爲時論所薄。元和十年一度回朝，不久出爲通州司馬，轉虢州長史。這一時期作詩甚多，與白居易等酬唱頻繁。

元稹個性剛直，既身爲諫官，於是屢次上書論政〔註23〕、彈劾姦佞，因支持禦史裴度、李正辭等人，而遭到當政者的忌恨，在同年的九月就被貶爲河南縣尉。《舊唐書·元稹傳》：「稹性鋒銳，見事風生，既居諫垣，不欲碌碌自滯，事無不言，即日上疏論諫職。」「又論西北邊事，皆朝政之大者，憲宗

〔註21〕 元稹於〈夏陽縣令陸翰妻河南元氏墓誌銘〉中曾提到到：「我繫祖有魏昭成皇帝，後嗣失國，今稱河南洛陽人焉。」元氏於北魏時爲皇族，周、隋兩代多顯官，入唐後，家族經安史之亂而衰微。

〔註22〕 拾遺爲職官名。唐代諫官，武則天時始置左右拾遺，掌供奉諷諫，以救補人主言行的缺失。見《舊唐書》卷四十三〈職官志二〉，頁1846。

〔註23〕 元稹〈自敘〉：「元和初，章武皇帝新即位，臣下未有以言刮視聽者，予時始以對詔在拾遺中供奉，由是獻〈教本書〉、〈諫職〉、〈論事〉者表數十通。」（《全唐文·卷六百五十三》）

召對問方略。」〔註 24〕執政惡其直言，貶爲河南縣尉。微之可謂無愧諫職。元稹雖不幸被貶謫，但他的直言危行受到許多人的稱讚，因此白居易說：「由校書郎拜左拾遺，不數月，讜言直聲，動於朝廷。」（〈唐河南元府君夫人滎陽鄭氏墓誌銘〉）。

元稹做宰相，交通宦官，遭到眾多非議，皆以爲其品格不高。祇有白居易才能理解他通權達變的用意，在墓志銘中說他：「以權道濟世，變而通之。」元稹平時做官，無論在朝中還是在地方，都是一個好官，祇是因爲做了宰相就改變了品行，顯然是不合邏輯的。宦官當時既然是一股很強的政治勢力（連皇帝廢立生殺都掌握在手中），那麼元稹身爲宰相，要想有所作爲，就不能不考慮這股勢力。硬碰硬，不但沒什麼結果，也很危險。相反表示友好，祇要不同流合污，是有利於做一些實事的。元稹是個實幹家，選擇了後一種做法，顯然是有通權達變的意思。所以白居易評價是可信的。

元稹是他早年的摯友，向有「元白」之稱。他和元稹之間大量的唱和詩構成了中國文學史上一種獨特的人文景觀，其相知相助的摯友之情令人感動。

元稹與白居易在唐代齊名並稱，他們親密的友誼在文學史上留下了佳話。《唐才子傳》稱：「微之與白樂天最密，雖骨肉未至，愛慕之情，可欺金石，千里神交，若合符契，唱和之多，毋逾二公者。」〔註 25〕貞元十九年，兩人同時登科，同授秘書省校書郎，開始相識，「遂定死生之契，期於日月可盟，誼同金石，愛等弟兒」（元稹〈祭翰林白學士太夫人文〉），一生中在仕途上相互扶持，在生活上相互關心，在創作上相互影響和促進，自始至終都保持了深厚、眞誠、純摯的關係。

元稹和白居易極多相似之處。兩人都出身於小官僚的家庭，早年家境都比較貧寒。元稹八歲喪父，「依倚舅族」（元稹〈告贈皇考皇妣文〉），白居易「少小孤且貧」（白居易〈朱陳村詩〉），在艱難困苦中，都由母親啓蒙、刻苦攻讀，憑仗自己的知識才能，通過科舉制度去取得功名富貴。因而對於社會弊病和民生疾苦都有許多的接觸和認識，而又同抱濟世之志。元稹曾賦詩明志：「濟人無大小，誓不空濟私」（元稹〈酬別致用〉）；白居易亦云：「僕志在兼濟」（白居易〈與元九書〉）。元和初年，兩人準備制舉考試，退居華陽觀，

〔註 24〕後晉・劉昫等撰、楊家駱主編：《舊唐書》（台北：鼎文書局，1994 年），頁 4347。

〔註 25〕元・辛文房《唐才子傳》卷六（北京：中華書局，1911 年），頁 165。

「揣摩當代之事，構成策目七十五門」（白居易〈策林序〉），對於時政存在的問題及其改革之道，思想觀點完全一致；並且在步入仕途後，都站在進步的政治立場，梗直敢言，銳意進取，向權貴、宦官展開鬥爭，又同樣地遭到到不公正的指摘與迫害而被逐出朝廷，遠貶外郡。在詩歌創作上，他們有一致的理論認識和價值取向，共同倡導諷諭詩運動。

元稹在散文和傳奇方面也有一定成就。韓愈、柳宗元提倡古文，而朝廷制誥仍沿用駢體。元稹始創新體，以古文作制誥，格高詞美，爲人仿傚，「自是司言之臣，皆得追用古道」（〈制誥序〉）。《舊唐書》說：「元之制策，白之奏儀，極文章之壺奧，盡治亂之根荄。」元稹所作傳奇《鶯鶯傳》，又名《會眞記》，敘述張生與崔鶯鶯的愛情悲劇故事。文筆優美，刻畫細緻，也是唐人傳奇中的名篇。後世戲曲作者用它的故事人物創作出許多戲曲，如金代董解元《西廂記諸宮調》）和元代王實甫《西廂記》等。

樂天母親去世，微之有弔祭文。微之爲樂天編輯詩文爲白氏長慶集五十卷，並作序。微之於大和五年卒於武昌任所，年五十三歲，樂天有〈哭微之〉詩二首，〈祭微之文〉一篇，並爲微之作墓誌銘。墓誌銘中有：

> 予嘗悲公始以直躬律人，勤而行之，則坎壈而不偶；謫瘴鄉凡十年，髮斑白歸來。次以權道濟世，變而通之，又齟齬而不安，居相位僅三月，席不煖而罷去。通介進退，卒不獲心。是以法理之用，止於舉一職，不布於庶官；仁義之澤，止於惠一方，不周於四海。故公之心不足也。逢時與不逢時同，得位與不得位同；貴富與浮雲同。
>
> 何者？時行而道未行，身遇而心不遇也。〔註26〕

樂天爲摯友生平的污點，曲爲解說，使微之的過失，變成君子之過。人皆見之。元家謝文之贄，價富六七萬。樂天念平生交情，文不當辭，贄不當納，而全數退回。但元家執意要送，自秦抵洛，往返再三。樂天不得已，布施香山寺，爲微之薦冥福。

元稹著述頗豐，生前曾多次自編詩文集，後總匯爲《元氏長慶集》一百卷。北宋歐陽修曾見過。但其後陸續有所散佚，今存六十卷本。〔註27〕

〔註26〕唐・白居易：《白居易集・卷七十》（台北：漢京文化事業有限公司，1984年），頁1469。

〔註27〕宋時只存60卷，有三種刻本：閩本（建本），宣和六年劉麟刻；蜀本，刻者不詳；浙本（越本），乾道四年洪適據劉麟本復刻。

二、崔玄亮

　　崔玄亮，字晦叔，山東磁州人。大白居易四歲。貞元十六年，與白居易同登進士第，兩人訂交，即在此時。貞元十八年同試書判及第，次年春，同授校書郎。舊唐書本傳說晦叔「性雅淡，好道術，不樂趨競，久遊江湖。」〔註28〕這和白居易的性情愛好相近。自然地，他們能相交三十餘年，年老分深，定爲摯友。

　　崔玄亮唐代道教信徒，篤信道教。張君房《雲笈七籤》卷一百二十一《崔玄亮修黃籙齋驗》：「崔公玄亮，奕葉崇道，雖登龍射鵠，金印銀章，踐鴛鷺之庭，列珪組之貴，參玄趨道之志，未嘗怠也。常持《黃庭》、《度人》、《道德》諸經。敬宗寶曆初，除湖州刺史。二年（８２６），於紫極宮修黃籙道場，有鶴三百六十五雙翔集壇所，其一雙朱頂皎白，樓於虛皇台上」〔註29〕。時杭州刺史白居易聞而悅之，遂作〈吳興鶴贊〉。晦叔「夙慕黃老之術，齋心受籙，伏氣鍊形，暑不流汗。冬不挾纊。膚體顏色，冰清玉溫，未識者望之，如神仙中人也。」這對早衰多病的樂天，是很大的誘惑。樂天雖屢次說他不服丹藥，而實際上還是對服食存著幻想，而時有燒藥不成之歎。除了來往的道士，就是受晦叔的影響。

　　晦叔晚年，「又師六祖，以無相爲心地，以不二爲法門。易簀之夕，如入三昧，怡然自安。手筆題云：『暫榮暫悴敲火石，即空即色眼生花。許時爲客今歸去，大曆元年是我家。』其解空得證也如此，可不謂達於佛性乎？」晦叔晚年向佛，師六祖，應當是受樂天的影響。

　　白居易在〈崔公墓誌銘序〉中讚許晦叔通四科達三教，說他善待宗族朋友，閨門稱其孝，群從仰其仁，交遊服其義，可謂合乎德行。善屬文，尤工五言、七言詩，警策之篇，多在人口：即是文學。治理密、歙、湖三州，有善政：即是政事。在朝忠言讜論，使天子爲之感悟：即是言語。〔註30〕白居易自己也是四科兼通，他們彼此敬仰，因而友情益形深厚。

　　晦叔享年六十六歲。臨終，將他的玉磬、琴贈與白居易，請求爲他寫墓誌銘。他知道只有知交才能記述他的性行德業，只有知己才能爲他的蓋棺作

〔註28〕後晉・劉昫等撰、楊家駱主編：《舊唐書》（台北：鼎文書局，1994年），頁4313。

〔註29〕〈崔玄亮修黃籙齋驗〉見《雲笈七籤・卷一百二十一》（上海：上海商務印書館，1984年），頁839。

〔註30〕唐・白居易：《白居易集・卷七十》（台北：漢京文化事業有限公司，1984年），頁1472。

適當的定論。

三、李紳

　　李紳，字公垂，潤州無錫人。關於李紳的生年，兩唐書及其他傳記資料均無記載，近人所編的文學史中大都是空白的。李紳〈墨詔持經大德神異碑銘〉云：「大歷癸丑歲，文忠公顏真卿領郡，余先人主邑烏程，余生未期歲。」「大歷癸丑」是大歷八年，可知李紳生於大歷七年壬子。這是今人卞孝萱《李紳年譜》考證的重要發現。李紳與白居易同年生，同年死，都活了七十五歲，也是一種巧合。憲宗元和元年中進士第，補國子助教，此年，白居易罷校書郎。他們相識，大約即在此年前後。白居易有兩首詩，提到他們初相識時，一首是〈渭村酬李二十見〉，另一首是〈重到城七絕句的靖安北街贈李二十〉。從此兩首詩可知，他們相識是在順宗永貞元年。白居易很欣賞公垂的新歌行，公垂也很以歌行自負。白居易的新樂府五十首，最初即是公垂的詩而將之擴大。公垂先白居易一個月去世，今全唐詩有李紳詩三卷。

　　元和十五年，公垂與李德裕同為翰林學士，次年又因杯葛錢徽，認為他主試不公，而與李德裕、元稹結成聯合陣線，終入李德裕黨。三人情意相投，時號「三俊」（見唐書李紳傳）。後始終隨李德裕得勢、失勢而進退。

　　李紳素以孝聞，白居易〈淮南節度使檢校尚書右僕射趙郡李公家廟碑銘〉，稱讚李紳之孝行曰：

> 六歲丁晉陵府君憂，孺慕號踊，如成人禮。九歲終製，孝養上谷太
> 夫人，年雖幼，承順無違，家雖貧，甘旨無闕。侍親之疾，冠帶不
> 解者三載，餘可知也；執親之喪，水漿不入口者五日，餘可知也。
> 先是祖妣、考妣，晉陵府君前娶夫人裴氏，無子早卒，洎叔父楔躅
> 之殯，咸未歸祔，各處一方。公在斬衰中，親護九喪，匍匐萬里，
> 及其（一作期）襄事，禮無闕違。至誠感神，有靈烏瑞芝之應，事
> 動鄉里，名聞公卿，言孝友者，以為表率。〔註31〕

李紳歲與元稹、白居易交遊甚密，他一生最閃光的部分在於詩歌，他是在文學史上產生過巨大影響的新樂府運動的參與者。作有〈樂府新題〉二十首，已佚。著有〈憫農〉詩：「鋤禾日當午，汗滴禾下土，誰知盤中餐，粒粒皆辛苦。」膾炙人口，婦孺皆知，千古傳誦。

〔註31〕唐・白居易：《白居易集・卷七十一》（台北：漢京文化事業有限公司，1984
　　　　年），頁 1492。

四、皇甫鏞

　　皇甫鏞，字和卿，唐代朝那人。自幼聰慧過人，熟讀古今經典，在科舉
中考取進士及第。他進入仕途之後，兢兢業業，勤政愛民。表面上雖然沉默
寡言，實際上卻胸懷大志，每舉一事，皆以國家安危與民生為重，逐漸受到
朝廷器重和老百姓的擁戴。他先後擔任宣歙、鳳翔府從事、殿中侍御史、禮
部員外郎、河南縣令、都官郎史、河南少尹等職，在任期間，清廉執政，素
有賢名。墓誌銘中有：

　　　　公為人器宇甚宏，衣冠甚偉，寡言正色，人望而敬之，至於燕遊觴

　　　　詠之間，則其貌溫然如春，其心油然如雲也。〔註32〕

在長期的仕宦生涯中，皇甫鏞一直注重維護自己的操守，嚴以律己，反對任
何以權謀私，欺凌百姓的行為。當時許多有名之士和學者深為他卓異的才華
和人品所折服，爭相與他結交。與他同時為官的兄長皇甫鎛，位居宰相，權
傾朝野，結黨營私。皇甫鏞深惡其行徑，每當兄弟一起設宴聚會時，他苦苦
相勸，希望兄長謹言慎行，適可而止，但皇甫鎛不聽他的誠心勸戒，依然我
行我素。後來，皇甫鎛因犯事獲罪被革職，對自己當初不聽兄弟規勸大為悔
恨。皇甫鏞因為長期勤政愛民，素有清譽，不但沒有受到株連，朝廷還加授
他國子祭酒，後又改為太子賓客、秘書監之職，時人讚許他有先見之明。墓
誌銘中有如此記載：

　　　　當憲宗朝，公之仲弟居相位操利權也，從而附麗者有之，公獨超然，

　　　　雖貴介之勢不能及。及仲之失寵得罪也，從而緣坐者有之，公獨瞉

　　　　然，雖骨月之親不能累。識者心伏，號為偉人。〔註33〕

皇甫鏞又是一個精通文史、工文善詩的學者。在繁忙的公務之暇，勤奮著書
立說，作品廣為流傳，計有文集十八卷，詩賦十四篇。

五、張仲方

　　張仲方，韶州始興人，九齡族孫。兄仲端，位終都昌令。弟仲孚，登進
士第，為監察御史。貞元中，擢進士宏詞，歷散騎常侍、京兆尹。左遷華州
刺史。入為秘書監。集三十卷。今存詩二首。居易與仲方少同官，老同遊，
結交慕德，久而彌篤，故見托為文。在墓誌銘中白居易稱讚其詩文曰：

〔註32〕《白居易集‧卷七十》，頁1481。

〔註33〕唐‧白居易：《白居易集‧卷七十》（台北：漢京文化事業有限公司，1984年），
　　　　頁1481。

公幼好學，長善屬文，俯取科第，如拾地芥。著《文集》三十卷，藏於家；纂制詔一百卷，行於代；尤工五言章句，詩家流稱之；嘗撰《先僕射府君神道碑》及《丞相文獻始興公廟碑》，由文得禮，秉筆者許之。〔註34〕

六、李建

李建，字杓直，隴西人，大白居易八歲。家素清貧，兄弟躬耕養親，嗜學力文。貞元中進士及第，授秘書省校書郎。德宗聞其名，用爲右拾遺、翰林學士。貞元十八年，白居易、微之同時和他相識。微之〈祭李侍郎文〉曰：「一言吻含，不知所以；莫逆之交，貴從茲始。」

墓誌銘中有記載：

初先太君好善，喜佛書，不食肉，公不忍違其志，亦終身蔬食。〔註35〕

杓直的母親喜佛書，不食肉，杓直不忍違其志，亦終身蔬食。此時大約受白居易之影響，也將心歸依佛門。

杓直時與樂天詩酒論道。樂天曾與杓直談論談論出處進退之道，他說他除了知足之外，還別有所安，早年心向老莊，近來向佛，而能「外順世間法，內脫區中緣。進不厭朝市，退不戀人寰。」出處進退，無不安然。杓直和他看法相同。

杓直在長慶元年二月，無疾而終，享年五十八歲。樂天爲作墓碑，署其碑曰：「善人」。

他幼年喪父，母親崔氏教養成人。他非常孝順，母親身體衰弱多病。常說：「諉子勸吾食，吾輒飽；勸吾藥，吾意其病瘳。」諉子是李建的乳名，因爲他身體短小，所以大家都叫他「短李」。他爲人樸實寬大，急公好義，所以人稱善人。他爲政以仁，當他做灃州刺史時：「不鞭人，不名吏，居歲餘，人人自化。」在禮部時：「由文取生，不聽譽‧不信毀。」他與人相交「外淡中堅」。他平日生活，「菲衣食、厚賓客。」因爲他母親禮佛，因而不殺生，不食肉，一生如此。（見白居易所作〈有唐善人墓碑銘〉。）

〔註34〕唐‧白居易：《白居易集‧卷七十》（台北：漢京文化事業有限公司，1984 年），頁 1483。

〔註35〕《白居易集‧卷四十一》，頁 905。

七、神湊

廬山東林寺僧神湊，姓成氏，京兆藍田人。出家後，大曆八年，朝廷懸經論律三科，策試天下僧，神湊中等，詔配江州興果寺，後移隸東林寺。神湊心行禪，身持律。起居動息，皆有常節。在墓誌銘中白居易稱讚其簡儉精勤曰：

> 自興果起東林，一盂齋，一榻居，衣麻寢菅，如坐漆室（一作七寶）。
> 繇是名聞檀施，來無虛月，盡歸寺藏，與大眾共之。迨啟手足，目
> （一作日）前無長物。其簡儉如是。師心行禪，身持律，起居動息，
> 皆有常節，雖 寒隆暑，風雨黑夜，捧一爐，秉一燭，行道禮佛者四
> 十五年，凡十二時，未嘗闕一。其精勤如是。〔註36〕

樂天至江州，與神湊交遊，初相遇，「如他生舊識，一見欣合，不知其然。」〈湊公塔碣銘序〉樂天的廬山草堂落成，神湊曾參與盛會。元和十二年九月二十六日坐化，樂天題詩為別。神湊之門人因先師常與樂天交遊，故請其為銘碣。樂天因以別詩為銘。銘曰：

> 本結菩提香火社，共嫌煩惱電泡身。不須戀戀從師去，先請西方作
> 主人。〔註37〕

詩碣中，樂天已了悟生死。在序中，樂天盛贊神湊之功德，謂其生活簡儉，行道禮佛精勤，而對生死大徹大悟。文中稱神湊為師，樂天是以師事之。

八、智如

智如大師，姓吉氏，絳郡正平人。登壇秉律凡六十年。駐錫洛陽聖善寺缽塔院，白居易寓居洛陽、每年在智如大師處受八關齋戒。白居易曾九次從他受八關戒。曾贈以詩曰：

> 百千萬劫菩提種，八十三年功德林。若不秉持僧行苦，將何報答佛
> 恩深？怒悲不瞬諸天眼，清淨無塵幾地心。每歲八關蒙九授，慇懃
> 一戒重千金。〔註38〕

大和八年十二月，智如去世，報年八十六歲。白居易為缽塔院門徒，智如之

〔註36〕唐・白居易：《白居易集・卷四十一》（台北：漢京文化事業有限公司，1984年），頁917。

〔註37〕《白居易集・卷四十一》，頁917。

〔註38〕唐・白居易：《白居易集・卷四十一》（台北：漢京文化事業有限公司，1984年），頁。

弟子合力建幢，託白居易爲記。白居易因作〈東都十律大德長聖善寺鉢塔院主智和尚茶毗幢記〉，敘述智如一生之功德。

九、神照

神照，姓張氏，蜀州青城人。元和年間駐錫廬山東林寺，與白居易同遊。後至洛陽奉國寺禪院開壇說法，與白居易交往密切。二人曾左龍門水西寺同宿，相對晏坐，一念不生。清閑、宗實皆其弟子。開成三年十二月去世，葬於龍門山，報年六十三歲。神照師南印，南印乃禪宗六組慧能之法曾孫，故神照爲禪宗荷澤宗神會之嫡系。神照之弟子以白居易是聞佛法的門人，結菩提之緣甚熟，請求爲大師作塔銘，白居易於是作〈唐東部奉國寺禪德大師照公塔銘并序〉。

由白居易之〈醉吟先生墓誌銘〉〈唐故溧水縣令太原白府君墓誌銘〉可知其先世：從北齊五兵尚書白建以下，代代相承，都有記載可資查證。而白建以前無從考證；至於家人，可由〈唐故坊州鄘城縣尉陳府君夫人白氏墓誌銘〉瞭解其外祖母對他們兄弟的恩德，亦因外祖母時常的照料教導，以致於白居易兄弟皆能知書達禮，進而在朝爲官；〈唐太原白氏之殤墓誌銘〉可看出樂天與弟幼美的手足情深；而由白居易爲友人所作的碑誌文，如爲元稹所作的〈唐故武昌軍節度處置等使正議大夫檢校戶部尚書鄂州刺史兼御史大夫賜紫金魚袋贈尚書右僕射河南元公墓誌銘〉、崔玄亮的〈唐故虢州刺史贈禮部尚書崔公墓誌銘〉、李建的〈有唐善人墓碑銘〉……等可看出白居易所結交之士「往來無白丁」，亦可看出他所結交的這些高風亮節的友人，正是他爲人剛正不阿的最佳證明。

第五章　白居易碑誌文之內涵分析

第一節　宗教信仰方面

　　唐是個三教 〔註1〕 融合的朝代，三教是指儒釋道。三種思想在唐朝形成了一種風氣。朝廷有意調和儒釋道三家的思想。錢易《南部新書》就有一段記載：

　　　　貞元十二年，天子降誕日，詔儒官與緇、黃講論。初若矛盾相向，

　　　　後類江海同歸。三殿談經，自此始也。〔註2〕

白居易的〈三教論衡〉就是他在大和十年擔任秘書監時，奉詔與安國寺沙門義林、太清宮道士楊弘元於十月十日文宗誕日，在麟德殿討論儒、釋、道三教教義時的紀錄。〔註3〕所以在當時很多讀書人都是「栖心釋梵，浪跡老莊。」

〔註1〕 三教是指儒釋道。嚴格說來，三者的標的是不一樣的，儒是儒家孔孟一派的思想，唐是以儒家為立國之本，釋指的是從漢代由印度傳入的宗教，道指的是戰國末的方士雜揉老莊思想而形成的宗教。

〔註2〕 錢易：《南部新書》（台北：藝文印書館，1965 年），頁 56。

〔註3〕 白居易在〈三教論衡〉一文中，他說：「儒門釋教，雖名教則有異同，約義立宗，彼此亦無差別。所謂同出而異名，殊途而同歸者也。」白居易認為儒與佛二者異出同歸，其作用是一樣的。所謂同歸於善。他把佛教主要看做是一種人生哲學。他表明自己的人生態度說：「外順世間法，内脫區中緣」。他把儒家世間法與佛家出世間法調合起來，做一個人生方式。其次再看白居易調和佛、道兩教的情形。白居易曾經說過：道書云「無何有之鄉」，禪經云「不用處」，二者殊名而同歸。
所謂「無何有之鄉」是「坐忘」的境界，是遁入的「本無」的默然契合，「不用處」是悟得清淨心時言語道斷，心行滅處的境界。白居易把佛、道兩家調合起來，把「無何有之鄉」與「不用處」的境界看成一致，拿來做忘名利，安貧樂道，獨善其身的人生哲學。因此他在生活中奉佛與學道是可以並行不悖的。

如李白、杜甫、王維……等都是這種情形。〔註4〕此節乃著重敘述佛道兩教，對白居易詩文之影響。在他大量的詩歌作品中，與佛道有關的詩歌，佔了極大的篇幅，寫得亦極其深刻，其實，從其碑誌作品中，亦可瞭解白居易與佛道的關係。本文乃藉由白居易所創作的詩文，來證明其與佛道因緣，瞭解僧徒、方士對其思想之啟蒙，以知道佛道的思想、信仰，對白居易的生活有極密切的關係。

一、置心於佛

白居易云：

> 始自校書郎，終以少傅致仕，前後歷官二十任，食祿四十年；外以
>
> 儒行修其身，中以釋教治其心，旁以山水風月歌詩琴酒樂其志。

白居易在生前寫下這段，在內容上是，回顧自己的行跡，作集大成的敘述，並且把生平印象最深、影響他的人生最重要的事件記下來。因此，詩中「中以釋教治其心」的句子，不應該只是在考慮文章構成上的措句而已，其中應該還包含有白居易對佛教所懷抱的信心。他在〈病中詩〉序文裡面也說過「余心早棲釋梵」，白居易在文學方面的精神生活是安頓在佛教支配下的，因此很自然的表現在文學作品裡面，同時，在流連佛舍之際，無疑也擴大了他詩文創作的範圍，在檢討白居易文學的時候，佛教是不能忽略的一個重要因素。

唐代很重視對於佛教的整頓和利用。太宗即位之後，重興譯經的事業，使波羅頗迦羅蜜多羅主持，又度僧三千人，並在舊戰場各地建造寺院，一共七所，這樣促進了當時佛教的開展。

貞觀十九年，玄奘從印度求法回來，朝廷為他組織了大規模的譯場，他以深　厚的學養，作精確的譯傳，給予當時佛教界以極大的影響〔註5〕。

玄宗時，由善無畏、金剛智等傳入密教，有助於鞏固統治政權，得到帝王的信任，又促使密宗的形成。當時佛教發展達於極盛，寺院之數比較唐初幾乎增加一半。

唐代佛教除了通過各宗派的教義宣傳對於群眾發生作用之外，還有直接和群眾生活聯繫以傳教的種種活動。如歲時節日在寺院裡舉行的俗講，

〔註4〕參考李志慧著〈仕途失意後的隱逸情趣──奉佛與學道〉詳見《唐代文苑風尚》（台北：文津出版社藝文印書館，1989 年），頁 137～150。

〔註5〕玄奘譯經，極受太宗、高宗的重視。太宗曾為之作〈大唐三藏聖教序〉，高宗為之作〈述聖記〉。見李樹桐：《隋唐史別裁》（台北：台灣商務印書館，1995 年），頁 401。

用通俗的言　詞或結合著故事等來作宣傳〔註6〕，這些資料大都寫成講經文或變文（所講的經有《華嚴經》、《法華經》、《維摩詰經》、《涅槃經》等）。又有化俗法師遊行村落，向民眾說教。有時也由寺院發起組織社邑，定期齋會誦經，而使僧人爲大眾說法。〔註7〕至於有些寺院平素培植花木（如長安慈恩、興唐等寺培植牡丹花），遇到節日開放以供群眾遊覽，這間接有傳教之效。

　　唐代統治者的狂熱崇道，對佛教思想有著推波助瀾的業績。因帝王之提倡「上有好者，下必有甚焉。」在此種風氣之下，白居易自然會受到澌染，而接納佛教思想。

（一）僧徒交遊

宋·蘇轍在《欒城後集》中說：

> 樂天少年知讀佛書，習禪定。既涉世，履憂患，胸中了然，照諸幻
> 之空也。故其還朝爲從官，小不合，即捨去，分司東洛，優遊終老，
> 蓋唐世士大夫達者，如樂天寡矣。〔註8〕

這裡指出了白居易在處世上受佛教的影響很大，白居易的文學與佛教的關係是不容忽視的，白居易與佛教徒的往來在當時的文壇是一件引人注目的事，白居易所以能接近佛教，主要是以與緇徒之間的交往爲原動力。

　　釋家對白居易與佛教的關係也有以下的記載：

> 杭州刺史白居易，字樂天。久參佛光，得心法，兼稟大乘金剛寶戒。
> 元和中，造於京兆興善法堂，致四問。十五年，牧杭州，訪鳥窠和
> 尚，有問答語句。嘗致書於濟法師，以佛無上大慧演出教理，安有
> 狗機高下，應病不同，與平等一味之說相。援引維摩及金剛三昧等
> 六經，關二義而難之。又以五蘊十二緣說名色前後不類，立理而徵
> 之，並鉤深索隱，通幽洞微，然未覩法師酬對，後來亦鮮有代答者，

〔註6〕　寺廟依時節舉辦各種慶典活動，如上元燈節、盂蘭盆會等，又成爲人民娛樂之場所。因此當時的人，不管信不信教，都常到寺廟走動。佛教的教義，如因果輪迴、地獄之說，深入人心。佛教的詞語，成爲日常用語。見楊宗瑩：《白居易研究》（台北：文津出版社，1985年），頁256。

〔註7〕　唐代佛教的講經活動極其昌盛，所講者以《法華經》、《華嚴經》、《金剛經》、《涅槃經》、《維摩詰經》等經典最爲普遍。如白居易有〈晚起閒行〉詩云：「西寺講楞伽，閒行一隨喜」，是知詩人曾往寺中聽講《楞伽經》。

〔註8〕　宋·蘇轍《欒城後集》，參見陳友琴編：《白居易資料彙編》（北京：中華書局，1986年），頁44。

> 復受東部凝禪師八漸之目，各廣一言，而爲一偈，釋其旨趣，自淺
> 之深，猶貫珠焉。凡守任處，多訪祖道，學無常師，後爲賓客分司
> 東都，罄己俸，修龍門香山寺。寺成，自撰記，凡爲文，動關教化，
> 無不贊美佛乘，見於本集。〔註9〕

可以看出白居易因爲師事僧如滿而加深了對佛教的造詣，而且他把當時的心境通過各種方式表現出來。《五燈會元》中出現的「京兆興善法堂」在《白氏文集》卷二四的〈傳法堂碑〉中詳述就是興善寺的傳法堂。元和九年，白居易在任贊善大夫時，曾出入這個僧舍。此外，在《宋高僧傳》裡出現的文人名字當中，白居易的名字出現的比較多，代表著在釋家中白居易也擁有很廣大的名聲。

白居易不但禮佛虔誠，讀佛懇切，而且經常勤訪佛寺，交遊僧侶，此類詩文甚多。如〈遊寶稱寺〉詩云：

> 竹寺初晴日，花塘欲曉春。野猿疑弄客，山鳥似呼人。酒懶傾金液，
> 茶新碾玉塵。可憐幽靜地，堪寄老慵身。〔註10〕

再如〈宿東林寺〉詩云：

> 經窗燈焰短，僧爐火氣深。索落廬山夜，風雪宿東林。〔註11〕

詩集中所傳詠之佛寺，或優遊以題詠，或修養而寄宿，或參佛法。常與酬唱僧侶〔註12〕，如下列之詩可爲證明：

又〈客路感秋寄明准上人〉詩云：

> ……借問空門子，何法易修行，使我忘得心，不教煩惱生。〔註13〕

又〈題贈定光上人〉詩云：

> ……我來如有悟，潛以心照身，誤落聞見中，憂喜傷形神，安得遺
> 耳目，冥然反天眞。〔註14〕

又〈感芍藥花寄正一上人〉詩云：

〔註9〕 宋·釋普濟：《五燈會元·卷四》（台北：文津出版社，1986年），頁221。
〔註10〕唐·白居易：《白居易集·卷十六》（台北：漢京文化事業有限公司，1984年），頁330。
〔註11〕唐·白居易：《白居易集·卷十》（台北：漢京文化事業有限公司，1984年），頁200。
〔註12〕與東林寺沙門法演、智滿、士堅、利辯、道建、神照、雲泉、息慈、寂然等交遊。見楊宗瑩：《白居易研究》（台北：文津出版社，1985年），頁260。
〔註13〕《白居易集·卷九》，頁178。
〔註14〕《白居易集·卷九》，頁180。

今日階前紅芍藥，幾花欲老幾花新，開時不解比色相，落後始知如
幻身，空門此去幾多地，欲把殘花問上人。〔註15〕

在蘇州，曾作〈如信大師功德幢記〉，贊美主僧盟二十二年之如信大師，「禪
與律交修，定與慧相養，蓄爲道粹，揭爲僧豪。」寶曆二年作〈華嚴經社石
記〉，贊揚八十一歲高僧南操，發願勸十萬人諷誦華嚴經，並募財給齋之功德。
此外還作有〈蘇州重玄寺法華院石壁經碑文〉、〈大唐泗州開元寺臨壇律德，
徐、泗、濠、三州僧正，明遠大師塔碑銘并序〉，〈東都十律大德長聖善寺鉢
塔院主智如和尚茶毗幢記〉等等。

在江州，廬山東林寺僧道深等請作〈唐撫州景雲寺故律大德上宏和尚石
塔碑銘〉。另外，江州興國寺神湊，《宋高僧傳》卷十六有傳，中謂「白樂天
爲典午於郡，相善，及終，悲悼作〈塔銘〉」〔註16〕〈塔銘〉即〈唐江州興國
寺律大德湊公塔碣銘〉，其中說「初，予與師相遇，如他生舊識，一見欣合，
不知其然。及遷化時，予又題四句詩爲別」。神湊曾幫助白居易營建草堂。白
居易說他「具戒於南嶽希操律師，參禪於鐘陵大寂大師」。「大寂」是馬祖謙
號。神湊是律僧，又傳洪州禪法。禪、律交流是當時江東禪宗的風氣。神湊
的弟子道建、利辨、元審、元惣、通辨等均與白居易交遊。

白居易結交僧徒，從貞元時代開始到晚年，從未中斷，甚而有「交遊一
半在僧中」〔註17〕之語。白居易與僧徒交往既如此頻繁，而受佛教之影響，
自日益深廣。

（二）白居易佛教信仰之歷程

1. 與佛教結緣

白居易與佛教結緣的確切年代，無從考證，較直接的文獻資料係〈八漸
偈〉之序文：

唐貞元十九年秋八月，有大師曰凝公，越明年二月，有東來客白居
易，作八漸偈，偈六句四言，以讚之，初居易常求心要於師，師賜
我八言焉，曰觀，曰覺，曰定，曰慧，曰明，曰通，曰濟，曰捨，

〔註15〕《白居易集‧卷十三》，頁265。

〔註16〕宋‧贊寧《宋高僧傳》卷十六〈唐江州興果寺神湊傳〉（北京：中華書局，1987
年），頁756。

〔註17〕〈喜照、密、閑、實四上人見過〉見唐‧白居易：《白居易集‧卷三十一》（台
北：漢京文化事業有限公司，1984年），頁698。照即洛陽奉國寺神照，密即
宗密，閑、實即清閑、宗實，兩人皆神照弟子。

緜是入於耳，貫於心，達於性，於茲三四年矣。〔註18〕嗚呼！今師之報身則化，師之八言不化。至哉八言！實無生忍觀之漸門也。故自觀至捨，次而讚之；廣一言爲一偈。謂之八漸偈。蓋欲以發揮師之心教，且明居易不敢失墜也。既而升于堂，禮于牀，跪而唱，泣而去。〔註19〕

從上可推知：大約貞元十六、七年左右，白居易禮謁於凝公大師，貞元十九年秋凝公圓寂，貞元二十年，白居易做八漸偈〔註20〕，其時正當三十三歲，從其「欲以發揮師心之教，且明居易不敢失墜」觀之，似非僅與佛門泛泛結香火之緣，而係對凝公的開示有所領悟、信受，故而由衷升起「升於堂，禮於床，跪而唱，泣而去」的虔敬。所以，白居易和佛教結緣，最晚不會超過貞元十六年──白居易二十九歲時。

　　法凝禪師在世時，白居易就積極地求取佛教的眞髓，將禪師的八言要約而成的心要銘記於心。這是發生在貞元十六、七年的事，有關當時白居易的動機並沒有說明，我們所知道的是當時在白居易心中已經具有了蘊釀成爲宗教情感的精神上的基礎。根據白居易的〈聖善寺鉢塔院主智如和尚茶毗幢記〉的記載，法凝禪師曾經教給智如和尚《楞伽》、《思益》兩經典的至極道理，白居易也學過《楞伽》〔註21〕，白居易對佛教的造詣的關心是在禪的影響下

〔註18〕上引文中白氏未明記求心要於法凝的時日，但可以推斷是貞元十七年。白氏於貞元二十年到聖善寺悼拜法凝，距當初來求心要，「于茲三四年矣」，若以四年計，上推即爲貞元十七年，其所以約略云「三四年」者，因二十年到寺悼拜在二月，是年初，十七年到寺求心要則在秋冬時，已屬年末。十七年至二十年，前後年數固爲四年，若扣除年初年末之虛算，實際尚不滿三年，故約略云「三四年」。

〔註19〕唐・白居易：《白居易集・卷三十九》（台北：漢京文化事業有限公司，1984年），頁885。

〔註20〕〈觀偈〉以心中眼，觀心外相。從何而有，從何而喪。觀之又觀，則辨眞僞。〈覺偈〉愼眞常在，爲妄所蒙。眞妄苟辨，覺生其中，不離妄有，而得眞空。眞若不滅，妄即不超。〈定偈〉六根之源，湛如止水，是爲禪定，乃脫生死。〈慧偈〉慧之以定，定猶有繫，濟之以慧，慧則無滯。如珠在盤，盤定珠慧。〈明偈〉定慧相合，合而後明。照彼萬物，物無遁形。如大圓鏡，有應無情。〈通偈〉慧至乃明，明則不昧。明至乃通，通則無礙。無礙者何，變化自在。〈濟偈〉通力不常，應念而變。變相非有，隨求而見。是大慈悲，以一濟萬。〈捨偈〉眾苦既濟，大悲亦捨。苦既非眞，悲亦是假。是故眾生，實無度者。

〔註21〕他的親友元稹在妻子亡故時，寄來〈悼亡詩〉託以傷心及愛惜之情，白居易則答以七絕詩篇中〈見元悼亡詩因以此寄〉的「人間此病治無藥，唯有楞伽四卷經」的轉、結兩句以爲慰諭。

逐漸深入的，這是不容忽視的事。

2. 排斥佛教

白居易重視儒家忠君愛國思想，一心圖濟世而匡天下。所以早年對於消極、避世佛教，不但不信奉，而且加以排斥批評。如元和四年，在其三十八歲時，所作新樂府〈兩朱閣〉詩云：

> 兩朱閣，南北相對起。借問何人家？貞元雙帝子。帝子吹簫雙得仙，五云飄搖飛上天。第宅亭台不將去，化爲佛寺在人間。妝閣妓樓何寂靜，柳似舞腰池似鏡。花落黃昏悄悄時，不聞歌吹聞鐘磬。寺門敕榜金字書，尼院佛庭寬有余。青苔明月多閑地，比屋疲人無處居。憶昨平陽宅初置，吞并平人幾家地？仙去雙雙作梵宮。漸恐人間盡爲寺。〔註22〕

此詩諷刺寺院眾多，與民爭地，老百姓無棲身之所。白居易在元和初年，急於兼善天下，他所發出的議論，是本於儒家經世濟民的立場，故對佛寺之紛立，耗損百姓勞力，破壞農業生產機能，深感不滿。

值得注意的是《策林》六十七〈議釋教〉。他認爲主政者不必拋棄先王之道而取西力之教。是佛教沒有存在的價值，何況僧徒不事生產，人數日益增多；佛寺的修建勞民耗財，使天下凋弊；佛教的戒律，破壞人倫關係。他完全以儒家思想來抵排異端，這時尚未皈依佛門。

3. 皈依佛門

受貶江州司馬後，白居易所抱持之兼世濟民理想受到重大之挫折，而且在精神上亦深受打擊。因此，此次貶謫，乃白居易由儒入佛，轉入另一精神領域之一大關鍵。〈自覺二首〉：

> 朝哭心所愛，暮哭心所親。親愛零落盡，安用身獨存？幾許平生歡，無限骨肉恩。結爲腸間痛，聚作鼻頭辛。悲來四支緩，泣盡雙眸昏。所以年四十，心如七十人。我聞浮屠教，中有解脫門。置心爲止水，視身如浮雲。抖擻垢穢衣，度脫生死輪。胡爲戀此苦，不去猶逡巡。回念發弘願，願此見在身。但受過去報，不結將來因。誓以智慧水，永洗煩惱塵。不將恩愛子，更種憂悲根！〔註23〕

〔註22〕唐·白居易：《白居易集·卷四》（台北：漢京文化事業有限公司，1984年），頁 74。

〔註23〕唐·白居易：《白居易集·卷十》（台北：漢京文化事業有限公司，1984年），頁 195。

此詩足以證明白居易經過種種刺激之後，亟思遁身空門，以逃脫精神上之桎梏。白居易晚年崇信佛法，自稱香山居士，為了興佛不惜錢財，捨俸錢三萬，命工人按照《阿彌陀經》、《無量壽經》上的故事，畫出高九尺、寬一丈三尺的西方極樂世界圖一幅。圖中阿彌陀佛居中，觀音、勢至菩薩侍執左右，百萬人恭敬圍繞，七寶莊嚴。畫成後，他焚香稽首，對圖中佛像虔心發願〔註24〕。另外，也捨自己的住宅為「香山寺」，醉心淨土念佛。他為此作的〈香山寺〉詩云：

> 空門寂靜老夫閒，伴鳥隨雲往復還。家醞滿瓶書滿架，半移生計入香山。〔註25〕

此詩充滿了歸心佛門後的安閒、解脫之情，不再為世俗繁華所羈累，自由自在的生活在禪的世界中。

晚年自稱佛弟子，與詩僧如滿等一四八人結成香火社，念佛誦咒，不食葷腥。七十歲作〈六讚偈序〉云：

> 樂天常有願，願以今生世俗文筆之因，翻為來世讚佛乘、轉法輪之緣也。今年登七十，老矣病矣。與來世相去甚邇，故作六偈，跪唱於佛法僧前，欲以起因發緣，為來世張本也。〔註26〕

這時，他的精神完全寄託於佛，日日跪唱六偈以修來世。白居易一心念佛，嚴守戒律，直到最終去世，按其遺願，家人將其葬於香山如滿禪師的塔側。

（三）白居易的佛教素養

1. 博通經典

白居易詩文中有關讀誦佛經的資料，其數量冠於唐代詩人。如〈與濟法師書〉，依據《維摩經》、《首楞嚴三昧經》、《法華經》、《法王經》、《金剛經》、《金剛三昧經》等六部佛典的經文，請教濟法師有關了義與不了義的問題。又如〈東都十型大德長聖善寺缽塔院主智如和尚茶毘幢記〉一文，曾引述《涅槃經》、《尊勝經》之文義。又如〈蘇州重元寺法華院石壁經碑文〉云：

> 夫開士悟入，諸佛知見，以了義度無邊，以圓教垂無窮，莫尊於《妙法蓮華經》，凡六萬九千五百五言；證無生忍，造不二門，住不可思議解脫，莫極於《維摩詰經》，凡二萬七千九十二言；攝四生九類，

〔註24〕《白居易集・卷七十一》，頁1496。
〔註25〕《白居易集・卷三十一》，頁705。
〔註26〕《白居易集・卷七十一》，頁1502。

入無餘涅？實無得度者，莫先於《金剛般若波羅蜜經》，凡九千二百八十七言；禳罪集福，淨一切惡道，莫急於《佛頂尊勝陀羅尼經》，凡三千二十言；應念順願，願生極樂土，莫疾於《阿彌陀經》，凡一千八百言；用正見，觀真相，莫出於《觀音、普賢菩薩法行經》，凡六千九百九十言；詮自性，認本覺，莫深於《實相法蜜經》，凡三千一百五言；空法塵，依佛智，莫過於《般若波羅蜜多心經》，凡二百五十八言。是八種經，具十二部，合一十一萬六千八百五十七言，三乘之要旨，萬佛之祕藏盡矣。

《觀音普賢菩薩法行經》可能是曇無蜜多所譯《佛說觀普賢菩薩行法經》之訛稱，而《實相法蜜經》或許即是菩提流志所譯出的《實相般若波羅蜜經》。白居易認為此八部經典賅盡「三乘之要旨，萬佛之祕藏」。

〈上弘和尚石塔碑銘〉是根據上弘門人的「行狀」所誌的碑銘。我們不難想像，白居易在讀了這個「行狀」以後，他對佛教教義的造詣又加深了很多，尤其是有關「戒定慧」〔註27〕的見識，證之以佛教教義的微言大義，顯現於碑文上，純淨而堅定，只有膚淺的知識是無法記述的。在「行狀」上大概並沒有寫上這麼深奧的教義，所以撰文的時候，白居易利用平素胸中所累積的佛教教養，斟酌表現的方式，盡量配合碑誌來遣詞措字，特別是敘述「戒定慧」的因果處，在別處找不到類似的注記，幾乎使人認為那是白居易的獨創，我們至少需要有和白居易同等的知識才能領悟。必須肯定的是，白居易所擁有的佛教觀，絕不是屬於常識範圍內的東西。

〔註27〕法要有三。曰戒定慧。維摩經弟子品。昔者佛為諸比丘。略說法要。出三藏記集卷十一。釋首安比丘大戒序。世尊立教法有三焉。一者戒律也。二者禪定也。三者智慧也。斯三者至道之由戶、洹之關要也。宋高僧傳卷七、釋彥暉傳。為善不同。同歸乎治。治則戒定慧也。入聖機械。此三治性之極致也。戒生定。定生慧。慧生八萬四千法門。是三者迭為用。法華經見寶塔品。若持八万四千法藏、十二部經。為人演說。若次第言。則定為慧因。戒為定根。根植則苗茂。因樹則果滿。無因求滿。猶夢果也。無根求茂。猶揠苗也。孟子公孫丑上。天下之不助苗長者寡矣。以為無益。而舍之者。不耘苗者也。助之長者。揠苗著也。孟子公孫丑上。天下之不助苗長者寡矣。以為無益。而舍之者。不耘苗者也。助之長者。揠苗者也。非徒無益。而又害之。此文節令知白居易之佛教觀及智識也。雖佛以一切種智攝三界。必先用戒。法華經序品。令得阿耨多羅三藐三菩提。成一初種智。案。一切種智謂佛智也。三界者。欲界、色界、無色界也。謂眾生生存之全世界也。出三藏記集卷士。竺曇無蘭大比丘二百六十戒三部合異序。是以世尊。授藥以戒為先焉。案。戒者乃三藏之一也。

白居易對佛教教義的了解，應該是根據許多經典的。至少他在釋教碑撰文中披露了各種佛典，想他必也親自學習過，他並不是爲了要修飾文章才借用佛典的名字，他是要把自己所吟味，有助加深理解的佛典加以活用，以充實文章的實質內容。他曾經下工夫學習這經律論的主要佛典，因爲在讀各釋教碑的時候，會使人感覺到他恰到好處的佛典應用與他以佛典爲根據的發言是那麼一脈相連，聲息相通。從釋教碑的撰文裏，我們看到了白居易把平素所累積的佛教造詣充分發揮出來的文學力量的痕跡。

2. 禪修心要

白居易〈唐江州興國寺律大德湊公塔碣銘〉記載神湊和尚的「師心行禪，身持律，起居動息，皆有常節」的生活方式。與這樣具有廣泛包容性的禪僧結爲有如「他生之舊識」的知交的白居易，從禪僧那裡受到精神的影響也是當然的事。

在〈唐東都奉國寺禪德大師照公塔銘〉言：

> 其諸升堂入室，得心要口訣者，有宗實在襄，復儼在洛，道益在鎮，
> 知遠在徐，日建在晉，道光在潤，道威在潞，雲真在慈（一作磁），
> 雲表在汴，歸忍在越，會幽、齊經在蔡，智全、景元、紹明在秦。
> 各於一方，分作佛事，咸鼓鐘鳴吼，龍象蹴踏。

文中提及佛教心要傳承之事：宗襄、復儼、道益、知遠、日建、道光、道威、雲真、雲表、歸忍、會幽、齊經、智全、景元、紹明諸人，得神照心要口訣，而各於一方，分作佛事。其實，白居易也有向惟寬和尚禪修心要之經歷。

惟寬姓祝氏。衢州信安人。十三歲出家，證大乘法，成最上乘道。行禪演法，垂三十年。樂天爲贊善大夫時，曾四詣興善寺傳法堂，四問道於惟寬，以師事之。惟寬歿後，樂天當時在忠州。惟寬之入室弟子因先師曾與樂天講論佛法，而樂天也深通佛理，歸依佛門，因而遠託爲碑銘。於是樂天作傳法堂碑，「斯文豈直起師教，慰門弟子心哉？抑且志吾受然燈記，記靈山會於將來世。」元和九年冬，白居易授太子左贊善大夫，曾四次到興善寺向惟寬問道，後來作了著名的〈傳法堂碑〉。文中提及：

> 有問師之心要，曰：師行禪演法垂三十年，度白黑眾殆百千萬億，
> 應病授藥，安可以一說盡其心要乎？然居易爲贊善大夫時，嘗四詣
> 師四問道。第一問云：「既曰禪師，何故說法？」師曰：「無上菩提
> 者，被於身爲律，說於口爲法，行於心爲禪。應用有三，其實一也。
> 如江湖河漢，在處立名，名雖不一，水性無二。律即是法，法不離

禪，云何於中，妄起分別？」第二問云：「既無分利，何以修心？」
師曰：「本無損傷，云何要修理？無論垢與淨，一切勿起念。」第三
問云：「垢即不可念，淨無念可乎？」師曰：「如人眼睛上，一物不
可住，金屑雖珍寶，在眼亦為病。」第四問云：「無修無念，亦何異
於凡夫耶？」師曰：「凡夫無明，二乘執著，離此二病，是名貞修。
貞（一作真）修者，不得動，不得忘。動即近執著，忘即落無明。」
其心要云爾。

胡適評價這篇文章「是九世紀的一種禪宗史料」，「不是潦草應酬之作」。文章
有兩個主要內容：一是記載禪宗世系；二是記述與惟寬討論「心要」，其內容
如胡適說「正合道一的學說」。〔註28〕

3. 認同緣起

白居易〈醉吟先生墓誌銘〉云：

語訖命筆，自銘其墓云：樂天樂天，生天地中，七十有五年。其生
也浮？然，其死也委蛻然。來何因，去何緣。吾性不動，吾行屢遷。
已焉已焉，吾安往而不可，又何足戀乎其間？

又〈唐故虢州刺史贈禮部尙書崔公墓誌銘〉云：

公之晚年，又師六祖，以無相爲心地，以不二爲法門，每遇僧徒，
輒論真諦，雖耆年宿德，皆心伏之。及易簀之夕，大怖將至，如入
三昧，恬然自安，仍於遺疏之末，手筆題云：「暫榮暫悴敲石火，即
空即色眼生花。許時爲客今歸去，大歷元年是我家。」其解空得證
也又如此，可不謂達於佛性乎？

緣起是佛教解釋事物存在的創發性概念，顯示佛教對生命、存在的基本看法。
有關緣起的意義，《阿毘達磨大毘婆沙論・卷二十三》云：

問：何故名緣起，緣起是何義？答：待緣而起故名緣起。待何等緣？
謂因緣等。〔註29〕

緣起即「待緣而起」。「緣」是原因、條件之意，是故「待緣而起」就是「憑
藉種種條件而生起」，而「緣起」就是說明一切現象均憑藉著種種條件、關係
而形成，每一散立現象的呈現，並非自己決定，而是由一系列的條件決定，

〔註28〕 胡適〈白居易時代的禪宗世系〉參見《胡適文存・第三集》（台北：遠東圖書
公司，1979年），頁313。

〔註29〕 唐・玄奘譯〈阿毘達磨大毘婆沙論〉見《大正新修大藏經・第二十七卷，編
號： 一五四五》（台北：新文豐出版社，1983年），頁一一七下。

宇宙萬物，包括物質方面的外境與精神方面的心識，都是由條件或原因的集合而生起。

一切現象的生變化與彼此間的相互關係，並非漫無規則，其所依循的法則就是緣起之理法。緣起就是說明一切現象都是從相互依存的關係而成立的，離開此一相對的關係則莫能成立一物。這可以說是是緣起的根本觀念。

4. 慈悲放生

《大智度論‧卷二十》云；「慈名愛念眾生，常求安隱樂事以饒益之；悲名愍念眾生受五道中種種身苦、心苦」〔註30〕。慈是把快樂給予眾生，悲是拔除眾生的苦惱；慈悲是愛護眾生，願眾生離苦得樂的宗教情操。

白居易〈有唐善人墓碑銘〉云：

> 初先太君好善，喜佛書，不食肉，公不忍違其志，亦終身蔬食。

碑誌中，白居易提到李建終身蔬食，不食肉之事。清趙翼〈陔餘叢考放生池條〉：「放生本於佛家戒殺之義，唐乾元中命天下置放生池八十一處。」〔註31〕佛教有戒殺之義，居易復以佛家慈悲放生魚、雞、旅雁。白居易〈放魚〉詩云：

> 曉日提竹籃，家僮買春蔬。青青芹蕨下，疊臥雙白魚。無聲但呀呀，
> 以氣相煦濡。傾籃寫地上，撥剌長尺余。豈唯刀機憂，坐見螻蟻圖。
> 脫泉雖已久，得水猶可蘇。放之小池中，且用救干枯。水小池窄狹，
> 動尾觸四隅。一時幸苟活，久遠將何如。憐其不得所，移放于南湖。
> 南湖連西江，好去勿踟躕。施恩即望報，吾非斯人徒。不須泥沙底，
> 辛苦覓明珠。〔註32〕

又〈贖雞〉詩云：

> 清晨臨江望，水禽正喧繁。鳧雁與鷗鶩，游揚戲朝暾。適有鬻雞者，
> 挈之來遠村。飛鳴彼何樂，窘束此何冤。喔喔十四雛，罩縛同一樊。
> 足傷金距縮，頭搶花冠翻。經宿廢飲啄，日高詣屠門。遲回未死間，
> 飢渴欲相吞。常慕古人道，仁信及魚豚。見茲生惻隱，贖放雙林園。
> 開籠解索時，雞雛聽我言。與爾鏹三百，小惠何足論。莫學銜環雀，

〔註30〕 後秦‧鳩摩羅什譯〈大智度論〉見《大正新修大藏經‧第二十卷，編號：一五〇九》（台北：新文豐出版社，1983 年），頁二〇八下。

〔註31〕 羅聯添〈白居易與佛道關係重探〉見《唐代文學論集》（台北：學生書局，1988年），頁 62。

〔註32〕 唐‧白居易：《白居易集‧卷一》（台北：漢京文化事業有限公司，1984 年），頁 25。

崎嶇譚報恩。〔註33〕

又〈放旅雁〉詩云：

> 九江十年冬大雪，江水生冰樹枝折。百鳥無食東西飛，中有旅雁聲
> 最饑。雪中啄草冰上宿，翅冷騰空飛動遲。江童持網捕將去，手攜
> 入市生賣之。我本北人今譴謫，人鳥雖殊同是客。見此客鳥傷客人，
> 贖汝放汝飛入雲……〔註34〕

放魚、放雁、贖雞，居易謂為實踐古人仁心（惻隱之心）。然佛家有戒殺之義，
居易放生之舉，自與信奉佛教有關，是信佛慈悲的表現。

　　白居易的詩文有著濃厚的佛教思想是不爭的事實。在佛教鼎盛的時代，
樂天受環境的影響，與佛教接觸，以佛理修養心性；他自幼讀儒家經典，立
身朝廷之上，依據先王之道，提出治國平天下之主張，二者實能相容，並不
衝突。詩人或是因為身處逆境，或是由於察覺自我生命與現實世界均有其局
限性，因而透過參預譯經、聽講佛經、訪師問道、讀誦佛經等途徑研習佛學，
尋求有關生命向上提昇的學理與途徑，以減輕身心苦惱，並進而開拓人生的
新境界。

二、浪跡於道

　　白居易是歷史上有名的學佛居士，然而，根據眾多資料顯示，白居易不
僅信佛，同時他也崇奉道教，亦即所謂佛道兼修，只是常為後人所忽略而不
談罷了。本文乃藉由白居易所創作的詩文，來證明其與道家因緣，瞭解老莊
對其思想之啟蒙及道家的思想、信仰，對白居易的生活有極密切的關係。

　　唐代皇帝尊崇道教的第一人當數玄宗李隆基，在他大力扶持下，唐代道
教的發展也達到了頂峰。他採取了一系列崇道措施，主要表現為：第一，玄
宗登基得到道教人士的支持，稱帝後便提高道教的政治與社會地位，特別優
寵茅山宗和張天師一系道士。第二，玄宗將崇道納入科舉教育體系，官吏考
選，多有道舉出身者。第三，玄宗崇道還有一個重要內容是服丹藥，且常將
藥物賜予臣下。

　　道教在唐代的發展主要表現為思想理論方面的總結。唐朝廷的崇道政策
促進了道家理論的發展。唐朝政府實行了一系列的崇道政策，極力抬高道家

〔註33〕《白居易集・卷七》，頁142。
〔註34〕唐・白居易：《白居易集・卷十二》（台北：漢京文化事業有限公司，1984年），
　　　　頁232。

經典。唐玄宗時，將《老子》、《莊子》、《列子》、《文子》列爲考試內容，稱爲道舉。唐玄宗甚至親自註釋《道德經》。這極大地促進了道家思想的研究和傳播。唐代出現了一大批道士注解發揮道家經典的著作，促進了道教教義的哲理化。

　　唐代統治者的狂熱崇道，對道家思想有著推波助瀾的業績。因帝王之提倡「上有好者，下必有甚焉。」在此種風氣之下，白居易自然會受到滯染，而接納道教與老莊思想。

（一）方士交遊

　　對於道教徒，白居易也有接觸，如白香山詩集有很多「酬……道士」，「尋……道士」類之作品，就證明之。

　　白居易中年以後常與方士往還，此類人物有王道士、郭虛舟鍊師、韋鍊師、蕭鍊師、毛仙翁等。與道士、鍊師交往，殆與服食練丹有關。其中最可注意的是郭虛舟與毛仙翁，二人曾授居易鍊丹術。元和十三年，〈尋郭道士不遇〉詩云：

> 郡中乞假來相訪，洞裏朝元去不逢。看院只留雙白鶴，　入門惟見一青松。藥爐有火丹應伏，雲碓無人水自春。欲問參同契中事，更期何日得從容。〔註35〕

郭道士即郭虛舟鍊師。參同契即周易參同契，相傳漢魏伯陽作，爲道家練丹經典，亦最早之丹經。居易曾參觀王道士藥堂，其訪郭虛舟欲問參同契，自與練丹有關。後七年，寶曆元年，白居易〈同微之贈別郭虛舟鍊師五十韻〉中，追述在盧山郭虛舟授參同契知事：

> 我爲江司馬，君爲荊判司。俱當愁悴日，始識虛舟師。師年三十餘，
> 白皙好容儀。專心在鉛汞，餘力工琴棋。靜彈弦數聲，閑飲酒一巵。
> 因指塵土下，蜉蝣良可悲。不聞姑射上，千歲冰雪肌。不見遼城外，
> 古今塚累累。嗟我天地間，有術人莫知。得可逃死籍，不唯走三屍。
> 授我參同契，其辭妙且微。六一閟扃鐍，子午守雄雌。我讀隨日悟，
> 心中了無疑。黃芽與紫車，謂其坐致之。自負因自歎，人生號男兒。
> 若不佩金印，即合翳玉芝。高謝人間世，深結山中期。泥壇方合矩，
> 鑄鼎圓中規。爐橐一以動，瑞氣紅輝輝。齋心獨歎拜，中夜偷一窺。

〔註35〕唐・白居易：《白居易集・卷十七》（台北：漢京文化事業有限公司，1984年），頁354。

> 二物正欣合，厥狀何怪奇。綢繆夫婦體，狎獵魚龍姿。簡寂館鐘後，
> 紫霄峰曉時。心塵未淨潔，火候遂參差。萬壽覬刀圭，千功失毫釐。
> 先生彈指起，姹女隨煙飛。始知緣會間，陰騭不可移。藥灶今夕罷，
> 詔書明日追……〔註36〕

案詩稱「師從盧山洞，訪舊來於斯。」知郭虛舟乃盧山鍊師。據「心塵未淨潔，火候遂參差」、「千功失毫釐」、「姹女隨煙飛」諸語觀之，這時白居易對鍊丹服食以求長生，特有不淺之興味。但白居易了悟參同契後，曾嘗試鍊丹而未成。〔註37〕

　　白居易〈送毛仙翁〉詩云：

> 仙翁已得道，混跡尋岩泉，肌膚冰雪瑩，衣服雲霞鮮，紺髮絲並致，
> 韶容花共妍，方瞳點玄漆，高步凌飛煙。幾見桑海變，莫知龜鶴年。
> 所憩九清外，所遊五嶽巔，軒昊舊為侶，松喬難比肩。每嗟人世人，
> 役役如狂顛，孰能脫羈鞅，盡遭名利牽。貌隨歲律換，神逐光陰遷。
> 惟餘負憂譴，憔悴溢江壖，衰鬢忽霜白，愁腸如火煎，羈旅坐多感，
> 徘徊私自憐。晴眺五老峰，玉洞多神仙，何當憫湮厄，授道安虛屏，
> 我師惠然來，論道窮重玄。浩蕩八溟闊，志泰心超然，形骸既無束，
> 得喪亦都捐。豈識椿菌異，那知鵬鷃懸。丹華既相付，促景定當延，
> 玄功曷可報，感極惟勤拳。霓旌不肯駐，又歸武夷川，語罷倏然別，
> 孤鶴升遙天。賦詩敘明德，永續步虛篇。〔註38〕

詩題下注云：「江州司馬時作。」是知毛仙翁從武夷川來江州與居易論道，付以丹華術。另外，白居易到了江州，與道士往來，從尋王道士藥堂，因有題

〔註36〕唐・白居易：《白居易集・卷二十一》（台北：漢京文化事業有限公司，1984年），頁457。

〔註37〕白居易與道士往來，想要學習練丹法，而他的〈潯陽歲晚寄元八郎中庾三十三員外〉詩及〈題別遺愛草兼呈李使君〉詩。都證明他在盧山草堂的確練過丹而沒有成功。直到晚年，仍然興趣不減，並感慨丹藥難燒，丹道未成。如大和二年所作的「對酒」五首之三云：「丹砂見火亦無迹，白髮詆人來不休。」又〈燒藥不成命酒獨醉〉詩云：「白髮逢秋短，丹砂見火空。不能留姹女，爭免作衰翁。」但又一方面譏諷服食求長生，指責仙方誤人。如大和二年〈北窗閒坐〉云：「無煩尋道士，不要學仙方。自有延年術，心閒歲月長。」又〈不如來飲酒〉七首之五說：「莫學長生去，仙方懼殺君。那將蘿上露，擬待鶴邊雲。矻矻皆燒藥，纍纍盡作墳。」白居易對道教有如此矛盾的感情。

〔註38〕唐・白居易：《白居易集・卷三十六》（台北：漢京文化事業有限公司，1984年），頁826。

贈：「常悲東郭千家塚，欲乞西山五色丸。」之句，可知白居易以乞丹服藥，追求生命永恆，後自建草堂燒汞煉丹。〔註39〕

（二）老莊思想之影響

道教標榜老子，襲取老子書中養生之論，而傳以道教之術，老子被尊為道教之宗主；然而老莊學術思想，並沒有宗教的意味，和矯揉造作不自然之情形。道教所謂養生，其目的在求長生不死，與白日昇天。因求養生而枉送其生者，不可勝數。蓋其弊端在違反自然，而不能順應自然，此乃道教與老莊學說之最大歧異點。老莊之旨在無為而無不為，淡泊寡欲，以養天真，以自然之道，養自然之體，何嘗服食煉丹，以自速其死。

但是，在唐代，道教盛行時久，方士遍布各處，在此背景之下，白居易受道教之炫惑，不但試行煉丹服食，而且亦常研究老莊哲理，其行述散見詩中各篇如白居易〈讀道德經〉詩云：

> 玄元皇帝著遺文，烏角先生仰后塵。金玉滿堂非己物，子孫委蛻是他人。世間盡不關吾事，天下無親于我身。只有一身宜愛護，少教冰炭逼心神。〔註40〕

又〈詠意〉詩云：

> 常聞南華經，巧勞智憂愁。不如無能者，飽食但遨游。平生愛慕道，今日近此流。自來潯陽郡，四序忽已周。不分物黑白，但與時沉浮。朝餐夕安寢，用是為身謀。此外即閒放，時尋山水幽。春游慧遠寺，秋上庾公樓。或吟詩一章，或飲茶一甌。身心一無系，浩浩如虛舟。富貴亦有苦，苦在心危憂。貧賤亦有樂，樂在身自由。〔註41〕

由上可知，老莊思想對白居易一生言行，有深遠之影響。

1. 受老子之影響

（1）知足知止

《老子道德經‧第四十四章》云：

〔註39〕蘇東坡〈東波志林〉云：「樂天作盧山草堂，蓋亦燒丹也。」，參見陳友琴編：《白居易資料彙編》（北京：中華書局，2005年），頁39。

〔註40〕唐‧白居易：《白居易集‧卷三十七》（台北：漢京文化事業有限公司，1984年），頁857。

〔註41〕《白居易集‧卷七》，頁135。

名與身孰親？身與貨孰多？得與亡孰病？甚愛必大費，多藏必厚
亡。故知足不辱，知止不殆，可以長久。〔註42〕

愈是讓人喜愛的東西，想獲得它就必須付出很多；珍貴的東西收藏得越多，
在失去的時候也會感到愈難過。所以，知足的人比較不會受到屈辱，凡事適
可而止的人比較不會招致危險，生活得更長久。

《老子道德經‧第四十六章》云：

天下有道，卻走馬以糞；天下無道，戎馬生於郊。禍莫於不知足，
咎莫大於欲得。故知足之足，常足矣。〔註43〕

人類最大的災禍沒有比「不知足」還要更大的了；人類最大的過失，沒有比
「貪欲」以及「有所得之心」還要更大了。所以，因知足而得的滿足，才是
永恆不滅的真滿足。

白居易受老子知足思想之薰陶，欣賞淡泊名利之士。如〈故饒州刺史吳
府君神道碑銘〉云：

弱冠喜道書，奉真籙，每專氣入靜，不粒食者累歲，顥氣充而丹田
澤，飄然有出世心。既壯，在家為長，屬有三幼弟、八稚姪，嗷嗷
慄慄，不忍見其饑寒，慨然有干祿意，乃曰：「肥遁不可以立訓，吾
將業儒以馳名；名競不可能恬神，吾將體元以育德；凍餒不可以安
道，吾將強學以徇祿；祿位不可以多取，吾將知足而守中。」

他欣賞墓主吳丹以老子「知足而守中」來自處，故能「屈伸寵辱，委順而已，
未嘗一日戚戚其心」。「知足而守中」亦是白居易出處進退、安身立命之準據。

（2）寡欲無欲

老子認為治身養心，首在寡欲，乃致於無欲。《老子道德經‧第十九章》云：

絕聖棄智，民利百倍；絕仁棄義，民復孝慈；絕巧棄利，盜賊無有。
此三者以為文，不足。故令有所屬：見素抱樸，少私寡欲。〔註44〕

人們追求「聖智、仁義、巧利」這些名位或利益的時候，都必須先經歷勞其
筋骨、排擠競爭、患得患失的過程，而這些都不是出於自然的道理。居上位
者應當放棄提倡「聖智、仁義、巧利」，如果要讓百姓安居，社會和睦，用簡
單的道理和樸素的心態就可以了。

〔註42〕王弼注：《老子道德經》（台北：文史哲出版社，1979 年），頁 99。
〔註43〕王弼注：《老子道德經》（台北：文史哲出版社，1979 年），頁 102。
〔註44〕王弼注：《老子道德經》（台北：文史哲出版社，1979 年），頁 39。

《老子道德經‧第三章》云：

> 不見可欲，使民心不亂。〔註45〕

《老子道德經‧第三十七章》云：

> 鎮之以無名之樸，夫亦將無欲，不欲以靜，天下將自正。〔註46〕

老子認爲萬物自然生長，而後慾望升起，就用無名的樸去安定它。當施以無名的樸後，也就無私欲了。去除私欲，歸向寧靜，天下將自然安定。

《老子道德經‧第十二章》云：

> 五色令人目盲，五音令人耳聾，五味令人口爽，馳騁畋獵，令人心發狂，難得之貨，令人行妨。是以聖人爲腹不爲目，故去彼取此。
> 〔註47〕

五光十色的視覺感受，會讓人眼花撩亂產生錯覺；雜亂的靡靡之音聽多了，聽力會變得遲鈍；每天食用各種不同食物，會變得不吃口味更重的食物就覺得食不知味。放縱自己於娛樂嬉戲之中，會讓人追逐享樂心神不定。美麗奇異的金銀珠寶，會讓人引起貪欲妄想，不擇手段的獲得它，造成行爲失當、品德敗壞，喪失正確的價值觀。所以，聖人生存在世間，無生存之虞就已知足，不求多餘的感官刺激；因而拋棄外在的追逐，只取內在的滿足。

白居易也承受了老子寡欲的思想，其自撰墓誌曰：

> 我歿，當斂以衣一襲，以車一乘，無用鹵薄葬，無以血食祭，無請太常諡，無建神道碑。但於墓前立一石，刻吾《醉吟先生傳》一本可矣。

對於其他身外之物，沒有過奢之欲望，因爲能夠克制嗜欲，所以胸懷沖蕩，心源澄澈。

2. 受莊子之影響

（1）安命委順

《莊子‧養生主篇》云：

> 適來，夫子時也；適去，夫子順也。安時而處順，哀樂不能入也，古者謂是帝之縣解。〔註48〕

〔註45〕王弼注：《老子道德經》（台北：文史哲出版社，1979年），頁9。
〔註46〕《老子道德經》，頁79。
〔註47〕《老子道德經》，頁24。
〔註48〕王先謙：《莊子集解》（台北：三民書局，1981年），頁20。

莊子認定當死當生，都聽天命，全是前定，唯有任之順之。若能安於時機、順應變化，就能不被哀樂的情感所傷，而能保全真性。否則被死生之苦所糾纏，就如同受刑一般。

《莊子‧大宗師篇》云：

> 倚其戶與之語曰：「偉哉造化！又將奚以汝為？將奚以汝適？以汝為鼠肝乎？以汝為虫臂乎？」子來曰：「父母於子，東西南北，唯命之從。陰陽於人，不翅於父母。彼近吾死而我不聽，我則悍矣，彼何罪焉？」〔註49〕

此以本身既不能操存亡變化之柄，唯有依順。否則不但無益，而痛苦愈增。

《莊子‧田子方篇》云：

> 肩吾問於孫叔敖曰：「子三為令尹而不榮華，三去之而無憂色。吾始也疑子，今視子之鼻間栩栩然，子之用心獨奈何？」孫叔敖曰：「吾何以過人哉！吾以其來不可卻也，其去不可止也。吾以為得失之非我也，而無憂色而已矣。我何以過人哉！且不知其在彼乎？其在我乎？其在彼邪，亡乎我，在我邪，亡乎彼。方將躊躇，方將四顧，何暇至乎人貴人賤哉！」〔註50〕

富貴窮通亦命而已，操之在天而不在我，故得之無悅意，去之亦無憂色。

人之生，或貧或富，或貴或賤，所遭之際遇不一。所謂死生存亡，賢與不肖之毀譽，饑飽寒暑，萬事之變，命之行也。人事紛華，然不外以上諸項，世人無不寄予重視，然莊子以為都是命定。既命定之必成事實，既無可逃避，就只有消極的適應，因應自然，隨遇而安之。

白居易〈故饒州刺史吳府君神道碑銘〉云：

> 身榮家給之外，無長物，無越思，素琴在左，《黃庭》在右，澹乎自處，與太和始終。履仕途二十七年，享壽命八十二歲，無室家累，無子孫憂。屈伸寵辱，委順而已，未嘗一日戚戚其心，至於歸全反真。

所謂「反真」，是「莊子」哲理的極致，這可能是白居易目睹吳丹臨終時的樣子，而選擇的最恰當的措字吧！莊子安命委順所含至理，乃是歷經艱難，長期體會而得。白居易也是處在動輒得咎之情況下，故深深感受莊子安命委順之道，而以之自處。

〔註49〕王先謙：《莊子集解》（台北：三民書局，1981年），頁41。

〔註50〕王先謙：《莊子集解》（台北：三民書局，1981年），頁123。

（2）吏隱思想

莊子嘗謂「大隱隱於市廛」，白氏也悟到：「真隱豈長遠？至道在冥搜，身雖世界住，心與虛無遊。」的真理。他在杭州的詩中，初次提出了吏隱的思想，以為「箕潁人窮獨，蓬壺路阻難，如何兼吏隱，復得事躋攀？」所謂吏隱，就是身居閒宦，不必勞心費力，又不致貧窮孤獨，可以遊山玩水。

他的同年吳丹，是一位沒有智巧。不執著於仕官的人。居閒散的官職，而生括過得悠然自得。樂天很羨慕他「冬負南榮日，支體甚溫恭。夏臥北窗風，枕席如涼秋。南山入舍下，酒甕在床頭。」（贈吳丹）的生活，稱吳丹是達人。〔註51〕他自已也想請求做閒官。與吳丹同遊。這種雖居官職，而淡泊名利，心在虛無。跡近隱居，即是吏隱。

（三）道教思想之影響

1. 嚮往仙境

中唐政治混亂，正值內憂外患的時期，國家凋落的傾向已經到了不可挽救的地步，現實的不安到達極點。面對黑暗的現實，人們無力抗爭，因而產生浮生如夢、無可解脫的消極情緒。為了脫離現世的束縛，尋求精神上的慰藉，於是道家的遊仙思想便蔚然成風。基於人對自然種種的幻想，道教信奉神仙，以長生不死、白日升天為號召。於是人們通過煉丹服藥，追求長生不老境界、飄逸自由的神仙形象，藉以完成對人生的一種超脫，實現心中的願望和理想。白居易曾於廬山煉製仙丹，並自製登山鞋，名為「飛雲履」，以期有朝一日能夠登雲成仙。〔註52〕另外，白居易〈唐故虢州刺史贈禮部尚書崔公墓誌銘〉云：

> 公夙慕黃老之術，齋心受籙，服氣煉形，暑不流汗，冬不挾纊，膚
> 體顏色，冰清玉溫，未識者望之如神仙中人也。

〈唐故虢州刺史贈禮部尚書崔公墓誌銘〉中對仙境的嚮往，對神仙形象的追求，正是唐代盛極一時的道家思潮的一種反映。

〔註51〕〈故饒州刺史吳府君神道碑銘〉云：「初元和中，公始因郎官分司東洛，由是得伊嵩趣，愜吏隱心，故前後歷官八九，凡二十有五年，優游洛中，無西笑意，忘懷窮達，與道始終，澹然不動其心，以至於考終命，聞者慕之，謂為達人。」

〔註52〕白樂天燒丹於廬山草堂，作飛雲履。玄綾為質，四面以素絹作雲朵，染以四迭香，振履則如烟霧。樂天著示山中道友曰：『吾足下生雲，計不久上升朱府矣。』參見馮贄：《雲仙雜記·卷一》（台北：藝文印書館，1965年），頁21。

2. 道家語的運用

白居易〈唐故虢州刺史贈禮部尙書崔公墓誌銘〉云：

> 在湖三歲，歲修三元道齋，輒有彩雲靈鶴，回翔壇上，久之而去，
> 前後錄齋七八，而鶴來儀者凡三百六十。其內修外感也如此，可不
> 謂通於大道乎？

「彩雲」、「靈鶴」即是道家語的運用〔註53〕，又如《長恨歌》中出現了許多道教的人物和術語，例如「道士」、「方士」就是道家所指懂得求仙、煉丹等方術的人；至於「碧落」是道家對天界的稱呼；「五雲」是指五彩雲；「金闕」就是金鑄的樓閣，是道家傳說中神仙所居之處；而「蓬萊宮」則是道家傳說中海上三座仙山之一，蓬萊山宮殿。

樂天一向喜歡研讀老、莊。老莊思想，能使他拋開塵俗雜事。與道士來往。道士的仙風道骨。使他有出塵之思，而且來往論道，更是人生一樂。白居易的詩文有著濃厚的道家思想是不爭的事實。白居易雖是因際遇不順所以在晚年只能寄情於佛老，自號爲「香山居士」，但他的心中其實一直存在著相當程度的傳統道家思想的隱居情懷，這也是許多中國文人共同的思想特質。是儒家「用行舍藏」思想的延伸。所以，白居易在晚年便成了一名隱於朝野間的隱士，我們由其〈洛下卜居〉詩，可以爲證，其云：

> 三年典郡歸，所得非金帛。天竺石兩片，華亭鶴一隻。飲啄供稻粱，
> 苞裹用茵蓆。誠知是勞費，其奈心愛惜。遠從餘杭郭，同到洛陽陌。
> 下簷拂雲根，開籠展霜翮。貞姿不可雜，高性宜其適。遂就無塵坊，
> 仍求有水宅。東南得幽境，樹老寒泉碧。池畔多竹陰，門前少人跡。
> 未請中庶祿，且脫雙驂易。豈獨爲身謀，安吾鶴與石。〔註54〕

「卜居」爲「隱居」之意，白居易這時正從「杭州刺使」任滿回京，深居簡出的退休生活。這完全是迥異於眾人所熟知的那位積極以文學改革社會的詩人白居易的形象了。

〔註53〕 崔玄亮是道教信徒。〈崔玄亮修黃籙齋驗〉云：「崔公玄亮，奕葉崇道，雖登龍射鵠，金印銀章，踐鴛鷺之庭，列珪組之貴，參玄趨道之志，未嘗息也。常持《黃庭》、《度人》、《道德》諸經。敬宗寶曆初（825），除湖州刺史。二年（826），於紫極宮修黃籙道場，有鶴三百六十五雙翔集壇所，其一雙朱頂皎白，棲於盧皇台上。時杭州刺史白居易聞而悅之，遂作〈吳興鶴贊〉。」見《雲笈七籤·卷一百二十一》（上海：上海書店，1989年），頁142。

〔註54〕 唐·白居易：《白居易集·卷八》（台北：漢京文化事業有限公司，1984年），頁162。

「道家思想」對於白居易而言，是一種「小我」的生命的寄託，是人生的避風港，在受盡風霜後，也就是在晚年時，作者所不可或缺的。白居易晚年由「儒」而「道」，由「兼濟天下」的大我關懷到「獨善其身」的小我實現之心境轉變。

白居易在〈醉吟先生墓誌銘〉中說自己「外以儒行修其身，中以釋教治其心」，自幼稟受孔孟遺教，言行忠信，以身許國的白居易，却因直言方行而遭人讒謗，遭謫江州。他遭到這樣的打擊，思想自然會有所改變：以前剛直用事，以後轉為柔屈；以前排斥佛禪，以後篤信佛禪；以前雖也仰慕老莊，但未深入，以後則潛心研究，辟穀煉丹。白居易仕途坎坷，政治受挫折，他的兼濟天下積極用世的熱情消退，虛無恬淡的道家思想，與看破人生超越塵俗的佛教思想，逐漸占據他整個的思維。所以他到了晚年，便集儒、釋、道三教於一身，他處行於儒，置心於佛，浪跡於道。

第二節　女性形象方面

有關婦女之碑誌文，研究者一向是鳳毛麟角。〔註 55〕古人立碑刻銘的目的，無非是為寄思，為流芳，為標榜，為教化。撰寫碑誌的文士們，都有他個人傳信後世的理念，以及其背後隱含的社會價值。考察白居易所撰述的女性碑誌〔註 56〕，幾乎都從女性為人女、為人婦、為人妻、為人母的身分來勾勒其一生行止，並將敘述重心放在敬父母、孝舅姑、從丈夫、教子女之上，這種幾近公式化的敘述方式，似乎應該不能說是全然無意義的吧！解析白居易碑誌中女性形象的表述方法，所透露出的價值觀和秩序理念，得以了解男權中心社會、男權中心文化如何塑造著模式化的女性形象。

〔註 55〕「婦人無外事」觀念對墓誌銘寫作的第一個影響，是讓撰述者有「無事可記」之歎。而這又可以分為兩方面來說：一是由婦人女子不與外事，沒有機會建功立業，以致無事可記。從另一方面而言，由於婦人幽居於深閨隱屏之中，少與外界接觸，如果不是有「死節殉難非常之事」，其幽閒淑女之行，也的確難以著聞於世。因此，即使有事可書，也難得光顯，形成撰述者另一種無事可記的困擾。見劉靜貞，〈女無外事？墓誌碑銘中所見之北宋士大夫社會秩序理念〉，《婦女與兩性學刊》第 4 期（1993 年 3 月），頁 27。

〔註 56〕白居易撰寫的碑誌文有二十九篇，其中〈大唐故賢妃京兆韋氏墓誌銘〉、〈唐河南元府君夫人滎陽鄭氏墓誌銘〉、〈唐故坊州鄜城縣尉陳府君夫人白氏墓誌銘〉、〈海州刺史裴君夫人李氏墓誌銘〉四篇，是以女性為主角的。

一、女性形象的模式化

女性的歷史是由活生生的女性個體及其活動所構成的差異的歷史，女性群體之間、個體之間存在很大差異。不同地位、不同階層、不同民族甚至不同地區的女性，其生存方式、生活態度等都不一樣，即使是漢民族的士族婦女，也各不相同。生活中的"她們"有著千差萬別的性格、經歷和命運。〔註57〕但在白居易所撰寫的碑誌文筆下，女性的形象大同小異，表現的基本模式為：父母膝下的孝女，公婆面前的順婦，丈夫身邊的賢妻，兒女心中的慈母。

（一）孝女

在父母膝下，她們是孝女，其特徵是孝順、嫻靜、乖巧。如元稹的母親榮陽鄭氏「初夫人為女時，事父母以孝聞」〔註58〕；如白季康的妻子高陽敬氏那樣：「夫人在室以孝敬奉親為淑女」〔註59〕；如〈唐故坊州鄜城縣尉陳府君夫人白氏墓誌銘〉中言及：

> 惟夫人在家以和順奉父母，故延安府君視之如子；既笄以柔正從人，
>
> 故鄜城府君敬之如賓。自延安終，夫人哀毀過禮為孝女。〔註60〕

這些乖女、淑女們，對父母至孝至敬，萬一父母不幸亡故，她們會哀痛異常，而且是越哀痛就越顯得孝順美德。

（二）順婦

主婦之德又以「婦順」為貴。其「順」展現在：對人而言，先要能孝順公婆，再與夫家成員相處和睦，最後和丈夫多方配合。對事而言，則無論織紝、衣服、飲食，皆能仔細打點，條理井然。一個家要能長久興旺，所仰賴的就是「情理」和「事理」，而「情理」和「事理」的重擔，又落在主婦的肩頭。表面上看，主婦在家庭中舉足輕重，其實在「婦人，從人者也。幼從父兄，嫁從夫，夫死從子。夫也者，夫也；夫也者，以知帥人者也」（《禮記》〈郊特牲〉）的家庭倫理規範下，主婦是有責無權，為了成就「婦順」，只好委曲求全。

唐人擇妻的首要標準即是柔順，由於妻對夫的關係是「事夫如事天」，所以「順」是妻德的第一要義。綜觀白居易碑誌中的女性們，都是柔順如水。

〔註57〕楊果，〈宋人墓誌中的女性形象解讀〉，《東吳歷史學報》第 11 期（2004 年 6 月），頁 244。

〔註58〕唐・白居易：《白居易集》（台北：漢京文化事業有限公司，1984 年），頁 925。

〔註59〕《白居易集》，頁 1473。

〔註60〕《白居易集》，頁 930。

在公婆面前，作媳婦的不僅是端茶送飯，更要恭順服從。如〈唐河南元府君夫人滎陽鄭氏墓誌銘〉中言：

> 長女既適陸氏，陸氏有舅姑，多姻族，於是以順奉上，以惠逮下，
>
> 二紀而歿，婦道不衰，內外六姻，仰爲儀範。〔註61〕

有關妻應事奉舅姑之法律規定，唐律疏議中並有明文直接規定妻應侍奉公婆的條文，僅在卷十四，戶婚律「妻無七出〔註62〕而出之」條中，唐律疏議解釋說明：不事舅姑是出妻的原因之一。可知傳統中國婦女一旦嫁人爲妻，依規範，她將離開原來的家庭，進入丈夫的家庭，從屬於丈夫，事奉丈夫之父母如自己的父母。

（三）賢妻

對已婚女性來說，除完成生兒育女的職責外，更重要的是應恪守婦德，當好賢妻。如〈大唐故賢妃京兆韋氏墓誌銘〉〔註63〕乃言「坐論婦道，行贊內理，服用必中度，故組紃有常訓；言動必中節，故環珮有常聲。七十二年，禮無違者，冊命曰賢，不亦宜哉！」〔註64〕作爲賢妻，才慧也很重要。唐人要求爲妻者富有智慧才幹，能夠輔佐丈夫成就事業，如〈河南元公墓誌銘〉中提及裴淑（元稹妻）乃言「今夫人河東裴氏，賢明知禮，有輔佐君子之勞，封河東郡君」；如〈海州刺史裴君夫人李氏墓誌銘〉中裴克諒的妻子李氏「夫人之從裴君也，歷官九任，凡三十一年，族睦家肥，輔佐之力也。」能夠治理好家庭，盡心盡力扮演著「助」的角色，使其夫在仕途上更加順利，這樣才稱得上「賢內助」。從儒家正統觀來說，女子預政屬「牝雞司晨，唯家是索」，危害極大，因而極力反對。但在實際生活中，不少人似乎又是另一種態度，不僅不以爲忤，反而加以贊許。可見，妻子協助丈夫處理公事是受到相當一部分士大夫肯定的，反映出士大夫在女性價值觀上的某種務實與靈活。

（四）慈母

邢義田在〈從《列女傳》看中國式母愛的流露〉文中討論「中國式的理想母愛」，曾經指出：

〔註61〕唐‧白居易：《白居易集》（台北：漢京文化事業有限公司，1984年），頁925。

〔註62〕「七出」見《大戴禮記‧本命》云：「婦有七去：不順父母，去。無子，去。淫，去。妒，去。有惡疾，去。多言，去。竊盜，去。」

〔註63〕〈大唐故賢妃京兆韋氏墓誌銘〉，是爲唐德宗賢妃而作的。韋賢妃新、舊《唐書》有傳，以德行名重一時。

〔註64〕唐‧白居易：《白居易集》（台北：漢京文化事業有限公司，1984年），頁920。

> 母愛的表現主要不在對子女的撫愛或衣食呵護，而在如何將忠孝仁
> 義的道德灌輸在子女身上。所謂『善於教化，成其令名』，似乎才是
> 母愛最成功的表現。〔註65〕

古代社會中，生育功能被視爲女性最重要的功能，唐人心目中也不例外。如果說女性有什麼值得家庭和社會尊重的話，那就是慈母的角色。身爲人母的女性，對子女擁有教誡之權，其目的無非是鞭策兒子學有所成，以不愧對死去的丈夫及先人。而他們一旦有成就，不但是自己得以「從子」安享晚年，另外也會隨著兒孫的成功，帶來社會經濟地位，維持家風不墜。白居易碑誌以如何教子有成的過程爲撰述重點以彰母儀。如〈唐贈尚書工部侍郎吳郡張公神道碑銘〉中：

> 公有三子，曰平仲、平叔、平季。夫人陸氏，即國子司業集賢殿學
> 士善經之女，賢明有法度。初公既歿，諸子尚幼，夫人勤求衣食，
> 親執《詩》《書》，諷而導之，咸爲令子。又常以公遺志，擇其子而
> 付之，故平叔卒能振才業，致名位，追爵命，揭碑表，繼父志，揚
> 祖德。此誠孝子順孫之道也，亦由夫人慈善教誘之德，浸漬而成就
> 之，不其然乎？〔註66〕

又如〈唐故溧水縣令太原白府君墓誌銘〉中：

> 夫人（高陽敬氏）在室以孝敬奉親爲淑女，既嫁以柔和從夫爲順婦，
> 及主家以慈正訓子爲賢母。故敏中遵其教，飭其身，升名甲科，歷
> 聘公府，以文行稱於眾，以祿養榮於親。雖自有兼才，然亦由夫人
> 訓導之所致也。〔註67〕

由於男性在外負責生計，居家之時日較少，因此教養幼兒之職責，便由母親擔任。對於慈母的褒獎，一定意義上是對女性家庭角色的肯定，但更重要的是對男性心目中女性價值觀的表述，道出了男權中心文化對於女性的角色期待。

二、形象塑造的意義

（一）肯定傳統道德價值

1. 尚柔順

〔註65〕邢義田，〈從《列女傳》看中國式母愛的流露〉，《歷史月刊》第 4 期（1988年），頁 108。

〔註66〕唐・白居易：《白居易集》（台北：漢京文化事業有限公司，1984 年），頁 910。

〔註67〕唐・白居易：《白居易集》（台北：漢京文化事業有限公司，1984 年），頁 1473。

從先秦開始，傳統的家庭教育，便是要把女子訓練成乖順服從之個性，遵行「三從四德」〔註68〕之教。在出嫁前，更有密集之訓練，以成「婦順」：

> 教以婦德、婦言、婦容、婦功。教成祭之，牲用魚，芼之以蘋藻，
> 所以成婦順也。〔註69〕

在臨嫁前施以「四德」之教，目的仍是要成就女性「婦順」之道，而西漢董仲舒提倡「三綱說」，用陰陽之道來闡釋君臣、父子、夫婦彼此之對待方式，他以爲君、父、夫爲陽；臣、子、婦爲陰，陰道不得獨行、不得專起、不得分功，所有行事之功應歸於陽道。〔註70〕此說似乎將婦女推向更弱勢之地位。而一切女教之書，亦強調「柔順」爲首要之女德。白居易所寫婦女碑誌文，亦體現了此種社會價值觀，也就是崇尙柔順之婦女。「順從」乃是當時社會對婦女之期待。有此順從之德，方是賢淑女子。女子出嫁後，則視翁姑爲父母，應恭敬奉養，孝順承事。白居易所描寫之女性，大半均有此特性。而女性若不能符合此柔順之道，以男性爲主導之社會亦有因應之道：如「七出」即列出「不順舅姑」，來懲戒悖離此常態之女性。無怪乎傳統女性，幾乎全面致力於「柔順」之道。

2. 能治內

「男治外，女治內」一向被國人視爲天經地義的分工模式，女性在家中專門處理家務。繁瑣又重複的家事，耗費女性之一生，而其貢獻亦在此。〔註71〕而白居易婦女碑誌中，亦描繪了善於治內之女性，如〈海州刺史裴君夫人李氏墓誌銘〉云

> 衣食之餘，傍給五服親族之饑寒者，又有餘，散沾先代僕使之老病
> 者，又有餘，分施佛寺僧徒之不足者。浣衣菲食，服勤禮法，禮法

〔註68〕 歷朝以來，「三從四德」乃箝制女性思想的規範，支配婦女道德、行爲及修養的標準。三從首見於《儀禮‧喪服‧子夏傳》，爲女子必遵的三種教義：未嫁從父（在家從父）、既嫁從夫（出嫁從夫）、夫死從子。四德首見於《周禮‧天官‧內宰》，爲女子必備的四種修養：婦德、婦言、婦容、婦功。

〔註69〕 清‧孫希旦：《禮記集解》卷五十八〈昏義〉第四十四，（台北：文史哲出版社，1984年），頁1421。

〔註70〕 「三綱之說」見董仲舒，《春秋繁露‧基義篇》：「君臣父子夫婦之義，皆取諸陰陽之道。君爲陽，臣爲陰；父爲陽，子爲陰；夫爲陽，妻爲陰。陰道無所獨行，其始也不得專起，其終也不得分功，有所兼之義。是故臣兼功於君，子兼功於父，妻兼功於夫；陰兼功於陽，地兼功於天。」

〔註71〕 王妙純，〈韓愈婦女碑誌探微〉，《國立虎尾技術學院學報》第4期（2001年），頁25。

> 之外，諷釋典，持真言，棲心空門，等觀生死。故治家之日，欣然
> 自適，捐館之夕，怡然如歸。〔註72〕

從引文看來，李氏對於資源的運用與分配有非常清楚的劃分原則。有親疏之別，有遠近之分，有輕重緩急之序，非常符合情理。另外，白居易在形容元稹的母親鄭氏時，也提及了她持家時的家用原則：

> 既而諸子雖迭仕，祿秩甚薄，每至月給食時給衣，皆始自孤弱者，
> 次及疏賤者，由是衣無常主，廚無異膳，親者悅，疏者來，故傭保
> 乳母之類，有凍餒垂白，不忍去元氏之門者。〔註73〕

鄭氏除了教子讀書以及教養有方外，也善於理財，在金錢運用方面有一定的原則，她將每個月孩子們的俸祿，做了一些分配和安排來照顧孤弱及疏賤者，對於這些窮苦人們，定時給他們衣食，故近悅遠來，都不想離開。

（二）接納新思潮及觀點

1. 欣賞女子有才能

在傳統文化中，雖然並不完全否定「才」，但若與「德」相較，則「重德輕才」的傾向卻十分明顯。早期儒家便強調「君子先慎乎德」，反映出德先才後，重視德行多於才智的基本意識形態。既然，對男性尚且要鼓勵其以君子之「德」勝小人之「才」，女子之「才」，自然更被貶抑。〔註74〕

《女孝經》、《女論語》在內容上極為強調道德規範，主張做為一個婦女不論扮演女兒、妻子或是母親的角色皆需遵守「男尊女卑」、「男主外，女主內」等道德規範，對於婦女技能訓練只主張婦女需學習紡織、持家等技藝。由此可反映唐人對婦女角色的期望是〝德〞重於〝才〞。

中國婦女自古以來就奉行「女子無才便是德」的道德準則，使得女子生活於無識者與被奴役的境地。女子只須懂「禮」，將三從四德作為行為規範，白居易碑誌文中女性，多數皆被塑造為「三從四德」、「柔弱順從」的形象，然而還是有像他藉元稹之母鄭氏，描寫兼具智慧與才德的婦女，這無疑是推翻舊觀念的創作題材。作者一改古人賦予女性嬌柔瘦弱的形象，大膽描寫她的超凡智慧，在男尊女卑的社會中，表現出個人不凡的氣度，稱許元稹之母

〔註72〕唐・白居易：《白居易集》（台北：漢京文化事業有限公司，1984 年），頁 1427。
〔註73〕唐・白居易：《白居易集》（台北：漢京文化事業有限公司，1984 年），頁 926。
〔註74〕有關女子之「才」、「德」於傳統文化中的探討，詳見於劉詠聰：〈「女子無才便是德」說的文化涵義〉《女性與歷史——中國傳統觀念新探》（台北：商務印書館，1995 年），頁 89～103。

鄭氏乃言：

> 惟夫人之道移於他，則何用而不臧乎？若引而申之，可以維一國焉，
> 則《關雎》、《鵲巢》之化，斯不遠矣；若推而廣之，可以肥天下焉，
> 則姜嫄文母之風，斯不遠矣。豈止於訓四子以聖善，化一家於仁厚
> 者哉？〔註75〕

如此推崇婦女的描述可說是接納新思潮的一種呈現。

有關女子才學的處理上。由於碑誌的撰述對象，多半是出身於士大夫家
庭，或是因子孫進學成為士大夫家庭的婦女，因此她們之中頗有曾習詩書者。
如〈唐贈尚書工部侍郎吳郡張公神道碑銘〉言及：

> 夫人陸氏，即國子司業集賢殿學士善經之女，賢明有法度。初公既
> 歿，諸子尚幼，夫人勤求衣食，親執《詩》《書》，諷而導之，咸為
> 令子。〔註76〕

張誠的妻子陸氏，來自於一個書香門第，父親官拜國子司業、集賢殿學士，
她的學問當來自於家學，故能「親執《詩》《書》，諷而導之」。

或許是因為碑誌文的撰述者白居易本身是知書能文的士大夫，對於女子
之有才學者生惺惺之感；也或許是因為社會上有學有識的女性就比例而言實
在太少，故特予誌記。

2. 理性教育子女

在封建家長制的社會中，對子孫的教育和懲戒權，本屬父親的一種權力。
《三字經》中有言：「養不教，父之過」，可見教育兒女的責任在於父親。不
過在「男主外，女主內」的分工之下，孩子和母親的關係本來就比父親來的
緊密，加上人們對於母親照顧孩子的角色扮演也抱以高度的期待，所以一般
在和孩子的接觸當中，以母親的頻率最高，所以母親訓誡孩子之事應該是最
有機會發生的。在宋若昭所著《女論語》〈訓男女〉中就指出「訓誨之權，實
專於母」的看法。〔註77〕

中國古代家教的目的不外乎培養和訓練出能光宗耀祖、守住家業的賢孝
子孫，好讓家風不墜。在科舉興盛的唐代，已經初步消弭了士庶間的距離，
所以社會各階層中稍有能力的家庭或家族都十分重視子孫的教育。《顏氏家

〔註75〕唐·白居易：《白居易集》（台北：漢京文化事業有限公司，1984年），頁926。

〔註76〕《白居易集》，頁910。

〔註77〕唐·宋若昭，《女論語》第八章〈訓男女〉，收入《古今圖書集成·閨媛典》（台
北：鼎文書局，1985年），頁19。

訓》說「父母威嚴而有慈，則子女畏慎而生孝。」〔註78〕

所以當子孫犯錯或不受教時，家長施以適度的體罰是爲世人所許可的，而且認爲如果對子孫一再溺愛或縱容，其長成之後必定做出欺瞞父母之事，甚至獲罪。古來也一直流傳著「棒下出孝子」、「慈母多敗兒」的俗諺，可見體罰之事確實是教育子孫時常用的一種方式。

家中尊長體罰子孫在唐代律法中是受到保障的《唐律》〈鬥訟〉中說：

> 諸詈祖父母、父母者，絞；毆者，斬；過失殺者，流三千里；傷者，
> 徒三年。若子孫違犯教令，而且父母、父母毆殺者，徒一年半； 以
> 刃殺者，徒二年；故殺者，各加一等。即嫡、繼、慈、養殺者，又
> 加一等。過失殺者，各勿論。〔註79〕

又說：

> 諸子孫違犯教令及供養有闕者，徒二年。謂可從而違，堪供而闕者。
> 須祖父母、父母告、乃坐。〔註80〕

所以父母或祖父母毆殺子孫，法律上的處罰要比子孫毆殺祖父母或父母來的輕多了。因此若是爲了管教子孫而施以體罰，不論是法律或是人情上都是被允許的。母親暫代父權成爲家中的尊長時，對孩子施以體罰教育，自然也是人之常情了。然而在白居易筆下的元稹之母鄭氏，她教育孩子的方式是：

> 自夫人母其家，殆二十五年，專用訓誡，除去鞭扑。常以正顏色訓
> 諸女婦，諸女婦其心戰兢，如履於冰；常以正辭氣誡諸子孫，諸子
> 孫其心愧恥，若撻於市。由是納下於少過，致家於太和，婢僕終歲
> 不聞怨爭，童孺成人不識榱楚，閨門之內熙熙然，如太古時人也。
> 其慈訓有如此者。〔註81〕

鄭氏教育孩子循循善誘，從不用體罰，但其威力卻不減於體罰，所以「諸子孫其心愧恥，若撻于市」，這是一種相當高明而有智慧的教育手法。

（三）建構女性典範形象

婦女的碑誌是由男性來書寫，因此婦女的事蹟，也要通過士大夫的標準檢驗。她們需符合婦德的要求，在家孝敬尊長，出閣後居夫家，相夫教子。

〔註78〕 北齊・顏之推：《顏世家訓》（北京：中華書局，1993 年），頁 25。

〔註79〕 《唐律疏議》卷二十二〈鬥訟〉毆詈祖父母父母條（總 329 條），頁 414。

〔註80〕 《唐律疏議》卷二十四〈鬥訟〉子孫違反教令（總 348 條），頁 437。

〔註81〕 〈唐河南元府君夫人滎陽鄭氏墓誌銘〉《白居易集》（台北：漢京文化事業有限公司，1984 年），頁 926。

對丈夫而言，要發揮賢內助的功用，對家庭而言，要能課督子女上進，興旺整個家庭等，愈能作到這類德目者，愈受讚揚。

在士大夫建構的社會秩序理念之下，士人筆墨所描繪女性碑誌的婦女特色，配合著「女正位乎內」的傳統觀念，大都刻劃出「婦人無外事」﹝註 82﹞的理想形態，撰述者乃從女性家庭生活著手，從由來已久的男性視角出發，用男性的價值來對女性的人生加以過濾和重組，反映的是現實生活中男性對女性的期待、評價與控制。

白居易碑誌文中，女性的一生就這樣被歸納爲孝女、順婦、賢妻、慈母四類角色。各種角色往往相互重合，主次交加。各種角色都要扮演得盡善盡美，要像白季康的妻子高陽敬氏那樣：「夫人在室以孝敬奉親爲淑女，既嫁以柔和從夫爲順婦，及主家以慈正訓子爲賢母。」﹝註 83﹞；要像元稹的母親滎陽鄭氏那樣：「今夫人女美如此，婦德又如此，母儀又如此，三者具美，可謂冠古今矣。」﹝註 84﹞其撰寫女性碑誌的目的，無非是建構女性典範形象。如〈唐河南元府君夫人滎陽鄭氏墓誌銘〉所言：「嗚呼！斯文之作，豈直若是而已哉，亦欲百代之下，聞夫人之風，過夫人之墓者，使悍妻和，母慈，不遜之女順云爾。」如〈海州刺史裴君夫人李氏墓誌銘〉所言：「夫人雖歿，風躅具存。勒銘泉戶，作範閨門。」

人類生命的延續，婦女的地位居功厥偉，也因此歷史上曾出現了崇仰女性的母系時代。﹝註 85﹞隨著農業的發展，耕作往往由男人來操作，當生產技術權開始由男人掌控後，以男權爲主的父系時代從此操控著歷史，在「男尊女卑」的觀念下，婦女也只能在不同的時代思潮中，承受著命定的悲喜，背負起封建道德的枷鎖，婦女處於附庸的地位，無獨立人格，政治經濟地位卑

﹝註82﹞ 所謂「婦人無外事」應是起源於傳統中國有關女性社會角色、地位的基本看法——「女正位乎內」。易經、家人卦象辭將「女正位乎內、男正位乎外」視爲是「天地之大義」。見劉靜貞，〈女無外事？墓誌碑銘中所見之北宋士大夫社會秩序理念〉，《婦女與兩性學刊》第 4 期（1993 年 3 月），頁 26。

﹝註83﹞ 〈唐故溧水縣令太原白府君墓誌銘〉《白居易集》（台北：漢京文化事業有限公司，1984 年），頁 1473。

﹝註84﹞ 〈唐河南元府君夫人滎陽鄭氏墓誌銘〉《白居易集》（台北：漢京文化事業有限公司，1984 年），頁 926。

﹝註85﹞ 從古代神話中，我們看到了黃帝的母親附寶，因看到閃電而受孕；商的祖先契，是媽媽簡狄吞了玄鳥蛋而懷胎；周的祖先棄，則是母親姜嫄踩著巨人的腳印懷下的神童。在遠古神話中，女性是生命、氏族命脈的延續者，人們只知其母不知其父，婦女享有了至高的地位。

微，這使她們失去作為人應有的價值。

白居易在作品〈婦人苦〉中嘆息：「人生莫作女人身，百年苦樂由他人」〔註86〕，一語道盡了古代女人的處境。在封建社會，處於社會底層的女性的命運是極其悲慘的。對此，白居易有深刻的認識。白居易對社會上廣大婦女，特別是勞動婦女的悲慘處境，寄予了很大的同情。他用詩歌形式，反映在封建制度下婦女的種種悲劇，為婦女的命運發出不平之鳴，是白居易詩歌創作中偉大的重要內容，值得後代的重視。〔註87〕然而，白居易受儒家禮教影響，是傳統婦德的秉持者。在碑誌文中的表現，他總是自覺不自覺地用封建倫理道德去要求女性。

第三節　政治教化方面

中唐時代是一個動亂的時代。白居易出身於「世敦儒業」的士族家庭。〔註88〕受家庭環境和時代精神的影響與薰陶，樹立努力進取、大濟蒼生的人生觀和培養其積極有為的心態，奠定了堅實的基礎。真實的追尋著「不懼權豪怒」、「唯歌生民病」的理想。

一、儒者用世之襟抱

白居易早年自稱「讀儒書與履儒行」的「鄉里豎儒」，又聲稱「僕本儒家子」、「自念咸秦客，嘗為鄒魯儒」，常常以「儒家」為自居。他之所以早歲崇儒，與他的出身有關。白居易由於出身於寒微門第，以科第唯一進身之出路，而太第的主要考試內容是儒家經典，因此為應科舉，不得不研究儒家經典。

〔註86〕〈婦人苦〉見《白居易集箋校》（上海：古籍出版社，1988年），頁1473。

〔註87〕白居易是唐代繼杜甫之後的社會現實主義詩人，在他的詩文集中，直接間接觸及到婦女問題者，就粗略統計共一一0多處，只諷諭詩就有二十六篇，他以深邃的目光觀察社會，用他犀利的的筆調剖析婦女生活，將唐代婦女問題一一呈顯出來，這不僅是前代文人所少有。也是唐代作家中罕見的，足以說明白居易對婦女問題的重視和關切。參見廖美雲，〈白居易婦女詩析論〉，《台中商專學報》第4期（1988年），頁144。

〔註88〕白居易生長的社會環境，使得他從蒙童開始，必須攻讀儒家經典，自然也就接受了儒家的思想。白居易是一個極其虔誠的儒家子，而且老而彌篤。他不只一次地說：「僕本儒家子，待詔金馬門。」〈郡中春宴因贈諸客〉、「上遵周孔訓，旁鑑老莊言；不唯鞭其後，亦要軛其先。」〈遇物感興因示子弟〉、「孔門有遺訓，復坐吾告爾。」〈飲後戲示弟子〉，這裏所說的「周孔訓」、「孔門遺訓」，自然都是些儒家經典上記載的話，讀其文，自然受其影響。

我們翻開《策林》〔註89〕，就馬上知道白居易如何維護儒家之道，如何嚮往儒家的王道、仁政、德治、禮樂，例如《策林》六十一〈黜子書〉說：

> 臣聞：仲尼沒而微言絕，七十子喪而大義乖。大義乖則小說興，微言絕則異端起。於是乎歧分派別，而百氏之書作焉。然則六家之異同，馬遷論之備矣；九流之得失，班固敘之詳矣。是非取捨，較然可知。今陛下將欲抑諸子之殊途，遵聖人之要道，則莫若弘四術之正義，崇九經之格言。故正義著明，則六家之異見不除而自退矣；格言具舉，則九流之偏說不禁而自隱矣。夫如是，則六家九流尚為之隱退，況百氏之殊文詭製，得不藏匿而銷遏乎？斯所謂排小說而扶大義，斥異端而闡微言，辨惑嚮方，化人成俗之要也。伏惟陛下必行之。

這段文的字裡行間，洋溢著維護儒家道統的盛情理想。

（一）入世的人生觀

在「安史之亂」以後，地方節鎮的權力增大，不但不聽中央的使喚，並進而擴展其獨立自主之勢力，除此之外，他們還極力聘召讀書人為其幕僚或屬下的文吏，導致不少人到河北、山東、河南一帶的節鎮去尋求出路。因而造成人才嚴重外流，對中央政府產生威脅性。唐朝認識到此問題的嚴重性，便開始舉辦科舉制度，對社會各階層之人才，廣開仕宦之門。從此，科舉取士制度便成為唐朝中、下階層士族終身希望的寄託處，尤其是在進士一科，其現象更為凸顯，很多人才、士子們的一生都為了要登此龍門而辛苦奮鬥。傅璇琮先生在《唐代科舉與文學》一書中，就描寫出了當時整個社會風氣，說道：

> 唐朝人把進士及第比喻為登龍門，……進士科成為謀取高官美仕的集中爭奪的場所。而恰恰在唐朝，特別是中晚唐，應進士舉及進士登科的，具有較廣泛的社會性，也就是說，唐朝統治者通過進士科試把較廣泛的社的社會階層的優秀分子吸引到政府機構中來，而不同的社會階層的人物競相奔趨於進士科，也使得當時的政治生活、

〔註89〕永貞時，王叔文、韋執誼實行政治革新，白居易曾向韋上書，建議廣開言路，選拔人才，懲惡賞善，舉賢任能，不失時機地迅速改革。但不久，王、韋等被貶，改革失敗。他的建議未及採用，寫有〈寓意〉等詩表示惋惜。元和元年，罷校書郎，撰《策林》75篇，對社會政治各項重大問題所提治理方案，是研究他的政治思想的重要資料。

社會風氣，以致於文學藝術的發展，表現出某種活力。〔註90〕
白居易少年時接受儒家思想，希望對社會、國家、人類有所頁獻，所以他積極參試，尋求仕進〔註91〕，渴望躋身於統治階級上層一展才抱。

在儒家教育的薰陶下，每一位士人，自小即有「修身、齊家、治國、平天下」這一系列循序漸進的偉大抱負。然而，爲了達到治平的理想，所以須要出仕，以便能得到君王之賞識而推展其治平之道，這種「道仕」的理想，白居易亦曾有過，他在詩中曾意氣風發，壯志凌雲的說道：「丈夫貴兼濟，豈獨善一身。……穩暖皆如我，天下無寒人。」（卷一·〈新製布裘〉）的確，一如前述，大丈夫達則兼濟天下，豈會以獨善其身而自了，大丈夫要做的偉大事業，是使天下百姓都能穩暖皆如我，不再受寒挨凍。爲了達成此一弘願，自然須爲朝廷效命，輔佐君王治理天下，使百姓各有所歸，國泰民安。白氏又云：「因讀管、蕭書，竊慕大有爲。」（卷二二·〈和我年三首之一〉）詩人所嚮往的「大有爲」於天下，所要成就的典範，是好像管仲相齊，使齊桓公「九合諸侯，一匡天下」的豐功偉績，以及漢相蕭何爲漢代訂定治國方針，使漢代國運日興，百姓安居樂業的偉大眞獻。當然，詩人處於安史之亂以後的中唐時期，國勢已漸趨衰弱，面對內有藩鎮割據，外有吐蕃擾邊，動亂頻傳之際，詩人也希冀能夠投筆從戎，爲國效命，枚平亂事，詩人向有自動請纓的豪情壯志，他曾自比松樹，云：「殺身獲其所，爲君構明堂。不然終天年，老死在南岡。不願亞枝葉，低隨槐樹行。」（卷二·〈和松樹〉）願意成爲國家的棟樑，時時準備不惜一死，以便能爲君捐軀，爲國效命，造福蒼生。

（二）以儒家為主的政治思想體系

白居易的政治主張，有很大部分都是從能與元微之一起準備「制舉」〔註92〕時所寫的。其內容大都以儒家思想寫主。元和初年，白居易撰寫《策林》七十五篇，是針對當時經濟、政治、軍事、文教各方面存在的弊端提出了改革意見。

在他和微之揣摩當代之事，所作的七十五道策林中，可以看出他的政治主張，是合乎儒家思想。

〔註90〕傅璇琮：《唐代科舉與文學》（台北：文史哲出版社，1994年），頁201～205。
〔註91〕求仕時期是指白居易從大曆七年（七七二）到貞元九年及第拔萃科，初授校書郎以前的時期而言的。這一時期可以說是爲了科舉，苦節讀書，弄得「口舌成瘡，手肘成胝，既壯而膚皮不豐盈，未老而齒髮衰白」的時期。
〔註92〕見《新唐書·選舉志》云：「其天子自詔者曰制舉」，見《冊府元龜》卷67〈帝王部·求賢一〉。

這七十五篇《策林》。就其內容，可分爲君道與治道兩部分。君道是議論
爲君的方法，而治道則是具體的提出各種治國平天下的法則。

有關君道的，如：君王應以謙讓爲美德，不可有驕矜之態（策林四）。爲
政當順民心以立教（《策林》五、七）。君王當行恕道，將心比心（《策林》十）。
應修德行道（《策林》十六）。若有水旱之災，應反省爲政之得失（《策林》十
八）。民風之澆樸，是由於在上位者之領導（《策林》八）。民之困窮。是由於
君王之奢欲（《策林》二十一）等等，這些議論，完全是儒家思想。

在有關治道方面，他更具體的提出各種辦法，如：尊賢（《策林》二八、
二九），審官（《策林》三十），立制度（《策林》二十五）。如何勸農桑、議賦
稅、復租庸。罷緡錢、用穀帛（《策林》十九）；如何革除吏部之弊（《策林》
三十三）；如何使官吏清廉（《策林》三十九）；如何省官、併俸、減使職（《策
林》四十）；官吏升遷之遲速應如何（《策林》三十二）；鹽法有些甚麼弊病（《策
林》二十三）；如何平抑自貨之價（《策林》二十）；選將帥的方法（《策林》
四十六）；主張恢復府兵制，置屯田（《策林》四十五）；主張治國應禮樂並用，
以安國家，移風俗，而不用刑法（《策林》六十二）；應恢復古代的採詩制度
（《策林》六十九）；如何養老睦親（《策林》七十三、七十四），以上都是以
儒家思想議論治平之道。

（三）有缺必規，有違必諫

白居易於碑誌文中，有描寫崔公、李紳及元稹三人敢於直言之事蹟。〈唐
故虢州刺史贈禮部尙書崔公墓誌銘〉言：

> 未幾，朝有大獄，人心惴駭，勢連中外，眾以爲冤，百辟在廷，無
> 敢言者。公獨進及，危言觸鱗。

〈淮南節度使檢校尙書右僕射趙郡李公家廟碑銘〉言：

> 歲餘，穆宗知公忠孝文行，召入翰林，特授司封員外郎知制誥，遷
> 中書舍人。承顏造膝，知無不言，獻替啓沃，如石投水。

〈唐故武昌軍節度處置等使正議大夫檢校戶部尙書鄂州刺史兼御史大夫賜紫
金魚袋贈尙書右僕射河南元公墓誌銘〉言：

> 服除之明日，授監察御史使於蜀，按任敬仲獄得情，又劾奏東川
> 帥違詔條過籍稅，又奏平涂山甫等八十八家冤事，名動三川，三
> 川人慕之，其後多以公姓銍其子。朝廷病東諸侯不奉法，東御
> 史府不治事，命公分台而董之。時有河南尉離局從軍職，尹不能

> 止：監察使死，其柩乘傳入郵，郵吏不敢詰；內園司械繫人逾年，
> 臺府不得知；飛龍使匿趙氏亡命奴爲養子，主不敢言；浙右帥封
> 杖決安吉令至死，子不敢訴。凡此數十事，或奏或劾或移，歲餘
> 皆舉正之。

在朝廷上白居易曾身爲諫官，負有拾遺補闕，規諫政事的責任。他忠直敢說話，能犯顏諫諍，知無不言，言無不盡，對於朝政的失誤之處，他絕不放過，反覆上書，詞懇意切，有時竟到了毫不顧忌的固執程度，他說：「所以言過者，以爲詞不切、意不激則不能動君聽、感君心而發憤於至理也。」（《才識兼茂明於體用策一道》）他自比賈誼，也希望唐憲宗皇帝能成爲漢文帝，察納雅言，使國家大治。樂天對拾遺的工作內容有一定的自覺與期許：

> 故拾遺之置，所以卑其秩者，使位未足惜，身未足愛也。所以重其
> 選者，使上不忍負恩，下不忍負心也。夫位未足惜，恩不忍負；然
> 後能有闕必規，有違必諫；朝廷得失無不察，天下利病無不言，此
> 國朝置拾遺之本意也。（〈初授拾遺書〉，頁 1229）

認爲拾遺身爲諫官，必須置個人的安危爲度外。因爲抱持著「位未足惜，身未足愛」的心態，才能暢所欲言，爲的是達到不辜負在上位者的恩惠，也對得起自己的良心。所以，其職責必須謹守有闕必規，有違必諫的剛正不阿精神；必須做到朝廷得失無不察，天下利病無不言的地步。

（四）窮則獨善其身，達則兼善天下

孔子的理想人格是「博施於民而能濟眾」〔註 93〕，但事實證明其理想一再受挫，他便提出一套進退兩宜的原則進行自我安慰：「天下有道則現，無道則隱」、「用之則行，捨之則藏」〔註 94〕，但重點還在「出仕」，自處之道是用在無法出仕的不得已之途。眞正爲傳統士人提出一套立身處世原則，並影響後世甚大的是《孟子・盡心篇》：

> 故士窮不失義，達不離道。窮不失義，故士得己焉。達不離道，故
> 民不失望焉。古之人得志，澤加於民；不得志，修身見於世。窮則

〔註93〕見《論語・雍也》：「子貢曰：『如有博施於民而能濟眾，何如？可謂仁乎？』子曰：『何事於仁！必也聖乎！堯、舜其猶病諸！夫仁者，己欲立而立人，己欲達而達人。能近取譬，可謂仁之方也已』」，參見清・阮元：《阮刻十三經注疏・論語》（台北：新文豐出版社，1988 年），頁 55。
〔註94〕分別見於《論語・泰伯》、《論語・述而》，參見清・阮元：《阮刻十三經注疏・論語》（台北：新文豐出版社，1988 年），頁 72、61。

　　　　獨善其身，達則兼善天下。〔註95〕

孟子在這裡談了作為士人處理「窮」與「達」不同情況下應持的操守：認為士人得志之時，該發揮自己的長才，為天下百姓謀福利；不得志之時，退而修養自我身心。「獨善其身」是講個人的修養，在理想不得實行（也就是面對仕途不如意）之時，要堅持自己的操守，不做不合義理的事以謀求富貴。「兼善天下」的目的是要「澤加於民」，在可以實行自我政治理想的時候，更應該不離正道，不違背自己的政治理想，付諸實行，為天下百姓謀福利。

　　孟子提出「兼濟」與「獨善」這兩大概念，做為士人進退處世的一套標準，在此「兼濟」與「獨善」兩大意涵並不衝突，因為孟子講「兼濟」的時候並非不說「獨善」，講「獨善」的時候也沒有忽略「兼濟」之志。它們只是同一政治品德原則，在不同政治形勢下的不同體現，是完全統一於政治理想或「道」的，也就是要求人們無論在政治形勢有利或不利的情況下都要堅持自己的理想。

　　「獨善」與「兼濟」可謂相輔相成，以修養自身品德為基礎，希望達到進入中央體制目的。即言之，修養自身的同時也可以有「兼濟」天下的理想；進入仕途後，實施政治理想的同時也不忘隨時修養自身品德。因而「窮則獨善其身，達則兼善天下」，被歷來知識分子奉為圭臬。

　　樂天在〈與元九書〉提出「兼濟」與「獨善」兩大概念，其中的一段話典型地體現他的思想狀況：

　　　　古人云：窮則獨善其身，達則兼善天下。僕雖不肖，常師此語。大
　　　　丈夫所守者道，所待者時。時之來也，為雲龍，為風鵬，勃然突然，
　　　　陳力以出；時之不來也，為霧豹，為冥鴻，寂兮寥兮，奉身而退。
　　　　進退出處，何往而不自得哉？

樂天這裡所指的古人便是孟子，自言常拿「窮則獨善其身，達則兼善天下」此語當座右銘。大丈夫堅持的是真理，等待的是時機。時機到來，便像雲中的龍、風中的大鵬，毫不猶豫拿出自己的才能奮力前進；時機若不來，則像隱入雲霧中的豹子，飛入高空的大鵬，無聲無影地隱退。不論進、退，建立功業也好，退隱閒居也好，都無入而不自得。這段話，不僅表明白居易一生「進退出處」的理論根據；同時也表明了白居易一生的行為，都是在儒家思

〔註95〕　《孟子·盡心上》，參見清·阮元：《阮刻十三經注疏·孟子》（台北：新文豐
　　　　　出版社，1988年），頁23。

想引導下前進的，適足證明他與儒家關係是密切的。

（五）繼承《詩經》比興美刺的傳統詩論

〈詩序〉云：

> 是以一國之事，繫一人之本，謂之風。言天下之事，形四方之風，
> 謂之雅，雅者，正也，言王政之所由廢興也。〔註96〕

而《毛詩正義》註解得非常貼切：「詩人覽一國之意以爲己心，故一國之事繫此一人使言之也。」這也是儒家基本的文學觀，將文學當成政治教化的工具。又如〈詩序〉云：

> 詩者，志之所之也，在心爲志，發言爲詩。情動於中，而形於言，
> 言之不足，故嗟嘆之。嗟嘆之不足，故詠歌之。〔註97〕

白居易於《策林》六十九曾言：

> 大凡人之感於事，則必動於情；然後興於嗟嘆，發於吟詠，而興於
> 歌詩矣。故聞《蓼蕭》之詩，則知澤及四海也。……故國風之盛衰，
> 由斯而見也；王政之得失，由斯而聞也；人情之哀樂，由斯而知也。
>
> 〔註98〕

其理論和《詩序》是一脈相連的，以此爲文、爲詩的立論，積極發揮了《詩序》中的精神。

樂天認爲詩歌可適切的表達人類的思想感情，並具有重要的社會政治功能，希望國家能恢復採詩的制度，開諷刺之道，使君上能酌人言、察人情，察其得失之政，通其上下之情。樂天在《策林》六十九有相同的看法，他說：

> 臣聞：聖王酌人之言，補己之過，所以立禮本，導化源也。將在乎
> 選觀風之使，建採詩之官，俾呼歌詠之聲，諷刺之興，日採於下，
> 歲獻於上者也。所謂言之者無罪，聞知者所以自誡。（策林六十九〈採
> 詩〉）

主張恢復古代的採詩制度，把詩歌作爲補察時政的道具，也明顯地受到儒家的詩教觀念。認爲應建立采詩之官，因爲明主一定要斟酌他人之言，彌補自

〔註96〕見清・阮元：《阮刻十三經注疏・毛詩正義》（台北：新文豐出版社，1988年），頁18。
〔註97〕《阮刻十三經注疏・毛詩正義》，頁18。
〔註98〕〈策林六十九、採詩〉《白居易集》卷六十五，頁1370。

己的缺失不足，這是用來建立禮法根本，導正風俗源流。要讓詩歌吟詠的聲音，諷刺的興起抒發，平日由下位者採集，固定一段時間獻給在上位者。而且說的人沒有過錯，聽到的人當引以自誡。

在〈與元九書〉中提到：

> 自拾遺來，凡所適、所感，關於美刺興比者；又自武德訖元和，因事立題，題爲新樂府者，共一百五十首，謂之「諷諭詩」。

樂天形容自己的諷諭詩具有「風雅比興」的特點，有意強調自己創作是恪守傳統以來的美刺論詩，具有關心民生的諷刺作用。

翰林學士期間，樂天創作一系列社會寫實詩，特別是元和四年左拾遺任內寫約五十首詩歌，題名爲「新樂府」，還在這組詩前寫了一段小序，表明寫作動機：

> 其辭質而徑，欲見之者易諭也。其言直而切，欲聞之者深誡也。其事覈而實，使采之者傳信也。其體順而肆，可以播於樂章歌曲也。
>
> 總而言之，爲君、爲臣、爲民、爲物、爲事而作，不爲文而作也（〈新樂府並序〉，頁52）

這五十首詩全部都是針對現實問題而發，其言辭講求質徑、直切，以達諷諭、勸誡作用；事件講究真實，以易傳信；文體求順暢，以播於樂章歌曲。總之，目的在申明此類詩作不是爲了單純的文學藝術價值，而是帶有很強烈的社會性指標。

白居易其他詩歌中，價值很高、爲人稱道的是前期所作的那些諷諭詩，尤以〈秦中吟〉和〈新樂府〉出名。剛步入仕途的白居易，反映民生疾苦，爲正義而大聲呼喊，「不識時忌諱」的勇氣是非常令人欽佩的。〈秦中吟〉10首，首首如利劍，〈重賦〉讉責官府進奉羨余物，殘酷盤削百姓，「奪我身上綾，買爾眼前恩。」〈輕肥〉寫權貴赴宴會的氣概和酒食的豐美，最後是「是歲江南旱，衢州人食人！」〈歌舞〉寫公卿們日中樂飲、夜半歌舞的享樂生活，結句是「豈知閿鄉獄，中有凍死囚！」〈買花〉寫長安城中有錢人競買牡丹、以豪奢相誇耀，最後說：「一叢深色花，十戶中人賦。」，〈傷宅〉諷刺豪門大興建築，「一堂費百萬」。〈不致仕〉嘲諷八九十歲不肯退休的貪權者。〈立婢〉對不爲好官立碑而虛僞地爲某些人歌功頌德表示不滿。〈五弦〉對當時不少人不懂傳統文化而表示惋惜。可知全是批判、鞭撻和發牢騷者，是對德宗貞元到憲宗元和初黑暗政治的有力揭露，刺疼了統治階級。

　　總之，白居易運用了變化萬端的比喻手法，塑造了各種生動眞實的受害者的藝術形象，揭露和抨擊了封建統治者的暴政和不合理現象，都是他的詩歌創作的輝煌成就。

（六）憂國憂民

　　樂天主要文學活動都是在憲宗元和以後，是中唐變局的開始，貞元二十一年永貞革新的失敗，在士人的心中留下難以抹滅的痕跡，因爲永貞革新不僅決定他們的政治命運，也決定他們一生的文學命運。〔註99〕其實在中唐的政治圈內有數起的矛盾衝突，除永貞革新外，還有元和三年牛李黨爭的開始，幾乎終其整個後來的唐代，以及大和九年的甘露之變，而外有外族入侵，藩鎮跋扈，使得社會經濟頹敝，人民生活陷入困境，有志之士，認爲需要「極帝王理亂之道，繫古人規諷之流」〔註100〕，這股思潮對於文學上的影響，最重要的便是創作體裁的改變，此時期的文人文風一反盛唐時慷慨激昂的濶大風格，已無法再有那般氣象萬千、呼風喚雨的情境，呈現出來的是一種思變、創新的心態，轉而爲揭露民生疾苦的情實特點，羅宗強說：

> 貞元末至元和年間，出現了一種改革朝政、渴望中興的思潮。在這樣的背景上，出現了唐文學的第二次繁榮。文壇充滿革新精神。這種革新精神也充分反映在文學思想上。一方面是重功利的文學觀得到充分發展：□□另一方面，革新精神也反映在作家們對於獨特的審美理想、鮮明的創作個性的自覺追求上。〔註101〕

重功利、教化的革新文學思想成了中唐文學主要的標的，儒家思想在此時又再度抬頭。白居易在〈寄唐生〉詩中說：「非求宮律高，不務文字奇。惟歌生民病，願得天子知」。又在〈與元九書〉中說：「文章合爲時而著，歌詩合爲事而作」。這是樂天爲人生而藝術的寫作態度。

　　白居易是孔孟的信徒，他有一個和孔孟一樣濟世愛民的抱負。他愛人民，尤其是那些貧苦的人民。他作了許多詩，大聲疾呼的，同執政者傾訴，例如新樂府中：〈縛戎人〉達窮民之情，〈杜陵叟〉傷農夫之困，〈繚綾〉念女工之勞，〈紅線毯〉憂蠶桑之費，〈賣炭翁〉苦宮市，〈秦吉了〉哀冤民，〈上陽白

〔註99〕胡可先《中唐政治與文學—以永貞革新爲研究中心》（安徽：安徽大學出版社　，2000年），頁112。

〔註100〕〈二風詩論〉見元結：《元次山集・卷一》（台北：河洛圖書出版社印行，1988年），頁10。

〔註101〕羅宗強《隋唐五代文學思想史》（北京：中華書局　1999年），頁4～5。

髮人〉愍怨曠。這些詩，都是合著血淚寫成的，把飢寒困苦的人們，刻畫得生動感人，希望政府救助他們。

白居易處中唐衰世，藩鎮割據，跋扈為亂〔註102〕，而宦官干政，為禍亦深，朋黨之爭又初萌，政治社會可謂極度不安。白居易目睹時艱，悲憤失望之餘，傷時感事，而多憫時念亂之思。白居易在那樣一個朋黨暗鬥最厲害的時代裡，敢以紊亂的社會為背景，寫出民生的病苦，他的人道主義精神與救世熱腸，誠值得崇敬。吳熙載說：「代匹夫匹婦語最難，蓋飢寒勞困之苦，雖告人，人且不知之，必物、我無間者也。杜少陵、元次山、白香山，不但身入閭閻，目擊其事，直與疾病之在身者無異，誦是詩，可不知其人乎？」此說極為透澈，這也正是白詩的偉大處。

二、為民興利除弊

白居易碑誌多強調誌主在職場上的表現，也就是官員任內的政績，可以看到記載誌主在地方官任內所解決的訴訟紛爭。像以下這樣詳述誌主的地方官任內的政績，可以說是白居易碑誌的一大特色。

白居易〈唐故湖州長城縣令贈戶部侍郎博陵崔府君神道碑銘〉云：

> 時天寶末，盜起燕薊，毒流梁宋，屠城殺吏，如火燎原，單父之民，將墜塗炭。公感激奮發，仗順興兵，挫敗賊徒，保全鄉縣，拳勇之徒，歸之如雲。

再如〈唐揚州倉曹參軍王府君墓誌銘〉云：

> 時海寇初殄，邑焚田荒，公乃營邑室，創器用，復流庸，闢？畬，凡江南列邑之政，公冠其首，其製邑、闢田、增戶之績，則會稽之牒、地官之籍載焉。

又〈唐故武昌軍節度處置等使正議大夫檢校戶部尚書鄂州刺史兼御史大夫賜紫金魚袋贈尚書右僕射河南元公墓誌銘〉云：

> 辨沃瘠，察貧富，均勞逸，以定稅籍，越人便之，無流庸，無逋賦。瑩鍿年，命吏課七郡人各築陂塘，春貯雨水，夏溉旱苗，農人賴之，無凶年，無餓殍。在越八載，政成課高。

〔註102〕白居易生活的七十五年期間，標誌唐王朝由盛轉衰的關鍵——「安史之亂」的後續效應依舊持續著，藩鎮的跋扈，便是安史之亂留給唐室的若干重大難題之一。參見傅樂成著：《隋唐五代史》（臺北：長橋出版社，1979 年 3 月），頁 87。

—128—

又〈唐故虢州刺史贈禮部尚書崔公墓誌銘〉云：

> 公既至密，密民之凍餒者賑之，疾疫者救療之，？胳未殯者命葬藏
> 之，男女過時者趣嫁娶之，三月而政立，二年而化行，密人悅之，
> 發於謠詠。換歙州刺史，其政如密。先是歙民畜馬牛而生駒犢者，
> 官書其數，吏緣爲姦。公既下車，盡焚其籍，孳息貿易，一無所問。
> 先是歙民居山險而輸稅米者，擔負跋涉，勤苦不支。公許其計斛納
> 昏，賤入貴出，官且獲利，人皆忘勞，農人便之，歸如流水。朝廷
> 聞其政，徵拜刑部郎中，謝病不就。俄改湖州刺史，政如密、歙，
> 加之以聚羨財而代逋租，則人不困，謹茶法以防黠吏，則人不苦，
> 修堤塘以防旱歲，則人不飢，罷氓賴之，如依父母。

敘述其爲民興利去弊之績，以儒家道統自任的白居易而言，爲民興利除弊，
是不可忽略的實踐項目之一，因此將它做爲贊揚功德的標準，自然成爲白居
易所撰的碑誌的重要觀點。因此，在這幾篇碑誌中，贊揚屬行「去害與利」
的官吏。

白居易從任校書郎開始到刑部尚書致仕，一生歷官二十任，能突出反映
他政績的是三任刺史期間。

元和十三年十二月，白居易由江州司馬轉升忠州（治所在今四川史縣）
刺史，這是他一生主政一個地方的開始，因此心情非常高興。白居易的治郡
方略是明確的：「鏟土壅其本，引泉溉其枯。……養樹既如此，養民亦何殊？
將欲茂技葉，必先救根株。云何救根株？勸農均賦租。云何茂枝葉？省事寬
刑書。移此爲郡政，庶几萌俗蘇。」（〈東坡種花二首〉）唐代的忠州還是塊很
荒涼的地方，市井非常蕭疏，四周都是高山，忠州城築在山腰上。白居易到
了忠州以後，作了三年施政計劃，採取了寬刑獄，均稅賦，開山路，植樹木
等重大措施，取得了明顯的效果。

長慶二年，白居易任杭州刺史，白居易上任後，就遇到城區市民吃水困
難和錢塘江洪水泛濫等棘手問題需要解決。爲了確保堤防安全和蓄水洩洪及
時，白居易親自草擬了〈錢塘湖石記〉，就用水量、用水程序、管理方法、湖
堤維修保護及洩洪要求都作了明確規定，使湖水得到了有效的保護和利用，
這是一椿巨大的水利工程，人民爲了紀念他的功績，便湖上的白沙堤叫做「白
公堤」。白居易替人民做了很多好事，深受蘇杭人民的愛戴。他罷杭州刺史時
所作《別州民》詩，傾吐了詩人對人民的深厚感情：「稅重多貧民，農飢足旱

田，唯留一湖水，與汝救凶年。」

唐敬宗寶歷元年三月四日，白居易受詔改任蘇州刺史。他在接受蘇州刺史的時候寫道：「換印雖頻命未通，歷陽湖上又秋風。不教才展休明代，為罰詩爭造化功。」（〈答劉和州〉）他到蘇州上任後，提出了自己的施政方針：「候病須通脈，防流要塞津。救煩無若靜，補拙莫如勤。削使科條簡，攤令賦役均。以茲為報效，安敢不躬親。襦夸提於手，韋弦佩在紳。敢辭稱俗吏，且願活疲民。」（〈自到郡齋：……湖州崔郎中仍呈吳中諸客〉）白居易不僅有施政規劃，而且有具體的實施措施。

他一生勤儉持家、廉潔從政，由於祿厚，也有不少積蓄。他把這些積蓄又及時捐出來，為民辦了不少的好事。

長慶四年白居易杭州刺史任期已滿，召為左庶子分司東都。據北宋·王讜《唐語林》載，白居易在離開杭州時，把自己多年積攢的俸祿中相當一部分留給了杭州府，作為公用經費的補充，使用了五十餘年。〔註103〕從客觀上講，一定程度上減輕了當地老百姓的負擔。白居易作為封建社會的官吏能做到這一點，在當時實在是寥若晨星。

到了會昌四年，白居易已年逾七十三歲，就在這一年，卻盡力所及為人民做了一件大事。洛陽龍門潭的南面，有一段水路，叫做“八節灘“、“九峭石“，是一些天然的石灘，阻礙著舟楫上下的去路。往來船只經過這裡，常常觸石遇險。在大寒之月，舟人也要赤足下水去推拉渡筏，因此，常常「飢凍有聲，聞于終夜。」白居易聽到這種聲音，總是很難過。於是他便在這年傾自己資財，開鑿了龍門石灘。完工時白居易作了《開龍門八節石灘詩二首並序》題刻在石上。

由此可見，樂天之牧民，何其慈惠，存以兼濟之志，殖拓養民，使後世又得承其福利者，其功績實不少。

白居易是唐代偉大的現實主義詩人，他所處的時代，正是安史之亂結束，唐王朝三大矛盾（藩鎮割據、宦官專權和朋黨之爭）繼續深入擴大，永貞革新、甘露之變〔註104〕接連失敗，全國性的政治危機正在醞釀形成的時期。白

〔註103〕北宋·王讜《唐語林》（台北：商務印書館，1997年），頁26。

〔註104〕《舊唐書·本紀》卷十七有記載：「十一月壬寅朔·乙巳，令內養馮叔良殺前徐州監軍王守涓於中牟縣。以左神策將軍胡沐為容管經略使，以大理卿郭行餘為邠寧節度使。丁未，鄜坊節度使趙億卒。乙酉，左金吾大將軍崔鄲卒。癸丑，以左僕射令狐楚判太常卿事，右僕射鄭覃判國子祭酒事。丁巳，以戶

居易抱著救濟人病、裨補時闕的政治抱負，大膽地揭露政治的黑暗、稅賦嚴苛〔註105〕，積極地宣揚他的政治觀點。

居易的詩文成就太耀眼，以致掩蓋其在國防理念上的真知灼見，以為他不知兵學，不了解國防理念。從居易《策林》裡的議兵、銷兵數、復府兵、置屯田、選將帥之方、禦戎狄……等理念，可得知居易是一位具有高明國防思想的智者。安史之亂平定之後，朝廷為安撫來歸降將以及安置有功戰將，把節度使的職位，各授以鎮帥。以前安史的部屬大多為胡人，自然而然在無形中結合成一個胡人集團；而後者有功之將領鎮帥又和這批胡人集團互通聲氣。其中河北、山東、河南地區可說是腹心地帶：河北的盧龍、成德、魏博三鎮以及山東的淄青、河南的淮西兩鎮最為橫行跋扈。這些藩鎮勢力，世襲其位，自行擴充軍隊，強奪民間土地，徵收賦稅不入於朝廷。

藩鎮割據是造成中唐社會危機的重要原因之一。由於國力削弱，邊患蜂起，所以不得不依靠藩鎮的力量來抵禦外族入侵。藩鎮卻藉機坐大，氣燄囂張，經常不聽朝廷命令，互相之間還經常展開攻伐，所有的戰爭負擔最後都加在老百姓的頭上。

對當時藩鎮割據，內戰不息的時局，白居易也表示憂慮和憤慨。他寫了〈故滁州刺史贈刑部尚書滎陽鄭公墓誌銘〉云：

> 時安祿山始亂，傳檄郡邑，邑民孫俊、鄧犀伽毆市人劫廩藏以應。
> 公時已去秩，因奮呼，率僚吏子弟急擊之，殺俊、犀伽，盡殲其黨，

部尚書、判度支王璠為太原尹、北都留守、河東節度使。戊午，以京兆尹李石為戶部侍郎、判度支，以京兆少尹羅立言權知府事。己未，以太府卿韓約為左金吾大將軍。壬戌，中尉仇士良率兵誅宰相王涯、賈餗、舒元輿、李訓，新除太原節度王璠，郭行餘、鄭注、羅立言、李孝本、韓約等十餘家，皆族誅。時李訓、鄭注謀誅內官，詐言金吾仗舍石榴樹有甘露，請上觀之。內官先至金吾仗，見幕下伏甲，遽扶帝輦入內，故訓等敗，流血塗地。京師大駭，旬日稍安。癸亥，詔以銀青光祿大夫、尚書左僕射、上柱國、滎陽郡開國公鄭覃以本官同中書門下平章事。乙丑，詔以朝議郎、守尚書戶部侍郎、判度支李石可朝議大夫、本官同平章事。丁卯，以左神策大將軍陳君奕為鳳翔節度使。戊辰，以給事中李翀為御史中丞，左右軍中尉仇士良、魚志弘並兼上將軍。」

〔註105〕〈重賦〉》和〈贈友〉批評兩稅法執行中的弊端，〈重賦〉中說：「國家定兩稅，本意在憂人。厥初防其淫，明地敕內外臣，稅外加一物，皆以枉法論，奈何歲月久，貪吏得因循。浚我以求寵，斂索無冬春。」〈贈友〉中說：「私家無錢爐，平地無銅山，胡為秋夏稅，歲歲輸銅錢，錢刀日已重，農力日已殫，賤糶粟與麥，賤貿絲與綿，歲暮衣食盡，焉得無饑寒」。

縣是一邑用寧。朝廷美之，擢授登州司馬。

白居易通過碑主的行為，來反映了維護國家統一，反對藩鎮割據的政論；通過碑誌文，反映維護國家綱紀的重要，以及對諸帥叛亂的深惡痛恨。

三、改革鄙陋風俗

白居易在讀張籍古樂府詩中說：「為詩意如何，六義互舖陳。風雅比興外，未嘗著空文」。又說：「上可裨教化，舒之濟萬民，下可理情性，卷之善一身」。

「人無常心，習以成性；國無常俗，教則移風」（《策林》二））。又《策林》八云：

> 考成敗而取捨，審臧否而行止。俾流遁者返迷途於騷人，積習者遵要道於君子。且夫德莫德於老氏，乃曰道是從矣；聖莫聖於宣尼，亦曰非生知之。則知德在修身，將見素而抱樸；聖由志學，必切問而近思。在乎積藝業於黍累，慎言行於毫釐。故得其門，志彌篤兮性彌近矣；由其徑，習愈精兮道愈遠爾。其旨可顯。其義可舉。勿謂習之近，徇迹而相背重阻；勿謂性之遠，反真而相去幾許。亦猶一源派別，隨混澄而或濁或清；一氣脈分，任吹煦而為寒為暑。是以君子稽古於時習之初，辯惑於成性之所。

緊接著指出中和之道存乎心，我們必須「率道為本，見善而遷。」以「以教為先」作為結論，呼應開始的「性由習分」，畢竟教化優深，則仁義作。可知白居易重視教化之作用。

白居易在〈有唐善人墓碑銘〉云：

> 少尹時，與大議歲減府稅錢十三萬。在澧時，不鞭人，不名吏，居歲餘，人人自化。在禮部時，由文取士，不聽譽，不信毀。

又〈淮南節度使檢校尚書右僕射趙郡李公家廟碑銘〉云：

> 大凡公之為政也，應用無方，所居必化。臥理二郡，以去害為先，故有盜奔獸依之感；廉察浙右，以分憂為功，故有 鄰活瘁之惠；尹正河洛，以革弊為急，故有摘姦抉蠹之威。文宗知公全才，以汴難理，乃授鈇鉞，俾鎮綏之。初宣武師人，驕強狠悍，狃亂徼利，積習生常。公既下車，盡知情偽，刑賞信惠，合以為用，一年而下懲勸，二年而下服畏，三年而下恥格，肅然丕變，薰然太和。撫之五年，人俗歸厚。

當時荒僻的地區，因地勢險峻而不被教化的恩澤，蠻夷風習，還流行於民間。而在白居易撰寫的墓誌銘中，稱揚墓主的躬行教化之作，稱揚墓主的改革鄙陋風俗。

改革鄙陋風俗，白居易是從三方面來著手：

1. 禮樂教化

在《策林》六十二〈議禮樂〉，強調禮樂教化說：

> 臣聞序人倫，安國家，莫先於禮，和人神，移風俗，莫尚於樂。二者所以並天地，參陰陽，廢一不可也。

禮樂教化是孔子所理想的治國方法，白居易在此主張不用刑法，用禮樂，安國家，移風俗。而為了挽救禮樂不修，人倫廢弛的頹風，作到「禮備而不偏，樂和而不流」，要求唐室注重於追溯儒家的先王之教，所以說：「其唯宗周乎，故孔子曰：吾從周，然則繼周者，其唯皇家乎！」

2. 詩文教化

白居易重視詩文的教化作用。《策林》六十八〈議文章〉云：

> 懲勸善惡之柄，執於文士褒貶之際焉；補察得失之端，操於詩人美刺之間焉。

可見詩文有教化的作用，所以他主張「文章合於時而著，歌詩合為事而作。」

他闡發了詩歌的特性，並結合這種特性強調詩的教育作用和社會功能。尤其是詩它「根情、苗言、華聲、實義」，而且韻協言順，類舉情現，易入人心，更應擔負起政治教化的使命。

3. 國君身教

白居易認為教化的興廢有賴於國君，因此國君必須是能虛懷納諫的「君師」，並且以實際行動影響全民，做到上行下效，如此社會風俗才能改善。這種看法也是根源於我國古代政教合一的制度。如《策林》二〈策項〉云：

> 臣聞人無常心，習以成性；國無常俗，教則移風。故億兆之所趨，在一人之所執。是以恭默清淨之政立，則復樸保和；貴德賤財之令行，則上讓下兢；恕已及物之誠著，則蒼生可致於至理；養老敬長之教洽，則皇化可升於太寧。由是言之，蓋人之在教，若泥金之在陶冶，器之良窳，由乎匠之巧拙，化之善否，系乎君之作為。伏惟陛下慎而思之，勤而行之，則太平之風，大同之俗，可從容而馴致矣。

此段文字說明了「君師」的重要，一國之君的言行舉止影響著全體人民與社會風俗之良善與否；因此，爲君者言行舉措不可不愼，牽一髮而動全身，身教的意味濃厚。上位者能言行有信，下位者方能循序不亂，風行草偃，社會自然民風良善。

第六章 白居易碑誌文之體例與表現

第一節 白居易碑誌文體例

根據葉國良的研究指出：

> 墓誌本是墓碑的變形，差別僅在埋於墓中或立於冢前，泐石的宗旨
> 與寫作的體製初無二致，原都爲記載墓主的姓名爵里、稱述墓主的
> 功業令德，在體制上都兼具『題』、『序』、『銘』三部分。[註1]

一般說來，墓誌包含「題」、「序」、「銘」三種書寫文體，「題」是雕刻於「蓋」
上的標題，「序」是以散文書寫，「銘」則是以韻文書寫。通常是先看到「題」，
接著是「序」，「銘」則通常被放到最後。這樣的書寫格式事實上是在後漢的
墓碑即可見到，以下即針對白居易碑誌文中「題」、「序」、「銘」三部分作探
究。

一、題

「題」通常標明墓主之身分與姓氏。墓主若屬官宦，漢人例標墓主一生
最尊榮而未必最終之官爵。唐代的碑傳文撰寫，開始出現打破慣例的形式。
首先是在「題」上大作文章。[註2] 清王芑孫《金石三例評》云：

〔註 1〕 見〈論韓愈的冢墓碑志文〉卷十，葉國良，《古典文學》（台北：學生書局，
　　　　1979 年），頁 819。

〔註 2〕 文士製題，各出心裁，如李觀有〈故人墓誌〉歐陽詹有〈有唐君子鄭公墓銘〉，
　　　　李翱有〈高愍女碑〉、〈叔氏墓誌銘〉，劉禹錫有〈絕編生墓表〉，柳宗元有〈馬
　　　　室女雷五葬誌〉，元稹有〈葬安氏誌〉，當時風氣如此，文士彼此間當有一定
　　　　之影響。

漢魏碑額，皆簡古有法，唐人則變古開心。然唐人於詩題，皆各有
致意，故所以題其文者亦不苟，學者所宜識也。〔註3〕

又根據程章燦〈墓誌銘的結構與名目─以唐代墓誌銘爲例〉所整理的資料，標
題多達二、三十種，文中提及：

翻開《唐代墓誌彙編》，可以發現，儘管都是墓誌，標題的名目卻是
多種多樣。除了最常見的墓誌、墓誌銘、墓誌銘並序（敘）三種之
外，還有墓、墓銘並序、墓表、墓記（並序）、墓誌文（並序）、墓
銘（並序）、墓誌銘（並序）、墓誌之銘（並序）、墓誌銘文、墓誌之
文銘、志（並序）、誌銘（並序）、誌文（並序）、誌石、誌石文、銘
（並序）、銘誌、銘文（並序）等名目，不一而足。墓、誌、銘、序
四個字的組合，有很大的靈活性和隨意性。〔註4〕

若進一步以《唐代墓誌銘彙編附考》一書中的二百多塊誌蓋觀察，所呈現的
標題名目的靈活性與隨意性，與程章燦所言大致相同。大抵而言，誠如程章
燦先生所說，「墓誌」、「墓誌銘」、「墓誌銘並序」三種名稱是比較常見的標題。

墓誌銘題目撰寫有固定書式，元·劉壎的《隱居通議》就有記載：

古人題旐及題墓必加國號，如曰唐故、宋故，所以表其爲何代之人，
後將有考也。曹孟德（操）自謂：願題「漢故征西將軍曹侯之墓」
者，亦以漢國號加于故字之上，此其凡例也。德祐以前，題墓俱曰
宋故，不以爲嫌，歸附以後，皆不書國號，惟書故字，甚無義理。
近見北人皆書元故，南人仍不然，由今思之，若不書元故，則題旐
題墓惟曰某官靈柩、曰某人之墓，此理爲長。予有友人不書國號，
予並去其故字，識者咸以爲當。蓋既不書國號，則故字之義無所承，
若必欲書，則必加國號乃可。〔註5〕

此一書例起自漢代，至宋元未曾改變。研讀過的唐人墓誌銘或神道碑，都是
以「唐故」或「大唐故」開端。如白居易的〈唐故湖州長城縣令贈戶部侍郎
博陵崔府君神道碑銘〉、〈大唐故賢妃京兆韋氏墓誌銘〉、〈唐故曾王墓誌銘〉
等等。

〔註3〕 清·王芑孫《金石三例評》（台北：商務印書館，1970年），頁1。
〔註4〕 程章燦〈墓誌銘的結構與名目──以唐代墓誌銘爲例〉《石學論叢》（台北：
學生書局，1979年），頁13。
〔註5〕 見劉壎《隱居通議》（叢書集成初編本）卷二十七〈墓旐書例〉。

　　婦女之誌，以夫爵冠之，如某官夫人某氏，或某官某人妻某氏〔註6〕，如白居易的〈唐故坊州鄜城縣尉陳府君夫人白氏墓誌銘〉、〈唐河南元府君夫人榮陽鄭氏墓誌銘〉、〈海州刺史裴君夫人李氏墓誌銘〉。

　　凡五品以下爲碑，龜趺螭首，降五品爲碣，方趺圓首，此碑碣之分，是凡言碑者，即神道碑也，後世則碣亦謂之碑矣。〔註7〕如白居易的〈唐故湖州長城縣令贈戶部侍郎博陵崔府君神道碑銘〉、〈唐故通議大夫和州刺史吳郡張公神道碑銘〉、〈唐贈尚書工部侍郎吳張公神道碑銘〉、〈故饒州刺史吳府君神道碑銘〉。

　　凡葬大浮圖無窆穴，其於用碑不宜，然柳州之爲浮圖碑多矣，今釋氏之葬，不曰碑銘，而曰塔銘，皆猶存不宜用碑之義也〔註8〕。如白居易的〈唐東都奉國寺禪德大師照公塔銘〉

　　唐代碑傳文的「題」已經表達傳者與墓主關係的寫法，如王績〈自撰墓誌銘〉、楊烱的〈從弟去盈墓誌銘〉、〈從弟去溢墓誌銘〉等；標明墓主的身分與姓氏，如韓愈所寫的〈柳子厚墓誌銘〉、白居易自撰的〈醉吟先生墓誌銘〉等；標明墓主的官銜，如白居易所寫的〈唐贈尚書工部侍郎吳郡張公神道碑銘〉、〈唐故湖州長城縣令贈戶部侍郎博陵崔府君神道碑銘〉、〈唐故武昌軍節度處置等使正議大夫檢校戶部尚書鄂州刺史兼御史大夫賜紫金魚袋贈尚書右僕射河南元公墓誌銘〉、〈唐銀青光祿大夫太子少保安定皇甫公墓誌銘〉等等。值得一提白居易有〈有唐善人墓碑銘〉，遣詞用語皆爲自古所無，可謂別出心裁。

二、序

　　《文心雕龍·誄碑篇》中說：「其序則傳」〔註9〕，《史記》第一篇列傳是《伯夷列傳》，司馬貞列傳《史記索隱》云：「列傳者，謂敘列人臣事跡，令可傳於後世，故曰列傳。」〔註10〕劉知幾《史通·列傳》中說：「傳者，列事也。」又說「列事者，錄人臣之行狀，猶《春秋》之傳。」〔註11〕列事即序事之意。

〔註6〕婦女誌例，參見黃梨洲《金石要例》，頁1。
〔註7〕神道碑例，參見黃梨洲《金石要例》，頁3。
〔註8〕塔銘例，參見黃梨洲《金石要例》，頁10。
〔註9〕梁·劉勰《文心雕龍》（北京：中華書局，1995年），頁17。
〔註10〕司馬貞《史記索隱》（台北：藝文書局，1964年），頁2121。
〔註11〕劉知幾《史通·列傳》（台北：台灣商務印書館，1967年），頁13。

《說文解字》說：「敍，次第也。」段玉裁注中說：「古或假序爲之。」。《史記‧伯夷列傳》中說：「孔子序列古之仁聖賢人，如吳太伯、伯夷之倫詳矣。」〔註12〕《漢書‧司馬遷傳》贊中說：「序遊俠則退處士而進姦雄，述貨殖則崇勢利而羞賤貧。」〔註13〕等是次第敘述之意。

《文心雕龍‧誄碑篇》言《商頌‧玄鳥》、《周頌‧思文》：「誄述祖宗，蓋詩人之則也。」又說：「至於序述哀情，則觸類而長。傅毅之《誄北海》，中說『白日幽光，霧霧杳冥』，始序致感，遂爲後式。」又評東漢蘇順、崔瑗之誄文，「觀其序事如傳，辭靡律調，故誄之才也。」評潘岳誄文「巧於序悲，亦入新切。」「序」字的使用甚多，以上所舉爲例，多就其文之序感、述哀、序事而言。今所見碑誌文亦有如此情況，所謂的「序文」是有敘事作用。漢魏六朝，「序」之作法大致規定。於內容及敍述次第方面，元‧潘昂霄《金石例》、清‧李富孫《漢魏六朝墓銘纂例》，郭麐《金石例補》、吳鎬《漢魏六朝唐代志墓金石例》、王芑孫《碑版文廣例》、劉寶楠《漢石例》等書〔註14〕均有淵博之舉「例」。

括例之學，自潘昂霄《金石例》以降，著書者凡十餘家。始則括韓愈以下唐宋古文名家碑誌文諸「例」，以彰其經營之「義」，而示後學以撰文之道，其性質頗類「碑誌寫作示例」；繼則上溯秦漢，下論元明，而與經史義例、禮俗制度、碑版沿革相結合，於石刻之事，無所不論，其性質頗類「石學通論」。故括例書，撰文者資之而詳古文之義例，考證者藉之而知治碑之門徑。研讀碑誌，了解括例，乃能掌握要領，而有若目在綱之效。

〔註12〕 漢‧司馬遷《史記‧伯夷列傳》（台北：泰順書局，1971年），頁2121。

〔註13〕 漢‧班固《漢書‧司馬遷傳》（台北：鼎文書局，1991年），頁1078。

〔註14〕 金石括例專著之傳世者，以元‧潘昂霄《金石例》爲最早，其書除敍列金石之品目體製外，括韓愈碑誌諸例，欲示撰文之士以寫作津梁，顧僅列眾例，未析其義。明‧王行起廣之，撰《墓銘舉例》，舉唐宋十五家文，括其例而論其義。後黃宗羲以不洽潘書，撰《金石要例》補正之。潘、王、黃三書，清人合刻，謂之「金石三例」。吳鎬《漢魏六朝唐代志墓金石例》強調駢體碑誌文之成就及對隋唐以後之影響，王芑孫《碑版文廣例》通論各代，復能釐清括例之學與文學之關係，劉寶楠《漢石例》專論漢代石刻之義例，皆其中之重要者。蓋括例之書，成分頗爲複雜。大體言之：就應用文體之觀點文論者，則重視正例、變例，並注意當代律令之配合。純就文章美惡之觀點立論者，則不以爲有所謂「定例」。就輔助經史考證之觀點立論者，則講求義、例之關係。就碑誌內容沿革之觀點立論者，則強調定例、常例與特例之分別。而四種觀點，每於一書中雜然並陳，蓋雖可分而實不可截然分別。

序的作法至唐代大致已固定，其內容及敘述，可用元明金石學者所歸納之「十三事」〔註15〕來涵括，以白居易〈唐銀青光祿大夫太子少保安定皇甫公墓誌銘〉一文爲例。

十三事	王行《金石三例》	白居易〈唐銀青光祿大夫太子少保安定皇甫公墓誌銘〉
一	曰諱	諱鏞
二	曰字	字和卿
三	曰姓氏	戴公之子曰皇父，因字命族爲皇父氏
四	曰鄉邑	朝那人
五	曰族出	始封祖微子也，周克殷，封於宋，九代至戴公至秦徙茂林，改父爲甫，及漢遷安定朝那，其後爲朝那人。
六	曰行冶	公爲人器宇甚宏，衣冠甚偉，寡言正色，人望而敬之，至於燕遊觴詠之間，則其貌溫然如春，其心油然如雲也。
七	曰履歷	公由進士出身，補夏陽主簿，試左武衛兵曹，充宣歙觀察推官，轉大理評事，詔徵授監察御史，改秘書郎殿中侍御史內供奉，始賜朱紱銀印，充鳳翔節度判官營田副使，旋又徵還，眞拜殿中，改比部員外郎河南令、都官郎中河南少尹，歷太子左右庶子並分司東都，俄又徵拜國子祭酒，未幾謝疾，改太子賓客，轉秘書監分司，又就拜檢校左散騎常侍兼太子賓客，轉秘書監分司，始加命服正三品，又遷太子少保分司，封安定縣開國男，食邑三百戶，始立家廟，享三世。
八	曰卒日	開成元年七月十日，寢疾薨於東都宣教裡第
九	曰壽年	享年七十七
十	曰妻	公先娶博陵崔氏，後娶范陽盧氏，二夫人皆有淑德，先公而歿。
十一	曰子	有二子，曰瓈曰珧；一女，適太原王諲
十二	曰葬日	是歲十月三日，用大葬之禮
十三	曰葬地	歸全於河陰縣廣武原

此篇碑序文中十三事皆備，是典型唐代人物碑傳文之形式。此公「例」，爲隋唐撰文之士所依循。然此標準作法，事實上並不能限圍白居易之寫作，試將其篇章作分類：

（一）「先敘家世」者有〈唐故湖州長城縣令贈戶部侍郎博陵崔府君神道碑銘〉、〈唐故通議大夫和州刺史吳郡張公神道碑銘〉、〈故滁州刺史贈刑部尚書滎陽鄭公墓誌銘〉、〈唐太原白氏之殤墓誌銘〉、〈醉

〔註15〕墓誌銘書法有其例，其大要約有十三事焉：「曰諱、曰字、曰姓氏、曰鄉邑、曰族出、曰行冶、曰履歷、曰卒日、曰壽年、曰妻、曰子、曰葬日、曰葬地。」從北周庾信以來，此公「例」，爲隋唐撰文之士所依循。見王行《墓銘舉例·卷之一》（台北：新文豐出版社，1986年），頁16。

吟先生墓誌銘〉、〈唐銀青光祿大夫太子少保安定皇甫公墓誌銘〉、
〈唐故銀青光祿大夫秘書監曲江縣開國伯贈禮部尚書范陽張公墓
誌銘〉、〈唐故武昌軍節度處置等使正議大夫檢校戶部尚書鄂州刺
史兼御史大夫賜紫金魚袋贈尚書右僕射河南元公墓誌銘〉、〈唐故
虢州刺史贈禮部尚書崔公墓誌銘〉、〈大唐故賢妃京兆韋氏墓誌
銘〉、〈唐故坊州鄜城縣尉陳府君夫人白氏墓誌銘〉。

（二）「先敘家世，後敘履歷」者有〈有唐善人墓碑銘〉。

（三）「先敘家世，妻子、子女居後」者有〈唐故溧水縣令太原白府君墓
誌銘〉。

（四）「先敘死者葬地」者有〈西京興善寺傳法堂碑銘〉、〈唐贈尚書工部
侍郎吳郡張公神道碑銘〉。

（五）「先敘建家廟之因」者有〈淮南節度使檢校尚書右僕射趙郡李公家
廟碑銘〉。

（六）「先敘師承之經過」者有〈東都十律大德長聖善寺缽塔院主智如和
尚荼毗幢記〉、〈大唐泗洲開元寺臨壇律德徐泗濠三州僧正明遠大
師塔碑銘〉、〈唐東都奉國寺禪德大師照公塔銘〉、〈唐江州興果寺
律大德湊公塔碣銘〉。

（七）「自品德學問敘起」者有〈故饒州刺史吳府君神道碑銘〉。

（八）「自乞銘敘起」者有〈唐撫州景雲寺故律大德上宏和尚石塔碑銘〉。

（九）「敘死者年月起」者有〈唐故會王墓誌銘〉、〈唐河南元府君夫人滎
陽鄭氏墓誌銘〉、〈如信大師功德幢記〉。

（十）「有誌無銘」者有〈華嚴經社石記〉。

對於創作，樂天總有一套自己的方式，因為「香山自有香山之工，前不
照古人樣，後不照來者議。」〔註16〕白居易的碑誌文有其獨到的藝術手法。
他突破了歷來碑祭文字「鋪排郡望、藻飾官階」的成規。起筆不拘於「世系」、
「歲月」、「名字」、「爵里」等固定程式，而是根據需要，不斷變化，使得碑
誌文具有豐富的面貌。

三、銘

《文心雕龍・誄碑篇》中說：「其序則傳，其文則銘」兩句，即「其序

──────────────
〔註16〕明・江進之〈評唐七則〉《雪濤小書》（台北：廣文書局，1971 年），頁 819。

事則傳體、其文辭則銘體。」「其序則傳」之「序」非指文章之「序文」，而
是指序事、序述之意。「其文則銘」之「文」字亦是通稱，非單指碑文之後的
銘辭。「其文則銘」是就精神上而言，著眼於銘體稱美不稱惡的「銘義」觀念。
《銘箴篇》云：

> 銘者，名也，觀器必名焉，正名審用，貴乎盛德。蓋臧武仲之論銘
> 也，曰：「天子令德，諸侯計功，大夫稱伐。」夏鑄九牧之金鼎，周
> 勒肅慎之楛矢，令德之事也。呂望銘功於昆吾，仲山鏤績於庸器，
> 計功之義也。魏顆紀勳於景鐘，孔悝表勤於衛鼎，稱伐之類也……
> 詳觀眾例，銘義見矣。〔註17〕

劉勰此處以「令德之事」、「計功之義」「稱伐之類」三者來說明「銘義」，《銘
箴篇》討論的銘體，雖包含表警誡之銘，頌功業之銘，但碑體「其文則銘」
非為誡慎之用，而是專為頌美稱揚，《禮記‧祭統》篇中說：

> 夫鼎有銘，銘者，自名也。自名以稱揚其先祖之美而明著之後世者
> 也。為先祖者，莫不有美焉，莫不有惡焉，銘之義稱美而不稱惡，
> 此孝子孝孫之心也。唯賢者能之。銘者，論譔其先祖之有德善、功
> 烈、勳勞、慶賞、聲名，列於天下，而酌之祭器，自成其名焉，以
> 祀其先祖者也。顯揚先祖，所以崇孝也。身比焉，順也。明示後世，
> 教也。夫銘者，壹稱而上下皆得焉耳矣，是故君子之觀於銘也，既
> 美其所稱，又美其所為，為之者，明足以見之，仁足以與之，知足
> 以利之，可謂賢矣。賢而勿伐，可謂恭矣。……古之君子，論譔其
> 先祖之美，而明著之後世者也，以比其身，以重其國家如此，子孫
> 之守宗廟社稷者，其先祖，無美而稱之，是誣也。有善而弗知，不
> 明也，知而弗傳，不仁也。此三者，君子之所恥也。〔註18〕

《禮記‧祭統》對銘體的見解，影響非常深遠，因它建立了銘文頌功德的傳
統體式，後人撰銘大抵不能逾越《祭統》「銘義」的規範。所謂「自名以稱揚
其先祖之美而明著之後世者也」，「論譔其先祖之有德善、功烈、勳勞、慶賞、
聲名，列於天下」，主要的精神就在「稱美而不稱惡」，《文心雕龍‧誄碑篇》
「其文則銘」亦指稱美不稱惡而說。

〔註17〕梁‧劉勰《文心雕龍》（北京：中華書局，1995年），頁15。
〔註18〕清‧阮元校勘：《阮刻十三經注疏‧禮記》（台北：新文豐出版社，1979年），
　　　　頁95。

「其序則傳，其文則銘」分而言之：「其序則傳」則指碑文序事方面如傳體，「其文則銘」指碑文之撰寫形式如銘體。傳體敘事有褒貶，與稱美不稱惡之銘義相結合，則撰錄時必有所隱諱，才能形成《誄碑篇》：「標序盛德，必見清風之華；昭紀鴻懿，必見峻偉之烈的藝術特徵。」前面的敘事就是傳，後面的韻文就是銘，標舉死者的德業，一定要使人看到死者優良作風的風采；彰揚死者弘大美好的功業，一定要使人看到死者高大的形象。

白居易碑誌文作品的「銘」部分，茲以下表作整理：

白居易碑志作品	銘　文	銘文字數	銘文句式	備　註
如信大師功德幢記	師之度世，以定以慧。爲醫藥師，救療一切。師之闍維，不塔不祠。作功德幢，與眾共之。	32字	四言八句	將銘改爲贊
華嚴經社石記	無	無		
東都十律大德長聖善寺鉢塔院主智如和尙茶毗幢記	幢功德甚大，師行願甚深。孰見如是幢，不發菩提心。	20字	五言四句	將銘改爲偈
蘇州重玄寺法華院石壁經碑文	佛涅槃後，世界空虛。惟是經典，與眾生俱。設有人書貝葉上，藏檀龕中。非堅非久，如蠟印空。假使人刺血爲墨，剝膚爲紙。即壞即滅，如筆畫水。噫！畫水不若文石，印蠟不若字金。其功不朽，其義甚深。故吾謂石經功德，契如來付囑之心。	89字	四言十二句、六七言間雜	將銘改爲贊
有唐善人墓碑銘（並序）	古者墓有表，表有云，顯其行，省其文。故季札死，仲尼表其墓曰「君子」。今吾喪李君，署其碑曰「善人」。嗚呼李君！有知乎？無知乎？君之名，與此石俱。	54字	三言六句、四五六八言間雜	
西京興善寺傳法堂碑銘（並序）	佛以一印付迦葉，至師五十有九葉，故名師堂爲傳法。	21字	七言三句	
唐故湖州長城縣令贈戶部侍郎博陵崔府君神道碑銘（並序）	天無全功，賢無全福。既享天爵，難兼世孫祿。矯矯崔公，道積厥躬。大志長略，卷於懷中。黃綬遏	80字	四言二十句	

	寇，思奮奇功。銅印字人，躬行古風。才高位下，步闊塗窮。竟戢羽翮，不展心胸。天道有知，善積慶鍾。昭哉報施，其在司空。			
淮南節度使檢校尚書右僕射趙郡李公家廟碑銘（並序）	祭祀從貴，爵土有秩。諸侯之廟，一宮三室。皇皇西室，皇祖中書。孝孫追遠，昭穆有初。顯顯中室，王父鄴令。順孫祇享，盡愨盡敬。肅肅東室，先考晉陵。嗣子奉薦，孝思蒸蒸。嗣子其誰，僕射公垂。公垂翼翼，齋嚴諒直。爲子爲臣，有典有則。載膺休命，載踐右職。以孝肥家，以忠肥國。乃授侯伯，纛鉞旂戟。乃饗祖禰，牲牢黍稷。家聲振耀，國典褒飾。六命徽章，三世血食。光大遺訓，顯揚先德。子孫承之，垂裕無極。	152 字	四言三十八句	
故饒州刺史吳府君神道碑銘（並序）	漢中大夫東方曼倩，夏侯湛高之，作廟貌贊；唐中大夫眞存先生，白樂天知之，作神道銘。嗚呼二大夫，異代而同途，其皆達者乎？	49 字	五言五句、四八言間雜	
唐故通議大夫和州刺史吳郡張公神道碑銘（並序）	有木有木，碩大而長。破爲桷杙，不作棟樑。有驥有驥，規行矩步。辱在短轅，不駕大輅。嗚呼噫嘻，公亦如之。將時不我遇，而我不遇時？勿謂已矣，天錫多祉。既賢其子，以濟其美。又才其孫，以大其門。苟無先德，孰啓後昆？	82 字	四言十八句、五言間雜	將銘改爲詞
唐贈尚書工部侍郎吳郡張公神道碑銘（並序）	猗嗟碭山，以文行保家聲，以義節振時名，以惠政撫縣民。而職不登諸侯卿，秩不及廷尉評。悲哉！猗嗟碭山，前有和	75 字	四言十句、六七言間雜	

	州，名德如彼。後有戶部，才位若此。才子之父，名父之子。賢者兼之，可謂具美。休哉！			
大唐泗洲開元寺臨壇律德徐泗濠三州僧正明遠大師塔碑銘（並序）	平地踴塔，多寶示現。險路化城，導師方便。繄我大師，亦有大願。像法是宏，塔廟是建。佛人交接，兩得相見。法有毗尼，象有僧尼。承教於佛，得度於師。宣傳戒藏，振起律儀。四十餘載，勤而行之。福德如空，不可思議。緣合而來，功成而去。知性不動，色身無住。示有遷化，非實滅度。表塔勒銘，門人戀慕。	112字	四言十八句	
唐東都奉國寺禪德大師照公塔銘（並序）	伊之西北，洛之南東。法祖法孫，歸全於中。舊塔會公，新塔照公。亦如世禮，祔於本宗。	32字	四言八句	
唐撫州景雲寺故律大德上宏和尚石塔碑銘（並序）	佛滅度後，簷匐香衰，醍醐味醨。誰反是香，誰復是味，景雲大師。景雲之生，一匡苾蒭，中興毗尼。景雲之滅，眾將安仰，法將疇依？昔景雲來，行道者隨，踐跡者歸。今景雲去，升堂者思，入室者悲。爐峰之西，虎溪之南，石塔巍巍。有記事者，以真實辭，書於塔碑。	96字	四言二十四句	
唐江州興果寺律大德湊公塔碣銘（並序）	本結菩提香火社，共嫌煩惱電泡身。不須戀戀從師去，先請西方作主人。	28字	七言四句	
唐故會王墓誌銘（並序）	歲在寅，月窮紀。萬年縣，崇道裡。會王薨，葬於此。	18字	三言六句	
故滁州刺史贈刑部尚書滎陽鄭公墓誌銘（並序）	世祿德門，斯謂之可久。懿文茂績，斯謂之不朽。二千石之祿，七十八之年，斯謂之貴壽。內史之顯揚，柱史之孝行，斯謂之有後。嗚呼鄭公！榮如	64字	五言八句、三四六言間雜	

	是，哀如是，又何不足之有。			
唐揚州倉曹參軍王府君墓誌銘（代裴頤舍人作）	緱山道光，淮水靈長。繩繩子孫，代有賢良。將軍輔秦，武功抑揚。孝簡翊魏，文德暗彰。降及於公，實生於唐。大智全才，應用無方。作掾於郡，三語有章。承乏於邑，一同載康。展如之人，何用不臧。宜登大位，俾紹前芳。嗚呼！百煉之金，不鑄幹將。十圍之材，不作棟樑。公亦如之，與世不當。道不虛行，後嗣其昌。	114字	四言二十八句	
唐太原白氏之殤墓誌銘（並序）	嗚呼剛奴！痛矣哉！念爾九歲逝不回。埋魂閟骨長夜台，二十年後復一開。昔葬苻離今下，魂兮魂兮隨骨來。	42字	七言六句	楚辭體
醉吟先生墓誌銘（並序）	樂天樂天，生天地中，七十有五年。其生也浮雲然，其死也委蛻然。來何因，去何緣。吾性不動，吾行屢遷。已焉已焉，吾安往而不可，又何足厭戀乎其間？	57字	四言五句、三四五六八言間雜	
唐銀青光祿大夫太子少保安定皇甫公墓誌銘（並序）	賢哉少保，令聞令儀。金璧其操，鸞鳳其姿。德如斯，壽如斯，位如斯。嗚呼！人爵天爵，實兼有之。廣武之原，大河之湄。龜告筮從，吉土良時。封於茲，樹於茲。嗚呼！少保之墓，百代可知。	67字	四言十二句、三言間雜	
唐故銀青光祿大夫秘書監曲江縣開國伯贈禮部尚書范陽張公墓誌銘（並序）	在唐張氏，世為儒宗。文獻既歿，鬱生我公。我公灝灝，學奧詞雄。緣情體物，有文獻風。慶襲於家，道積厥躬。駿足逸翩，天驥冥鴻。始自筮仕，迄於達官。六刺藩部，再珥貂蟬。大諫選重，尹京才難。賓於望	122字	四言三十句	

	苑，寵在蓬山。凡所踐歷，皆有可觀。終然允臧，已矣歸全。嗚呼！洛郊北阡，邙阜西原。佳城一閉，陵谷推遷。所不泯者，令名藹然。			
唐故武昌軍節度處置等使正議大夫檢校戶部尚書鄂州刺史兼御史大夫賜紫金魚袋贈尚書右僕射河南元公墓誌銘（並序）	嗚呼微之！年過知命，不謂之夭。位兼將相，不謂之少。然未康吾民，未盡吾道。在公之心，則為不了。嗟呼哉！道廣而俗隘，時矣夫！心長而運短，命矣夫！嗚呼微之，已矣夫！	63字	四言九句、三五言間雜	
唐故虢州刺史贈禮部尚書崔公墓誌銘（並序）	滏水之陽，鼓山之下。吉日吉土，載封載樹。嗚呼！博陵崔君之墓。	24字	四言四句、六言間雜	
唐故溧水縣令太原白府君墓誌銘（並序）	我叔父，溧水府君。治本於家事，施政於縣民。我叔母，高陽夫人。德修於室家，慶積於閨門。訓著趨庭，善彰卜鄰。故其嗣子，休有令聞。	50字	四言六句、三五言間雜	
大唐故賢妃京兆韋氏墓誌銘（並序）	京兆阡兮，洪平原兮。歲己丑兮，日丁酉兮。惟土田兮與時日，龜兮蓍兮偕言吉。峨峨新墳兮葬者誰，德宗皇帝韋賢妃。	45字	四言四句、七八言間雜	
唐河南元府君夫人滎陽鄭氏墓誌銘（並序）	元和歲，丁亥春。咸陽道，渭水濱。云誰之墓，鄭夫人。	19字	三言五句、四言間雜	
唐故坊州鄜城縣尉陳府君夫人白氏墓誌銘（並序）	恭惟夫人，女孝而純。婦節而溫，母慈而勤。嗚呼！謹揚三德，銘于墓門。恭惟夫人，實生我親，實撫我身。欲養不待，仰號蒼旻。嗚呼！豈寸魚之心，能報東海之恩？	59字	四言十一句、五六言間雜	楚辭體
海州刺史裴君夫人李氏墓誌銘（並序）	高邑之祥，降於李氏。相門之慶，鍾於女子。女子有行，歸我裴君。君亦良士，宜賢夫人。夫人雖歿，風躅具存。勒銘泉戶，作範閨門。	48字	四言十二句	

漢代以降，「銘」多用整齊韻語，至於內容，往往因資料已於「序」中道盡，故僅用韻語於「序」重述一遍，此雖著名文士有時亦不能免，如蔡邕郭有道碑，「銘」與「序」之內容及敍述次序皆相同，差別僅在有無韻腳而已。若墓主一生本泛泛無奇，撰文者為編寫數十句韻語，尤難避免「虛美」，大約男喪則「明明君德，令問不已」〔註19〕一類，女喪則「猗與夫人，秉德淑清」〔註20〕一類，頗嫌空泛，不夠真切，缺乏作者個性。但當時風尚，正如上述。唐代碑傳文中的「銘」，仍沿襲漢代以降的整齊韻語，大多為四言。銘文內容，多以濃縮「序」中的資料，且改用韻語重述一遍，若墓主一生本泛泛無奇，撰文者為編寫數自十句韻語，更難免「虛美」一番，大約男喪則使用「世祿不朽，德音若存」〔註21〕一類語辭，女喪則「懿德罕今，芳姿絕古」〔註22〕一類語辭，頗嫌空泛，不夠真切，也缺乏作者的個性。

大致而言，白居易碑誌文「銘」文部份，以四字駢文體出現的比例最高，可知魏晉四六文仍存在著對白居易碑誌文「銘」文部份的影響，但也有三言、五言、六言、七言及楚辭等，甚至如〈華嚴經社石記〉有誌無銘，可說銘文句式多樣。至於銘文內容多半由於墓主不僅與白居易生活在同一個時代，而且有的墓主與白居易關係密切，或為親人，感情血融於水；或為朋友，彼此交往甚厚。除了此種關係以外，有些墓主是當時頗為聞名的人物，而且白居易對他的了解也不淺。因此，文筆出自肺腑，真摯動人。

第二節　白居易碑誌文表現技巧

至於白居易碑誌文的表現技巧，可略分為「樸實簡潔」、「情真意摯」、「善用修辭」三項。

一、樸實簡潔

（一）樸實

黎運漢、張維耿編著的《現代漢語修辭學》中說：「樸實就是清水芙蓉，

〔註19〕類〈北海淳于長夏承碑〉，隸釋卷八。

〔註20〕晉待詔中郎將徐君夫人氏碑陰，漢魏南北朝墓誌集釋圖版六之二。

〔註21〕銀青光祿大夫歐陽詢撰〈大唐故特進尚書右僕射上柱國虞恭公溫公墓誌〉，見周紹良《唐代墓誌彙編》貞觀年 052 號作品。

〔註22〕見〈大唐武昌監丞韓行故夫人解氏墓誌〉，見周紹良《唐代墓誌彙編》貞觀年 141 號作品。

妙語天然，不靠修飾，不事雕琢，不加渲染。」〔註23〕白居易碑誌體的序文
大多內容平實，不僅寫人真實生動，恰如其分，看似平舖直敘，卻能兼具形
式上之自然與內容之真實。《策林》六十八〈議文章〉云：

> 臣又聞稂莠秕稗生於穀，反害穀者也；淫辭麗藻生於文，反傷文者
> 也。故農者耘稂莠，簸秕稗，所以養穀；王者刪淫辭，削麗藻，所
> 以養文也。伏唯陛下詔主文之司，諭養文之旨，俾辭賦合炯戒諷諭
> 者，雖質雖野，採而獎之，碑誄有虛美愧辭者，雖華雖麗，禁而絕
> 之。若然，則文必當尚質抑淫，著誠去偽。小疵小弊，蕩然無遺矣。
> 則何慮乎皇家之文章不與三代同風歟？

白居易以穀類中的稂莠秕稗，比喻文章中的淫辭麗藻，稂莠秕稗在穀類中
生長，是有害於穀類，淫辭麗藻在文章中，反而對文章有害，所以農民剷
除稂莠秕稗是為了長育穀類，統治者刪減淫辭麗藻是為了培育文學。希望
主政者能下詔主管文學的官吏，明白陳述培育文學的要旨。辭賦合於告誡
諷諭的，雖然樸質平實，採用而獎勵，碑誄有虛浮華美有愧文辭的，雖然
華麗，應該禁絕。如果這樣，文學一定崇尚質樸，壓抑淫辭，講求真誠，
除去虛偽。

　　白居易之所以反對唯美文學、浪漫文學，主要是認為唯美文學和浪漫文
學只達到藝術上的成就，沒有實用功能，無補於社會民生。〈與元九書〉云：

> 餘霞散成綺，澄江淨如練。離花先委露，別葉戶辭風』之什，麗則
> 麗矣，吾不知其所諷焉。故僕所謂嘲風雪弄花草而已，于時六義盡
> 去矣。

白公認為那些嘲風弄花草的唯美文學是無補於社會民生的文學，因為它不含
國風六義，沒有社會功能之故。又見〈寄唐生〉詩云：

> 非求宮律高，不務文字奇。惟歌生民病，願得天子知。

此處再度表明：作詩必須以社會民生為本位，不求宮律高，不務文字奇，
要以能歌生民病，能裨補時闕，改善民生為鵠的。為了達到這個使命，詩
句的用字取義要力求平易淺近，如植物初生之苗，不可太繁雜。這是白公
所提示的用字標準，為了求得人人能吟咏上口，故用韻不求格高；為了使
人人看懂，故用字不求奇僻。惠洪《冷齋夜話》中云：「白樂天每作詩，令

〔註23〕黎運漢、張維耿編著：《現代漢語修辭學》（台北，書林出版有限公司，2001
　　　　年10月），頁227。

一老嫗聽之。問曰解否？曰解則錄之，不解則又復易之。」〔註24〕這故事雖未必可信〔註25〕，但白公作詩力求通俗平易，是人人不可否認的。白居易的平易近人，質樸無華，並不是俚俗，那是眞誠無僞的表現。樂天用質樸的文字，將民生的疾苦由詩裡反映出來，窮苦無告的百姓讀了他的詩，心中的苦悶得以宣洩，他成了百姓的代言人。〔註26〕

　　王若虛在滹南詩話中說：「郊寒白俗，詩人類鄙薄之。然鄭厚評詩，荊公、蘇、黃輩曾不比數，而云：樂天如柳陰春鶯，東野如草木秋聲，皆造化中一妙。何哉？哀樂之眞，發乎情性，此詩之正理也。」〔註27〕白詩雖則平易淺俗，並非率爾成章，不精心寫作。就如《甌北詩話》所說：「且其筆快如并剪，銳如昆刀，無不達之隱，無稍晦之詞，工夫又鍛鍊至潔，看是平易，其實精純。」〔註28〕其實看似平庸，樸拙的言語，非得一番工夫不可。由此可見，白氏下筆的極度用心。至於蘇軾曾提出的「元輕白俗」的看法，造成後世對白居易作品「容易、輕率」的誤解，則是非常片面的。〔註29〕其實，白詩平

〔註24〕宋・惠洪《冷齋夜話》，參見陳友琴編：《白居易資料彙編》（北京：中華書局，2005年）頁162。

〔註25〕此說汪立名已辨其邪繆。其言曰：「其意不過欲竭力形容一俗字耳。毋論其他，試舉公晚年長律，其根柢之博，立格鍊句之妙，果皆老嫗所能解否邪？」周元公也說：「白香山詩似平易，閒觀所遺稿，塗改甚多，竟有終篇不留一字者。」

〔註26〕白居易能感同身受，如歷其境，成了百姓的代言人。如清朝劉熙載撰《藝概》言：「代匹夫匹婦語最難，蓋飢寒勞困之苦，雖告人，人且不知，知之必物我無間者也，杜少陵、元次山、白香山不但如身入閭閻，目擊其事，直與疾病之在身者無異，頌其詩，顧可不知其人乎？」

〔註27〕宋・王若虛〈滹南詩話〉，參見陳友琴編：《白居易資料彙編》（北京：中華書局，2005年）頁179。

〔註28〕趙翼《甌北詩話》，參見陳友琴編：《白居易資料彙編》（北京：中華書局，2005年）頁307。

〔註29〕後人對白詩之通俗，也有不滿之批評；如杜牧在唐故平盧軍節度巡官隴西李府君墓誌銘」中，借李戡之口云：「嘗痛自元和已來，有元、白詩丈，纖艷不逞，非莊士雅人，多元其所破壞。流於民間，疏於屏壁，子父女母，交口教授，淫言媟語，冬寒夏熱，入人肌骨，不可除去。吾無位，不得用法以治之。」其他有嚴羽、方回、胡震亨等（見白居易詩評述彙編）皆貶譏白詩之鄙俗。元人王若虛滹南集詩話中曾有精闢之論。其曰：「郊塞白俗，詩人類鄙薄之。然鄭厚評詩，荊公、蘇、黃輩，曾不比數，而云：樂天如柳陰春鶯，東野如草根秋蟲，皆造化中一妙。何哉？哀樂之眞，發乎情性，此詩之正理也。」清人趙翼在甌北詩話中亦云：「平心論之，詩本性情，當以性情爲主。奇警者，猶第在詞句間爭難鬪險，使人盪心駭目，不敢逼視，而意味或少焉。坦易者，多觸景生情，因事起意，眼前景，口頭語，自能沁人心脾，耐人咀

易淺俗，並非率爾成章，不精心寫作。白居易寫詩很講求推敲，如〈詩解〉中云：「舊句時時改，無妨悅性情。」〈閒詠〉詩中云：「鬥釀乾釀酒，誇妙細吟詩。」他苦思、細吟，舊句常改，這足以證明白公作詩不但不草率，而且推敲得厲害。其實以口語入詩，往往要比那深奧險絕者難。白詩平白得自然，甚得人敬服，這就是白公在詩壇上的獨特地位。〔註30〕

陳柱在《中國散文史》一書中就將白居易的散文只作陳列式的介紹，而把他的散文定位為淺易派來看：

> 天下事物，苟非中庸，必有相對。文章亦然。有主難者，必有主易者；有主深者，必有主淺者。故有樊紹述之艱深；必有白樂天之淺易。惟淺易與草率不同，第一要件即在真切。真切則文字雖淺易而意味實深長，此實為最高之文境。反是，則可謂以艱深之字丈其淺陋耳。白樂天之文，自來論文者不選，而吾則以為陶淵明以後一人而已。新唐書本傳，「白居易，字樂天。其先蓋太原人，後徙下邽敏悟絕人，工文章。未冠謁顧況，況吳人，恃才少所許可，見其文，自失曰：吾謂斯文遂絕，今復得子矣。又云：居易於文章精切，然最工詩，初頗以規諷得失，及其多，更下隅俗好，至數千篇，當時士人爭傳，雞林行賈售其國相，率篇易一金，甚偽者相輒能辨之。初與元稹酬詠，故號元白：稹卒，又與劉禹錫齊名，號劉白。其始生七月能展輸，姆指之無兩字，雖試百數不差。九歲暗識聲律。其篤於文章，蓋天稟然。〔註31〕

嚼。此元白較勝於韓孟。世徒以輕俗訾之，此不知詩者也。」

〔註30〕中唐迄近代各階段各家評論白詩，譽貶不一。白居易在中國文學史上地位升降幅度甚大。概略而言：唐五代人評論白詩，是譽多貶少。宋人評論白詩：北宋是譽少貶多；南宋是譽貶互見。金元時代評論家則大多是有譽無貶。明代人評論略同北宋，亦是譽少貶多。清人評論略同唐五代，是譽多貶少。民國以來學者多推重備至，贊譽不已。胡適，其《白話文學史》云：「九世紀的初期——元和長慶的時代——真是中國文學史上一個很光榮燦爛的時代。這時代的幾個領袖文人，都受了杜甫的感動，都下了決心要創造一種新文學。……這個文學革新運動的領袖是白居易與元稹，……他們不但在韻文方面做革新的運動。在散文的方面，白居易與元稹也曾作一番有意的改革，與同時的韓愈柳宗元都散文改革的同志。」民國二十一年鄭振鐸《插圖本中國文學史》問世，又推崇白詩「平易近人，明白流暢。」胡雲翼《中國文學史》亦問世，認定白居易是「一個替民眾呼籲的社會文學家」，「能夠認清文學與人生的關係，是文學觀念一大進步。」

〔註31〕陳柱：《中國散文史》（台北，台灣商務印書館，1991年），頁227。

陳柱給白居易很高的評價，也分析說白居易的文章雖然淺易，但卻很真切，是為最高的文境。白居易於碑誌文中樸實的描寫墓主家世、為官情況。如〈故滁州刺史贈刑部尚書滎陽鄭公墓誌銘〉云：

> 周宣王封母弟桓公於鄭，厥後因封命氏，為滎陽人。鄭自桓公而下，平簡公而上，世家婚嗣，咸詳於史牒，故不書。公諱某，字某。五代祖諱某，北齊尚書令，是為平簡公；曾祖諱某，下邳郡太守；王父諱某，衛州刺史；王考諱某，秘書郎，贈鄭州刺史。公即秘書第三子。好學攻詞賦，進士中第，判入高等。始授�城尉。無何，本郡守移他鄉，州民有暴悖者，相率遮道，麾訶不去，公忿其犯上，立斃六七人。

如〈醉吟先生墓誌銘〉云：

> 先生姓白，名居易，字樂天，其先太原人也，秦將武安君起之後。高祖諱志善，尚衣奉御；曾祖諱溫，檢校都官郎中；王父諱鍠，侍御史河南府鞏縣令；先大父諱季庚，朝奉大夫襄州別駕大理少卿，累贈刑部尚書右僕射；先大父夫人陳氏，贈潁川郡太夫人；妻楊氏，宏農郡君；兄幼文，皇浮梁縣主簿；弟行簡，皇尚書膳部郎中；一女，適監察御史談宏謨；三姪，長曰味道，盧州巢縣丞，次曰景回，淄州司兵參軍，次曰晦之，舉進士；樂天無子，以姪孫阿新為之後。樂天幼好學，長工文，累進士、拔萃、制策三科，始自校書郎，終以少傅致仕，前後歷官二十任，食祿四十年。

他的碑誌文，採取平易的散文文體，淺易真切語言樸實流暢，與白居易真誠不苟之人生態度相符。白居易散文不求過度的文章形式美或語言修飾，這些都與他的人格修養、人生體驗有關，唐、李肇在〈國史補〉中說：「元和以後，詩章則學矯激於孟郊，學淺切於自居易」〔註32〕，表示說白居易的平易近人，是一種藝術美而值得學習。劉熙載在《藝概》中有一段話：「常語易，奇語難，此詩之初關也。奇語易，常語難，此詩之重關也。香山用常得奇，此境良非易到」〔註33〕，白居易的散文也就是如此。不過散文與詩歌，是不同形式的語言藝術，詩歌的一言一句，它們給讀者的想像空間，比散文中的一言一句

〔註32〕唐・李肇：《國史補》（北京：中華書局，2005 年），頁 24。
〔註33〕清・劉熙載《藝概》，參見陳友琴編：《白居易資料彙編》（北京：中華書局，2005 年），頁 351。

要大很多。因而在散文領域中，同樣是古樸的語言、簡練的修辭，很容易被誤認爲淺俗無味。

（二）簡潔

向宏業、唐仲揚、成偉鈞在《修辭通鑒》云：「言約意賅，乾淨利落，精致純粹，是簡潔風格最主要的特徵。」〔註34〕黎運漢、張維耿編著的《現代漢語修辭學》則將「簡潔」稱爲「簡約」，說道：「簡約就是簡潔洗練，以最經濟的文字來表達豐富的內容，做到言簡意賅，語約情深，常有言外之意，弦外之音。」〔註35〕歸納而言，即是用凝鍊技巧，達到言簡意豐。

關於碑誌文遣詞造句，林紓《春覺齋論文》云：

> 大抵碑版文字，造語必純古，結響必堅礦，賦色必雅樸。往往宜長
> 句者必節爲短句，不多用虛字，則句句落紙，始見凝重。〔註36〕

而白居易碑誌文多用短句，以求「句句落紙」，達到「凝重」的特點，可以說也是石刻文學的一項傳統特色。

碑誌文由於石材的限制，容量有限，所以一般篇幅都較小。在短小的篇幅裏，要做到內容充實，事蹟突出，形象鮮明，就必須做到簡括扼要，言簡意賅。適如劉勰所說：「其敍事也賅而要」。碑誌文是刻之于石，公諸於眾，給人們看的，所以一般來說都是經過作者精心製作的。因而在文辭上要求簡潔洗練，在風格上要求質樸凝重，典雅溫潤而富有文采。

白居易之碑誌體之序文大多文字簡潔。不僅寫人眞實生動，恰如其分；且精於剪裁，著重大節之鋪寫。如〈唐太原白氏之殤墓誌銘〉云：

> 幼美即第四子也。既生而惠，既孩而敏，七歲能誦詩賦，八歲能讀
> 書鼓琴，九歲不幸遇疾。

以簡潔的筆法，交代墓主的一生。

如〈淮南節度使檢校尙書右僕射趙郡李公家廟碑銘〉云：「王建侯，侯建廟，廟有器，器有銘。」此例用于敍事，扼要而清楚地交待了李氏家廟、器銘來歷。精於剪裁，著重大節的鋪寫。

〔註34〕向宏業、唐仲揚、成偉鈞主編：《修辭通鑒》（北京，中國青年出版社，1998年），頁1004。

〔註35〕黎運漢、張維耿編著：《現代漢語修辭學》（台北，書林出版有限公司，2001年），頁140。

〔註36〕林紓：《春覺齋論文》（香港：商務書局，1963年），頁351。

再如〈大唐故賢妃京兆韋氏墓誌銘〉云：

> 貞元中，沙麓上仙，長秋虛位，凡六十九禦之政，多聽於妃。妃先
> 以採蘩之誠奉於上，故能致霜露之感薦於九廟；次以樛木之德逮於
> 下，故能分雲雨之澤洽於六宮。其餘坐論婦道，行贊內理，服用必
> 中度，故組紃常訓；言動必中節，故環珮有常聲。七十二年，禮無
> 違者，冊命曰賢，不亦宜哉！

有關韋氏代德宦業，族系婚戚，有國史家牒存焉，因此白居易奉詔而作，能
集中妃之所以曰賢之義作發揮。顯見白居易善於剪裁，著重大節，每能突顯
傳主之特色，表現簡潔之風格。

二、情眞意摯

宋朝王若虛撰《滹南詩話》云「樂天之詩，情致曲盡，盡入人肝脾，隨
物賦形，所在充滿。」〔註37〕其實，不僅其詩，情致曲盡，其碑誌文亦情眞
意摯。

作者自撰及爲親人撰寫的碑誌，文學價值要稍高於其他作品。新出唐人
自撰墓誌，僅有謝觀和崔愼由的兩種，都很有特色。謝觀唐末以賦而知名，
墓誌述其能文、好道、爲官的經歷，於求道有成的表述較爲自得。崔愼由於
宣宗時入相，墓誌直白地敍述家世和歷官，不作任何地自許，後云：「效不焯
于時，行不超於人，而入昇鈞台，出奉藩寄，備踐華顯，僅二十載，其爲倖
也，不亦久且甚耶。」〔註38〕體類馮道的〈長樂老自敍〉，但無後者的自我誇
耀。

另外，白居易的〈醉吟先生墓誌銘並序〉便是自撰墓誌。其文提到：

> 語其妻與姪曰：「吾之幸也，壽過七十，官至二品，有名於世，無益
> 於人，褒優之禮，宜自貶損。我歿，當斂以衣一襲，以車一乘，無
> 用凶薄葬，無以血食祭，無請太常謚，無建神道碑。但於墓前立一
> 石，刻吾《醉吟先生傳》一本可矣。」語訖命筆，自銘其墓云：
> 樂天樂天，生天地中，七十有五年。其生也浮？然，其死也委蛻然。
> 來何因，去何緣。吾性不動，吾行屢遷。已焉已焉，吾安往而不可，
> 又何足厭戀乎其間？

〔註37〕宋‧王若虛撰《滹南詩話》，參見陳友琴編：《白居易資料彙編》（北京：中
　　　華書局，2005年），頁179。
〔註38〕《全唐文補遺》第四輯。

墓誌銘一般都是在主人翁過世後才寫的，但在此篇文章中，白居易卻先以墓誌銘來描寫自己，由主人翁自寫的這篇傳記，顯含著基本的矛盾，這種矛盾以濃縮的模樣，浮現白居易對自己死亡的虛構描寫上的語言，白居易希望這篇文章能刻在石頭上，置於他的墳墓旁邊，主人翁「忘了」世俗的自我，以真實的情感，抒發自己曠達的生死觀。

已見唐代亡妻亡妾墓誌，約近一百方，亡女墓誌約存二十多方，孝子爲父母撰寫的碑誌數量更多，出於兄弟、侄甥、翁婿等親屬所撰者爲數也不少。這類碑誌也注重死者宦績的表述，但更多地是從親情的立場來記述死者的生平，記錄死者平日的行爲和言論，並將作者失去親人的傷感心情寫入碑誌中，具有一定的感染力。

由近親者所寫的墓誌。由於熟悉死者的關係，近親者所撰寫的墓誌往往道出死者不爲人知的一面。也正由於死者的近親，墓誌更表達出對死者的追思之情。19 歲去世的孫俐的墓誌中，父親孫向表現出痛失愛子的悲傷。〈唐故鄉貢進士孫府君墓誌〉云：

> 嗚呼！爾疾在洛，吾去于城，爾疾告亟，吾道惜程，及門心落，入
> 室禍驚，忍死待吾至，爾沒爾恨。〔註39〕

兒子患病之時，父親剛好不在家中。等到兒子病危，父親趕回家，兒子一直等到父親到來才斷氣。孫向如此悲痛的陳述。

白居易諸多作品，常動之以情，感人肺腑。如多篇祭文，字字句句，情真意摯，讀來迴腸蕩氣，感人至深。而白居易之碑誌，亦屢有性情之作，如〈唐太原白氏之觴墓誌〉。

白居易的四弟，是幼美，乳名金剛奴。小時後敏惠可愛，七歲能誦詩書，不幸九歲夭折，白居易爲他做墓誌銘曰：

> 白氏下殤曰幼美，小字金剛奴，其先太原人。高祖諱志善，尚衣奉
> 禦；曾祖諱溫，都官郎中；王父諱鍠，河南府鞏縣令；先府君諱季
> 庚，大理少卿山東別駕；先太夫人潁川陳氏，封潁川縣君。幼美即
> 第四子也。既生而惠，既孩而敏，七歲能誦詩賦，八歲能讀書鼓琴，
> 九歲不幸遇疾，夭徐州符離縣私第。貞元八年九月，權窆於縣南原，
> 元和九年春二月二十五日，改葬於華州下 縣義津鄉北岡，祔於先府
> 君宅兆之東三十步。其兄居易、行簡，巍然已孤，撫哀臨穴，斷手

〔註39〕《唐代墓誌彙編》〈唐故鄉貢進士孫府君墓誌〉，2321 頁。

　　足之痛，其心如初，且號且銘，志於墓曰：嗚呼剛奴痛矣哉，念爾
　　九歲逝不回。埋魂閟骨長夜台，二十年後復一開。昔葬符離今下邽，
　　魂兮魂兮隨骨來。

金剛奴死時，白居易才二十一歲，過了二十二年丁母憂的時候，才把金剛奴
的靈柩又改葬到下邽祖墳。白居易是個極重情感的人，生死相離雖以二十多
年，但手足之誼、親愛之情，毫不虧損。在文中提及：「其兄居易、行簡，藐
然已孤，撫哀臨穴，斷手足之痛，其心如初，且號且銘」這是多麼感傷動人，
如果沒有真摯的情感，是不會寫出這樣有血有淚的文字。

　　在〈祭小弟文〉中也說道：

　　嗚呼！川水一逝，不復再還。手足一斷，無因重連。為吾與爾，其
　　苦一然。黃壚白日，相見無緣。每一念至，腸熱骨酸。如以刀火，
　　刺灼心肝。況爾之生，生也不天，苗而不秀，九歲夭焉。……自爾
　　捨我，歸於下泉。日來月往，二十二年。吾等罪逆不孝，殃罰所延。
　　一別爾後，再罹凶艱。灰心垢面，泣血漣漣。松檟之下，其生尚殘。
　　昔爾孤於地下，今我孤於人間。與其偷生而孤苦，不若就死而團圓。
　　欲自決以毀滅，又傷孝於歸全。進退不可，中心煩冤。仰天一號，
　　痛苦萬端。爾魂在几，爾骨在棺，吾親奠酹於爾床前。苟神理有知，
　　豈不聞此言。

椎心泣血痛失手足之情，在經過了二十多年，依然濃厚而無法忘懷，這是詩
人真摯感情的呈現。

　　如白居易〈唐故溧水縣令太原白府君墓誌銘〉曰：

　　嗚呼！公為人溫恭信厚，為官貞白嚴重，友於兄弟，慈於子姪，鄉
　　黨推其行，交遊讓其才。自尉下邽，至宰溧水，皆以潔廉通濟，見知
　　郡守，流譽於朋寮。才不偶時，道屈於位，而徒勞於州縣，竟不致
　　於青雲，命矣夫！哀哉！公前夫人河東薛氏，先公若干年而歿。生
　　二子一女：女號鑑虛，未笄出家；長子某，杭州於潛尉；次子某，
　　睦州遂安尉。後夫人高陽敬氏，父諱某，某官。生一子二女，女皆
　　早夭，子曰敏中，進士出身，前試大理評事，歷河東、鄭滑、？寧
　　三府掌記。夫人在室以孝敬奉親為淑女，既嫁以柔和從夫為順婦，
　　及主家以慈正訓子為賢母。故敏中遵其教，飭其身，升名甲科，歷
　　聘公府，以文行稱於眾，以祿養榮於親。雖自有兼才，然亦由夫人

訓導之所致也。夫人以太和七年正月某日，寢疾終於下 別墅，享年
若干。明年某月某日，啓溧水府君、薛夫人宅兆而合？焉，禮也。
時諸子盡歿，獨敏中號泣裹事，托從祖兄居易志於墓石。銘曰：我
叔父，溧水府君。治本於家事，施政於縣民。 我叔母，高陽夫人。
德修於室家，慶積於閨門。訓著趨庭，善彰卜鄰。故其嗣子，休有
令聞。

記敘叔父爲人、爲官之情況，但不幸「才不偶時，道屈於位，而徒勞於州縣，
竟不致於青雲，命矣夫！」表達了哀戚之情。文中旁及嬸嬸（高陽夫人），慈
正訓子之情事，使子（白敏中）能「升名甲科，歷聘公府，以文行稱於眾，
以祿養榮於親。」

如〈唐故坊州鄜城縣尉陳府君夫人白氏墓誌銘〉曰：

惟夫人在家以和順奉父母，故延安府君視之如子；旣笄以柔正從人，
故鄜城府君敬之如賓。自延安終，夫人哀毀過禮爲孝女；洎鄜城歿，
夫人撫訓幼女爲節婦；及居易、行簡生，夫人鞠養成人爲慈祖母。
迨乎潔嘗，敬賓客，睦娣姒，工刀尺，善琴書，皆出於餘力焉。貞
元十六年夏四月一日，疾歿於徐州古豐縣官舍，其年冬十一月，權
窆於符離縣之南偏，至元和八年春二月二十五日，改卜宅兆於華州
下邽縣義津鄉北原，即穎川縣君新塋之西坎，從存歿之志。居易等號
慕慈懷，敬撰銘志，泣血秉筆，言不成文。銘曰：恭惟夫人，女孝
而純。婦節而溫，母慈而勤。嗚呼！謹揚三德，銘於墓門。恭惟夫
人，實生我親，實撫我身。欲養不待，仰號蒼？。嗚呼！豈寸魚之
心，能報東海之恩。

白鍠之妹，即樂天之外祖母陳夫人也。鍠之夫人薛氏（樂天祖母歿於天歷十
二年，年七十）平凡婦人，無甚得失，而陳夫人在家和順，能事父母，出嫁
陳潤又善事之，夫婦相敬如賓，鍠與潤俱去世之後，盡力撫育樂天兄弟。蓋
樂天祖父於樂天二歲時，祖母於樂天六歲時去世，故由外祖母來鞠養者也。
陳夫人又善琴書、工刀尺，可謂學藝雙全婦人。貞元十六年沒，時樂天二十
九歲也。其後爲外祖母（陳夫人）作墓誌曰，其所銘之者，蓋樂天幼少受其
養育，有感其恩德之深甚者可知也。樂天之孝心多感，哀情四溢、滿紙辛酸，
文短而情長。

近年來，墓誌資料對於歷史研究的重要性及其所可能有的貢獻，已爲學

界共識。而墓誌資料在其本身書寫目的導引下，誌文內容對墓主多有迴護，甚至隱惡揚善，矜誇不實的資料特質，往往造成學者資料徵引時的困擾，卻也是不爭的事實。〔註40〕碑誌文是根據行狀撰寫的，而行狀多出於門生故吏之手，多所虛美，乃至善惡不分。如唐朝李翱所說的：

> 夫勸善懲惡、正言直筆，紀聖朝功德，述忠臣賢士事業，載奸臣佞人醜行，以傳無窮者，史官之任也。……凡人之事蹟，非大善大惡則眾人無由知之，故舊例皆訪問於人，又取行狀、諡議以為之據。今之做行狀者，非其門生，即其故吏，莫不虛加仁義禮智，妄言忠肅惠和，或言盛德大業遠而愈光，或云直道正言歿而不朽，曾不直敘其事，故善惡混然不可明。……由是事失其本，文害於理，而行狀不足以取信。〔註41〕

上述墓誌銘的缺失，乃是就為滿足孝子的用心，多是掩惡揚善而言，不免有所誇大不實，令人難以置信。既然行狀不足取信，則據行狀而作的墓誌銘也就不盡為實錄了。而且自晉以來，請人撰墓誌銘要支付潤筆費以表達謝意〔註42〕，冀其多用美言以諛墓主，至唐朝此風始盛，當時謂為諛墓。

　　由於盲從「稱美而不稱惡」的觀念影響所致，後世在作碑傳文時，就難免有「隱惡揚善」，或「虛美墓主」的現象。《禮記·祭統篇》云：

> 為先祖者，莫不有美焉，莫不有惡焉。銘之義，稱美而不稱惡，此孝子孝孫之心也。

東漢·蔡邕所撰《蔡中郎集》中，碑誄之作約居其半，墓主多為當時權門貴族。其中〈童幼胡根碑〉和〈袁滿來碑〉二篇的墓主，甚至是只有七歲和十五歲的少年兒童。為如此年幼的兒童寫作碑傳文，由於其人生經歷有限、生平乏善可陳，若要強寫出褒揚之語，必難免虛美過當之嫌。

〔註40〕盧建榮，〈墓誌史料與日常生活史〉介紹了唐代墓誌中有關日常生活史的資料，見《古今論衡》3（1999，12），頁19～32。黃寬重，〈宋史研究的重要史料——以大陸地區出土宋人墓誌資料〉，〈墓誌資料的史料價值與限制——以宋代兩件墓誌資料為例〉兩文，則討論了墓誌在宋史研究上的價值與其侷限，分見於《新史學》9：2，頁143～185；及東吳大學歷史系〔第四屆史學與文獻學學術討論會〕會議論文。
〔註41〕見李翱《李文公集》（四部叢刊本）卷十〈百官行狀奏〉。
〔註42〕白居易自言與元稹為好友，積病危時，懇託居易為其撰墓誌，不久，元家送來綾帛、銀鞍、玉帶等厚禮為謝，居易推辭再三，仍辭不掉，最後乃將該禮轉送香山寺，作為元稹的功德。可見送謝禮已為唐代的習俗。

　　蔡邕在〈童幼胡根碑〉中，稱揚七歲的墓主胡根，謂其「言語所及，智
思所生，雖成人之德德，無以加焉」、「應氣淑靈」、「柔和順美，與人靡爭；
忿不怨懟，喜不驕盈」其實是明顯虛美過當；蔡邕又在〈袁滿來碑〉中，讚
揚袁滿來的聰穎絕倫，性情溫順。這些褒語對於一個年僅七歲、十五歲的兒
童而言，確實是虛美過當。因此，顧炎武在《日知錄》卷十九〈作文潤筆〉
一文中如此批評道：

> 蔡伯喈（邕）集中，爲時貴碑誄之作甚多，……至於袁滿來年十五，
> 胡根七歲，皆爲之作碑，自非利其潤筆，不至於此。〔註43〕

立碑頌德的風氣盛行於東漢社會，蔡邕就是專寫歌功頌德碑傳文的職業文
人。他爲了討好碑主的子孫，往往矯誣捏造用誇張的辭藻來妝飾死者的面目。
他自己曾坦白地說：「吾爲人作銘，未嘗不有慚容，唯爲郭有道碑頌無愧耳！」
（世說新語德行篇註）唐代文士爲了潤金，盡量替人撰寫碑誌，演變到後來，
竟如市場商賈，爭先構致。這種風氣的滋長，完全改變了刻石立碑的本意。
立碑的人只想求名聲不朽，所以文字越美越好，而作者爲求得主人歡心，給
價高，則一味奉承，不求實際，所以最終的結果是使碑誌成了歌功頌德，隱
惡藏拙的一種工具。當時許多人都曾批評這種風氣。白居易還曾寫作〈立碑〉
詩，抨擊時弊。

　　白居易以平易、親切的語言，表達出他心中眞摯的情惑，因而不加多餘
的修飾，也將珍惜的感情以誠懇的文筆寫出來。白居易寫散文不是以幾句巧
妙的句子，或美好的形容詞引起別人的共鳴，而是以文章的整個結構、樸實
的語言，一層一層地接近主題，進入人心，使讀者能與他有感同身受的體會，
白居易的這種寫作法，若缺少作者本身眞摯的情惑，其作品就很容易變成只
是句子無意識的羅列，無法使人感動。白居易在〈與元九書〉中說：「感人心
者，莫先乎情。」，文以情動人，作者的情要眞，情眞，自然文易直率、平易，
白居易很清楚這一點。

　　在眾多的墓誌撰者當中，令人印象最深刻的，莫過於像上述墓誌這樣
由近親者所寫的墓誌。由於熟悉死者的關係，近親者所撰寫的墓誌往往道
出死者不爲人知的一面。也正由於死者的近親，墓誌更表達出對死者的追
思之情。

〔註43〕清・顧炎武：《日之錄》（台北：明倫書局，1979年），頁255。

三、善用修辭

修，《說文解字》九上彡部：「修，飾也。从彡，攸聲。」段玉裁注曰：「修之从彡者，洒刷之也，藻繪之也。修也，治也，引申爲凡治之稱。」辭，《說文解字》十四上辛部：「辭，訟也。从辛。辛，猶理辜也。」由《尙書‧呂刑》：「民之亂，罔不中聽獄之兩辭。」《周禮‧秋官‧鄉士》：「聽其獄訟，察其辭。」得知「辭」本義是指處理訴訟的說辭。但後來字義漸漸擴大成言詞或文詞，如《易經‧繫辭下》：「吉人之辭寡，躁人之辭多。」又如《荀子‧正名》：「心合於道，說合於心，辭合於說。」至於修辭被連用，始見於《易‧乾卦文言》：「子曰：『君子進德脩業。忠信，所以進德也；脩辭立其誠，所以居業也。』」

上述文句中「修」指的是方法，「辭」是文章的內容，「誠」就是原則，「居業」則是功效。雖然只是短短數句，已足夠說明「修辭」的重要性。

修辭學是探究文辭之美的一門學問〔註44〕。中國語文特具聲色之美、意象之美、情韻之美。修辭方法的分析，乃文學批評中作品形式技巧分析之基礎。

關於「修辭學」的定義，有各家不同的說法。〔註45〕大體而言，可知修

〔註44〕齊梁時代相當重視辭藻修飾，劉勰所作《文心雕龍》，是我國較早專論及修辭的名著。在全書五十篇中，論及修辭問題的，有〈麗辭〉、〈夸飾〉、〈事類〉、〈比興〉等十多篇。自此之後，唐、宋、元、明、清各代的學者，在修辭研究上，匯聚了相當豐碩的成果。

〔註45〕關於「修辭學」的定義，各家的說法如下：
（一）黃慶萱《修辭學》（台北：三民書局，1999 年）：修辭學是研究如何調整語文表意的方法，設計語文優美的形式，使精確而生動地表出說者或作者的意象，期能引起讀者之共鳴的一種藝術。
（二）金兆梓《實用國文修辭學》（台北：文史哲出版社，1977 年）：修辭學者，科學而兼藝術者也：以其闡明建立言說之律言，則爲科學辭學者，以諳習其律而用於言說言，則爲藝術。故有名之爲修辭學者，亦有名之爲修辭法者。今仍用較沿習之名，命之曰修辭學。其學維何？曰取最適當之語，置諸最適當地位，使作者之思想感情想像，皆易印入人之視聽，而無晦澀疑似之虞，此修辭學之事也。故修辭學者，教人以極有效、極經濟之文辭，求達其所欲達之思想、感情、想像之學科也。
（三）譚全基《修辭新天地》（台北：書林出版社，1994 年）：修辭學就是研究修辭的學問，並不是神祕的。它只是把修辭現象加以整理分析，提煉成爲理論，再去指導人們的實踐。
（四）崔紹範《修辭學概要》（呼和浩特：內蒙古大學出版社，1993 年）：修辭學是研究提高語言表達效果規律的科學。換句話說，修辭學就是對修辭現象和修辭活動加以分析、綜合、解釋的科學。
（五）陳望道《修辭學發凡》（台北：文史哲出版社，1989 年）：修辭原是達意傳情的手段。主要爲著意和情，修辭不過是調整語辭，使達意傳情

辭學是一門研究修辭的學科，屬於語言學的一支，而且和語言學其他學科如語音學、語法學、詞彙學關係密切，也與邏輯學有著連繫。修辭學就是研究如何依據題旨情境，來選擇最恰當的各種語言形式和語言材料，以提高語言表達效果的科學。修辭學是研究文辭如何精美的方法，傳達情意如何美妙的技巧，使文字能精確而生動地表達說者或作者的情感、思想和意象，而引起聽者或讀者的注意，激發聽者或讀者共鳴的一種學問。

　　白居易的散文語言修辭素樸，不見斲痕，在文章佈局方面，細密、條理清晰，維持整篇文章的一貫性。白居易寫作時，其技巧雖然不能說豐富多樣，不過還是有幾種常用的修辭〔註46〕技巧。白居易在碑誌文的寫作藝術，約略有以下幾種修辭格：譬喻、類疊、引用、設問、排比、頂真、感嘆、對偶。雖然白居易散文中的修辭不僅是此幾種，不過本文探究白居易散文中的修辭，是為進一步了解白居易碑誌文的整個面貌，而不是專門研究白居易散文中的所有修辭，因而在此只舉白居易碑誌文中比較常用的修辭來探討，試著用修辭的角度，探討樂天碑誌文的特色。

（一）譬喻

劉向《說苑・善說》篇有一段記載：

> 客謂梁王曰：「惠子之言事也善譬，王使無譬，則不能言矣。」王曰：「諾。」明日見，謂惠子曰：「願先生言事則直言耳，無譬也。」惠子曰：「今有人於此而不知彈者，曰：『彈之狀何若？』應曰：『彈之狀如彈。』諭乎？」王曰：「未諭也。」「於是更應曰：『彈之狀如弓而以竹為弦。』則知乎？」王曰：「可知矣。」惠子曰：「夫說者固以其所知，喻其所不知，而使人知之。今王曰無譬則不可矣。」王曰：「善。」〔註47〕

　　　　　　　能夠適切的一種努力。

〔註46〕黃慶萱《修辭學》（民國六十四年）：依修辭的方式分為兩類三十格：
　　　　第一類，表意方法的調整：（1）感歎，（2）設問，（3）摹寫，（4）仿擬，（5）引用，（6）藏詞，（7）飛白，（8）析字，（9）轉品，（10）婉曲，（11）夸飾，（12）譬喻，（13）借代，（14）轉化，（15）映襯，（16）雙關，（17）倒反，（18）象徵，（19）示現，（20）呼告。
　　　　第二類，優美形式的設計：（1）鑲嵌，（2）類疊，（3）對偶，（4）排比，（5）層遞，（6）頂真，（7）回文，（8）錯綜，（9）倒裝，（10）跳脫。
〔註47〕漢・劉向《說苑》（北京：中華書局，1985年），頁107。

這段記載將譬喻的妙用與地位表露無遺。不僅說話時如此，寫作時亦然。譬喻是一種以具體說明抽象，以易知說明難知的修辭技巧。譬喻一出現，往往使人精神爲之一振。它可以使事物突然清晰起來，複雜的道理突然簡潔明瞭起來。在充分表達不易說明或形容的意象的同時，又省去繁瑣的陳述，而且形象生動，耐人尋味。

沈謙在談及譬喻的意義時說：

> 譬喻，又稱比喻，也就是俗謂的「打比方」，是一種最常見的修辭方法。簡言之，就是「借彼喻此」。〔註48〕

白居易碑誌文中的比喻還多得不勝枚舉，如〈醉吟先生墓志銘〉云：

> 樂天樂天，生天地中，七十有五年。其生也浮雲然，其死也委蛻然

將自己的生死比作浮雲委蛻，眞實準確地反映出作者晚年推崇佛老，認爲人生如夢、萬事皆空的虛無主義思想。

白居易〈唐撫州景雲寺故律大德上弘和尙石塔碑銘〉云：

> 若次第言，則定爲惠因，戒爲定根，定根植則苗茂，因樹成則果滿。
>
> 無因求滿，猶夢果也；無根求茂，猶握苗也。

在佛家因果之說，白居易多加了根、苗、樹、果等具體植物的形象，使人易懂其深奧之道理。

白居易喜歡平易近人的風格，因而所選擇的譬喻也多數屬於「明喻」，茲舉例如下：

〈如信大師功德幢記〉云：「若貴賤，若賢愚，若畜中乘，人遊我門，繞我座，禮我足，如羽附鳳，如水會海。」

〈唐故湖州長城縣令贈戶部侍郎博陵崔府君神道碑銘〉云：「時天寶末，盜起燕薊，毒流梁宋，屠城殺吏，如火燎原，單父之民，將墜塗炭。公感激奮發，仗順興兵，挫敗賊徒，保全鄉縣，拳勇之徒，歸之如雲。」

〈淮南節度使檢校尙書右僕射趙郡李公家廟碑銘〉云：「承顏造膝，知無不言，獻替啓沃，如石投水。」

〈淮南節度使檢校尙書右僕射趙郡李公家廟碑銘〉云：「百姓三軍，挈壺漿，捧簞醪，遮道攀餞者，動以萬輩，皆嗚咽流涕，如嬰兒之別慈母焉。」

〈大唐泗洲開元寺臨壇律德徐泗濠三州僧正明遠大師塔碑銘〉云：「長慶五年春作，太和元年秋成，輪奐莊嚴，星環棋布，如自地踴，若從天降。」

〔註48〕沈謙：《文心雕龍與現代修辭學》（台北：文史哲出版社，1997年），頁35。

〈唐故銀青光祿大夫秘書監曲江縣開國伯贈禮部尙書范陽張公墓誌銘〉
云：「公幼好學，長善屬文，俯取科第，如拾地芥。」

〈唐故武昌軍節度處置等使正議大夫檢校戶部尙書鄂州刺史兼御史大夫
賜紫金魚袋贈尙書右僕射河南元公墓誌銘〉云：「二年改御史大夫浙東觀察
使，將去同，同之耆幼鰥獨，泣戀如別慈父母，遮道不可通，詔使導呵揮鞭，
有見血者，路闋而後得行。」

〈唐故虢州刺史贈禮部尙書崔公墓誌銘〉云：「農人便之，歸如流水。朝
廷聞其政，徵拜刑部郎中，謝病不就。俄改湖州刺史，政如密、歙，加之以
聚羨財而代逋租，則人不困，謹茶法以防黠吏，則人不苦，修堤塘以防旱歲，
則人不飢，罷氓賴之，如依父母。」

〈唐河南元府君夫人滎陽鄭氏墓誌銘〉云：「自夫人母其家，殆二十五年，
專用訓誡，除去鞭扑。常以正顏色訓諸女婦，諸女婦其心戰兢，如履於冰；
常以正辭氣誡諸子孫，諸子孫其心愧恥，若撻於市。」

（二）類疊〔註49〕

類疊又稱反復、複疊、類疊、重複。這是爲了突出某個意思，強調某種
感情，有意重復使用同一詞語或句子。

1. 疊字：同一詞彙連接使用。

由於中國語文是單音節孤立語，其音節整齊，字形獨立，所以字句可以
重疊，因而容易表現出韻律之特殊美感。疊字的妙用在於體物抒情之際，或
多用一字相疊，令此物此情興會淋漓，神與情一齊湧現。疊字之修辭，自詩
經、楚辭以來，歷代詩家作品裡，都可以看到。白居易善用疊字，且幾乎用
對偶之形式爲之。其所用的疊字，有時狀聲音顏色，有時形容形態，有時描
寫神情，有時摹肖口吻，令人有栩栩如生之感。如：

〔註49〕類疊一詞，修辭學家沒有一定的名稱，根據蔡宗陽《陳騤「文則」新論》（文
史哲出版社，82.3初版，頁420～429）大概整理，「類疊」一詞，修辭學者的
意見大概可分爲四類。一是反復，如唐鉞《修辭格》、黎運漢、張維耿《現代
漢語修辭學》、唐松波，黃建霖《漢語修辭格大辭典》等。二是複疊，主張其
說者如陳望道《修辭學發凡》、董季棠《修辭析論》、成偉鈞，唐仲揚，向宏
業《修辭學》、宋文翰《國文修辭學》……等。三是類疊，如黃師慶萱《修辭
學》、沈謙《修辭學》、曾忠華《作文津梁》等。四爲重複，此說者爲張志公
《修辭概要》、傅隸僕《修辭學》、黃永武《字句鍛鍊法》等。筆者採用黃慶
萱之說，以爲「類疊」較能包含類、疊字句。

〈唐故湖州長城縣令贈戶部侍郎博陵崔府君神道碑銘〉云：「矯矯崔公」

〈淮南節度使檢校尚書右僕射趙郡李公家廟碑銘〉云：「熙熙蒼生」

〈淮南節度使檢校尚書右僕射趙郡李公家廟碑銘〉云：「祭祀從貴，爵土有秩。諸侯之廟，一宮三室。皇皇西室，皇祖中書。孝孫追遠，昭穆有初。顯顯中室，王父郿令。順孫祗享，盡愨盡敬。肅肅東室，先考晉陵。嗣子奉薦，孝思蒸蒸。嗣子其誰，僕射公垂。公垂冀冀，齋嚴諒直。」

〈故饒州刺史吳府君神道碑銘〉云：「有三幼弟、八稚姪，嗷嗷慄慄」

〈唐撫州景雲寺故律大德上宏和尚石塔碑銘〉云：「石塔巍巍」

〈唐江州興果寺律大德湊公塔碣銘〉云：「不須戀戀從師去」

〈唐揚州倉曹參軍王府君墓誌銘〉云：「郁郁然歿而不展其用者」

〈唐揚州倉曹參軍王府君墓誌銘〉云：「繩繩子孫」

〈大唐故賢妃京兆韋氏墓誌銘〉云：「峨峨新墳兮葬者誰」

〈海州刺史裴君夫人李氏墓誌銘〉云：「矧矧相國端方廉雅」

2. 類字：同意詞彙間隔地使用

〈東都十律大德長聖善寺缽塔院主智如和尚茶毗幢記〉言及智如和尚自孩及童，「不飲酒，不茹葷，不食肉，不兒戲。」

〈如信大師功德幢記〉云：「不封不樹，不廟不碑，不勞人，不傷財」

〈唐東都奉國寺禪德大師照公塔銘〉云：「其諸升堂入室，得心要口訣者，有宗實在襄，復儼在洛，道益在鎮，知遠在徐，曰建在晉，道光在潤，道威在潞，雲眞在慈（一作磁），雲表在汴，歸忍在越，會幽、齊經在蔡，智全、景元、紹明在秦。」

〈醉吟先生墓誌銘〉云：「平生所慕、所感、所得、所喪、所經、所逼、所通」

3. 疊句：同一語句連接使用。疊句往往用以表現深切之感觸，而使語氣獲得強調之效果。疊句之使用，可以發抒內心深切之感觸，讀者讀之，亦可於反覆之吟詠中，體會此深刻之情感。

〈醉吟先生墓誌銘〉云：「樂夫樂夫，生天地中」

〈醉吟先生墓誌銘〉云：「已焉已焉，吾安往而不可，又何足厭戀乎其間？」

4. 類句：同一語句間隔地使用

〈唐故鄶王墓誌銘〉云：「故王之薨也，軫悼之念，有加於常情，王之葬

也，遣奠之儀，有加於常數。」

〈故滁州刺史贈刑部尚書榮陽鄭公墓誌銘〉云：「世祿德門，斯謂之可久，懿文茂績，斯謂之不朽。二千石之祿，七十八之年，斯謂之貴壽。內史之顯揚，柱史之孝行，斯謂之有後。嗚呼鄭公！榮如是，哀如是，又何不足之有。」

〈西京興善寺傳法堂碑銘〉云：「有問師之名跡，曰：號惟寬，姓祝氏，衢州西安人。……有問師之傳授，曰：釋迦如來欲涅槃時……有問師之道屬，曰：由四祖以降……有問師之化緣，曰：師為童男時，見殺生者，盡然不忍食……有問師之心要，曰：師行禪演法垂三十年……」

由白居易有層次之發問與大徹禪師之對答，如是，非但事理易明，而全文亦因反覆之問答而顯得生趣盎然，條理井然，凡此，皆因善用問答法之故也。

白居易的碑誌文中用類疊，巧妙地克服它容易犯的單調、怠倦、聯想空間的限制，而打動讀者的心靈。可見，白居易寫文章細心、周到，而且富有靈感。

（三）引用

引用，又稱重言、用典、事類，是指在語文中，有意援引別人的文獻、材料、言論或史料典籍、俗諺、格言警句等，以闡明自己的論點，表達自己思想或感情的一種修辭技巧。

所謂「事類」就是典故，是文章修辭的一種方法，採用經典中的嘉言懿行來增加文章的典雅，或影射文章中難以比擬之事，或使文句華美，劉勰說：

> 事類者，蓋文章之外，據事以類義，援古以證今者也。□明理引乎
> 成辭，微義舉乎人事，迺聖賢之鴻謨，經籍之通矩也。〔註50〕

說明寫作文章要引據各類事物，來比喻義理，要援古以證今，如此才能將抽象的道理具體的表現出來，讓人了解、信服。

採用典故作文章由來已久。這是文學需求所導致，也是文學演進歷程所必然的結果，以最早的詩集《詩經》而言，其原創性最強，就罕用典故。黃侃《文心雕龍札記》中將事類的發生及演進作了簡述：

> 逮至魏晉以下，文士撰述，必本舊言，始則資於訓詁，繼而引錄成
> 言，終則綜輯故事，爰至齊梁，而後聲律對偶之文大興，其甚者，

〔註50〕劉勰《文心雕龍注》卷八（台北：臺灣開明書局，1978年），頁9～10。

> 捃拾細事，爭疏僻典，以一事不知為恥，以字有來歷為高，文勝而
> 質漸以漓，學富為才為之累，此則末流之弊，故宜去甚去奢，以節
> 止之者也。〔註51〕

說明典故的運用是漸進的，是古少而今多的，剛開始是由於訓詁的需要，到
最後完全變了調，以字字有來歷為最高原則。前人之所以引言用事，是為達
意切情為主，但到最來卻為逞才，這已失去了原意。

　　總的來說，典故的來源通常就是一個作家學識的來源，或經史，或子集，
或神話，將可用的資源記憶下來，成為自己日後寫作的靈感，這就得看作家
的儲材能力。樂天的儲才能力也是相當可觀的，《文鏡祕府論》提到這種情形：

> 凡作詩之人，皆自抄古人詩語精妙之處，名為隨身卷子，以防苦思。
> 〔註52〕

白居易寫了《白氏六帖事類集》，可能以此作為隨身寶，隨時增減，隨時取用，
可探知樂天讀書之廣，閱歷之豐，難怪乎他能運用典故自如，若己有之。白
居易碑誌文中，引用的運用頗多。例：

> 及臨盡滅也，告弟子言：「我歿後當依本院先師遺法，勿塔勿墳，唯
> 造《佛頂尊勝陀羅尼經》一幢，實吾茶毗之所。吾形雖化，吾願常
> 在，願依幢之塵之影，利益一切眾生，吾願足矣。」今院主上首弟
> 子振公洎傳法受道侍者弟子某等若干人，合力建幢，以畢師志。(〈東
> 都十律大德長聖善寺缽塔院主智如和尚茶毗幢記〉)

> 每歲四季月，其眾大聚會。於是攝之以社，齊之以齋，自二年夏至
> 今年秋，凡十有四齋。每齋，操捧香跪啓於佛曰：「願我來世生華藏
> 世界，大香水海上，寶蓮金輪中，毗盧遮那如來前，與十萬人俱，
> 斯足矣。」(〈華嚴經社石記〉)

> 予（白居易）前牧杭州時，聞操發是願，今牧蘇州時，見操成是功。
> 操自杭詣蘇，凡三請於予曰：「操八十一矣，朝夕待盡，恐社與齋，
> 來者不能繼其志，乞為記誡，俾無廢墜。」予即十萬人中一人也，
> 宜乎志而贊之。(〈華嚴經社石記〉)

> 公凡七佐軍，四領郡，祿俸不積滯，衣食無常主。常嘆曰：「以飽暖

〔註51〕黃侃《文心雕龍札記》（台北：文史哲出版社，2003年），頁97。
〔註52〕弘法大師原著、王利器校注《文鏡秘府論校注》（台北：貫雅文化事業有限
　　　　公司，1991年），頁342。

活孀幼，以清白貽子孫，是吾心也。」逮啓手足，卒如其志。(〈故滁州刺史贈刑部尚書滎陽鄭公墓誌銘〉)

善人者何？公幼孤，孝養太君，太君老疾，常曰：「猥子勸吾食，吾輒飽，勸吾藥，吾意其疾瘳。」猥子，公小字也。及長，居荊州石首縣，其居數百家，凡爭鬥，稍稍就公決，公隨而評之，浸及鄉人，不詣府縣，皆相率曰「往問李君」。(〈有唐善人墓碑銘〉)

《傳》曰：「善人國之紀也。」《語》曰：「善人吾不得而見之矣。」噫！善人之稱難科哉！獨加於公無愧焉。(〈有唐善人墓碑銘〉)

居易爲贊善大夫時，嘗四詣師四問道。第一問云：「既曰禪師，何故說法？」師曰：「無上菩提者，被於身爲律，說於口爲法，行於心爲禪。應用有三，其實一也。如江湖河漢，在處立名，名雖不一，水性無二。律即是法，法不離禪，云何於中，妄起分別？」第二問云：「既無分利，何以修心？」師曰：「本無損傷，云何要修理？無論垢與淨，一切勿起念。」第三問云：「垢即不可念，淨無念可乎？」師曰：「如人眼睛上，一物不可住，金屑雖珍寶，在眼亦爲病。」第四問云：「無修無念，亦何異於凡夫耶？」師曰：「凡夫無明，二乘執著，離此二病，是名貞修。貞（一作眞）修者，不得動，不得忘。動即近執著，忘即落無明。」其心要云爾。(〈西京興善寺傳法堂碑銘〉)

既壯，在家爲長，屬有三幼弟、八稚姪，嗷嗷慄慄，不忍見其饑寒，慨然有干祿意，乃曰：「肥遁不可以立訓，吾將業儒以馳名；名競不可能恬神，吾將體元以育德；凍餒不可以安道，吾將強學以徇祿；祿位不可以多取，吾將知足而守中。」(〈故饒州刺史吳府君神道碑銘〉)

古人云：「道不虛行。」又雲：「其後必有達者。」故公之子大理評事 以節行聞於時，公之孫戶部侍郎平叔以才位光於國。報施之道，信昭昭矣！(〈唐故通議大夫和州刺史吳郡張公神道碑銘〉)

郡太守、門弟子進醫饋藥者數四，師領之云：「報身非病，焉用是爲？」言訖趺坐，恬然就化。其了悟如是。(〈唐江州興果寺律大德湊公塔碣銘〉)

> 古人云:「有明德大智者,若不當世,其後必有餘慶。」(〈唐揚州倉
> 曹參軍王府君墓誌銘〉)

> 啟手足之夕,語其妻與姪曰:「吾之幸也,壽過七十,官至二品,有
> 名於世,無益於人,褒優之禮,宜自貶損。我歿,當斂以衣一襲,
> 以車一乘,無用鹵薄葬,無以血食祭,無請太常諡,無建神道碑。
> 但於墓前立一石,刻吾《醉吟先生傳》一本可矣。」(〈醉吟先生墓
> 誌銘〉)

〈唐故虢州刺史贈禮部尚書崔公墓誌銘〉引言之處有三:

文中談到:

> 繇是正氣直聲,震耀朝右,搢紳者賀,皆曰:「國有人焉,國有人焉。」

再如,崔公之將終也,遺誡諸子,其書大略云:

> 吾年六十六,不爲無壽;官至三品,不爲不達。死生定分,何足過
> 哀?自天寶以還,山東士人皆改葬兩京,利於便近,唯吾一族,至
> 今不遷。我歿,宜歸全於滏陽先塋,正首邱之義也。送終之事,務
> 從儉薄,保家之道,無忘孝悌。吾玉磬琴,留別樂天,請爲墓志云
> 爾。

文末談到崔公及易簀之夕,大怖將至,如入三昧,恬然自安,仍於遺疏之末,
手筆題云:

> 暫榮暫悴敲石火,即空即色眼生花。許時爲客今歸去,大歷元年是
> 我家。

(四)設問

寫作時,本來沒有疑問,但爲了要讓想表達的意思,可以引起讀者的注
意,激起讀者閱讀的興趣與好奇心,所以故意設計問題,來增加文章吸引人
的力量,這種修辭法稱爲設問法。白居易碑誌文中,設問之例如:

> 於戲!非夫動爲儀,言爲法,心爲道場,則安能使化緣法眾,悅隨
> 欣戴,一至於是耶?(〈如信大師功德幢記〉)

> 父析子荷,相去幾何?嗚呼崔公!何不足之有?(〈唐故湖州長城縣
> 令贈戶部侍郎博陵崔府君神道碑銘〉)

> 無往而不自得者,非達人乎?吾友吳君,從事於斯矣。(〈故饒州刺
> 史吳府君神道碑銘〉)

不在其身，則在子孫，相去幾何哉？（〈唐故通議大夫和州刺史吳郡張公神道碑銘〉）

既賢其子，以濟其美。又才其孫，以大其門。苟無先德，孰啓後昆？（〈唐故通議大夫和州刺史吳郡張公神道碑銘〉）

若非大師於福智僧中而得第一，若非侍中於敬修人中亦爲第一，則安能作大佛事而中興像教者乎？（〈大唐泗洲開元寺臨壇律德徐泗濠三州僧正明遠大師塔碑銘〉）

夫如是，可不謂煩惱病中，師爲醫王乎？生死海中，師爲船師乎？（〈唐東都奉國寺禪德大師照公塔銘〉）

已焉已焉，吾安往而不可，又何足厭戀乎其間？（〈醉吟先生墓誌銘〉）

故閨門稱其孝，群從仰其仁，交遊服其義，可不謂德行乎？公幼嗜學，長善屬文，以辭賦舉進士登甲科，以書判調天官入上等，前後著文集凡若干卷，尤工五言七言詩，警策之篇，多在人口，其餘著述，作者許之，可不謂文學乎？公之典密、歙、湖也，理化如彼，可不謂政事乎？居大諫、騎省也，忠讜如此，可不謂言語乎？公夙慕黃老之術，齋心受？，服氣煉形，暑不流汗，冬不挾纊，膚體顏色，冰清玉溫，未識者望之如神仙中人也。在湖三歲，歲修三元道齋，輒有彩雲靈鶴，回翔壇上，久之而去，前後籙齋七八，而鶴來儀者凡三百六十。其內修外感也如此，可不謂通於大道乎？（〈唐故虢州刺史贈禮部尚書崔公墓誌銘〉）

抑天不與耶？將人不幸耶？予嘗悲公始以直躬律人，勤而行之，則坎　而不偶，謫瘴鄉凡十年，發斑白而來歸；次以權道濟世，變而通之，又齟齬而不安，居相位僅三月，席不暖而罷去。通介進退，卒不獲心。是以法理之用，止於修一職，不布於庶官；仁義之澤，止於惠一方，不周於四海。故公之心不足也，逢時與不逢時同，得位與不得位同，富貴與浮雲同。何者？時行而道未行，身遇而心不遇也。（〈唐故武昌軍節度處置等使正議大夫檢校戶部尚書鄂州刺史兼御史大夫賜紫金魚袋贈尚書右僕射河南元公墓誌銘〉）

嗚呼！惟夫人之道移於他，則何用而不臧乎？若引而申之，可以維一國焉，則《關雎》、《鵲巢》之化，斯不遠矣；若推而廣之，可以

肥天下焉，則姜嫄原、文母之風，斯不遠矣。豈止於訓四子以聖善，
化一家於仁厚者哉？（〈唐河南元府君夫人滎陽鄭氏墓誌銘〉）

設問，是指在語文中，故意採用詢問語氣，以引起對方注意的一種修辭技巧。
白居易碑誌文中使用設問技巧，可增強文章的本意，避免文章的呆板，醞釀
文章的餘韻，提醒讀者的注意力等。

（五）排比

　　排比稱爲排句、排語、排迭。這是把三個或三個以上結構相同或相似、
語氣一致、意義相關的語句，成串地排在一起，借以加強語意，增強語勢。
樂天於散句之中，有時亦穿插排比整齊之句型，以壯闊文勢，寬廣文義，進
而加深讀者印象。白居易碑誌文中，排比之運用頗多。例如：

〈蘇州重元寺法華院石壁經碑文〉云：

　　夫開士悟入，諸佛知見，以了義度無邊，以圓教垂無窮，莫尊於《妙
　　法蓮華經》，凡六萬九千五百五言；證無生忍，造不二門，住不可思
　　議解脫，莫極於《維摩詰經》，凡二萬七千九十二言；攝四生九類，
　　入無餘槃涅，實無得度者，莫先於《金剛般若波羅蜜經》，凡九千二
　　百八十七言；禳罪集福，淨一切惡道，莫急於《佛頂尊勝陀羅尼經》，
　　凡三千二十言；應念順願，願生極樂土，莫疾於《阿彌陀經》，凡一
　　千八百言；用正見，觀眞相，莫出於《觀音、普賢菩薩法行經》，凡
　　六千九百九十言；詮自性，認本覺，莫深於《實相法蜜經》，凡三千
　　一百五言；空法塵，依佛智，莫過於《般若波羅蜜多心經》，凡二百
　　五十八言。

〈唐東都奉國寺禪德大師照公塔銘〉云：

　　始出家於智凝法師，受具戒於惠萼律師，學心法於惟忠禪師。

〈有唐善人墓碑銘〉云：

　　爲校書時，以文行聞，故德宗皇帝擢居翰林。翰林時，以視草不詭
　　隨，退官詹府。詹府時，以貞恬自處，不出戶輒逾月，廊帥路恕高
　　之，拜請爲副。在廊時，有非類者至，以病去。爲御史時，上任有
　　過其行事者，作《謬官詩》以諷。爲吏部郎時，調文學科暨吏課高
　　者得無停年，又省成勞急成狀限，繇是吏史輩無緣爲姦，迄今選部
　　用其法。知制誥時，筆削間有以自是不屈者，因請告改少尹。少尹
　　時，與大議歲減府稅錢十三萬。在澧時，不鞭人，不名吏，居歲餘，

人人自化。在禮部時，由文取士，不聽譽，不信毀。

〈淮南節度使檢校尚書右僕射趙郡李公家廟碑銘〉云：

> 大凡公之爲政也，應用無方，所居必化。臥理二郡，以去害爲先，
> 故有盜奔獸依之感；廉察浙右，以分憂爲功，故有 鄰活殍之惠；尹
> 正河洛，以革弊爲急，故有摘姦抉蠹之威。

〈唐故通議大夫和州刺史吳郡張公神道碑銘〉云：

> 公之文學，常爲賀知章、賈彦璿許之；公之諒直，常爲李邕、張庭
> 珪稱之；公之政事，又爲劉、姚、張、陸推之。

〈唐故通議大夫和州刺史吳郡張公神道碑銘〉云：

> 猗嗟碭山，以文行保家聲，以義節振時名，以惠政撫縣民。

〈唐故溧水縣令太原白府君墓誌銘〉云：

> 夫人在室以孝敬奉親爲淑女，既嫁以柔和從夫爲順婦，及主家以慈
> 正訓子爲賢母。

〈唐河南元府君夫人滎陽鄭氏墓誌銘〉云：

> 今夫人女美如此，婦德又如此，母儀又如此，三者具美，可謂冠古
> 今矣。

〈唐故坊州鄘城縣尉陳府君夫人白氏墓誌銘〉云：

> 自延安終，夫人哀毀過禮爲孝女；洎鄘城歿，夫人撫訓幼女爲節婦；
> 及居易、行簡生，夫人鞠養成人爲慈祖母。

〈淮南節度使檢校尚書右僕射趙郡李公家廟碑銘〉云：

> 大丈夫生於世也，以忠貞奉乎君，以義利惠乎人，以黻冕貴乎身，
> 以宗廟顯乎親，以孝敬交乎神。

〈唐揚州倉曹參軍王府君墓誌銘〉云：

> 維公受天地之和，積爲行，發爲文，宣爲用，故在家以孝友聞，行
> 己以清廉聞，蒞事以幹蠱聞。

（六）頂真

頂真，又叫頂針、聯珠、鏈式結構等。用上句結尾的詞語做下句的開頭，使鄰接的句子首尾蟬聯，上傳下接，稱爲頂真。它可以更好地反映事物之間的聯繫，有著結構緊密、貫通流暢和活潑俏皮的語言特點。

頂真法是將前一句或前一節奏的尾字，作爲後一句或後一節奏的首字，使兩個音節或句子首尾相連，前後承接，產生上遞下接的效果，好像串珠子

似的一種制聯方法。

　　樂天散文，常以首尾蟬聯，上遞下接，形成遒勁緊湊之氣勢。字，疊用於前句之末，後句之首，有連環頂針，遞接緊湊之趣。把作者的情感抒發得淋漓盡致。也給予讀者繁複的感受，留下深刻的印象。例如：

　　〈有唐善人墓碑銘〉云：「古者墓有表，表有云」

　　〈淮南節度使檢校尚書右僕射趙郡李公家廟碑銘〉云：「王建侯，侯建廟，廟有器，器有銘」

　　〈唐撫州景雲寺故律大德上宏和尚石塔碑銘〉云：「琢石為塔，塔有碑，碑有銘。」

　　〈唐故銀青光祿大夫秘書監曲江縣開國伯贈禮部尚書范陽張公墓誌銘〉云：「餘慶濟美，宜在於公。公沿其業，襲其文，而不嗣其位」

　　〈唐故銀青光祿大夫秘書監曲江縣開國伯贈禮部尚書范陽張公墓誌銘〉云：「文獻既歿，郁生我公。我公泛泛，學奧詞雄。」

　　〈唐故武昌軍節度處置等使正議大夫檢校戶部尚書鄂州刺史兼御史大夫賜紫金魚袋贈尚書右僕射河南元公墓誌銘〉云：「二年改御史大夫浙東觀察使，將去向，向之耆幼鰥獨，泣戀如別慈父母」

　　〈唐故虢州刺史贈禮部尚書崔公墓誌銘〉云：「公既至密，密民之凍餒者賑之」

（七）感嘆

　　黃慶萱《修辭學》云：

> 當一個人遇到可喜、可怒、可哀、可樂之事物，常會以表露情感之呼聲，來強調內心的驚訝或讚嘆、傷感或痛惜、歡笑或譏嘲、憤怒或鄙斥、希冀或需要。這種以呼聲表露情感的修辭法，就叫感嘆。

〔註53〕

由上可知，「感嘆」是人類藉由自然的舒氣來表示內心的情感和思想的。因而，別人可依其所發之音或感嘆時之用語，來領略其喜怒哀樂知情思。當一個人遇到令他快樂、憤怒、驚訝、悲傷、歡喜，或是厭惡的人、事、物，在寫作時，把這種表現內心情感的聲音描寫出來，就叫做感嘆修辭法。白居易碑誌文中，感嘆之運用頗多。例如：

〔註53〕黃慶萱《修辭學》（台北：三民書局，1999年），頁26。

〈西京興善寺傳法堂碑銘〉云：

> 嗚呼！斯文豈直起師教慰門弟子心哉！

〈唐故通議大夫和州刺史吳郡張公神道碑銘〉云：

> 有其才，得其壽，逢其時，然職不過陪臣，秩僅至郡守，凡所貯蓄，
> 鬱而不舒，嗚呼，其命也夫！

〈唐故通議大夫和州刺史吳郡張公神道碑銘〉云：

> 夫以八君子之力，援之而不足，以一知柔之力，排之而有餘，阨窮
> 不振，以至沒齒，嗚呼，其命也夫！

〈唐贈尚書工部侍郎吳郡張公神道碑銘〉云：

> 才如是，命如是，嗚呼哀哉！

〈唐東都奉國寺禪德大師照公塔銘〉云：

> 嗚呼！病未盡而醫去，海方涉而船失，粵以開成三年冬十二月，示
> 滅於奉國寺禪院，以是月遷葬於龍門山，報年六十三，僧夏四十四。

〈唐故會王墓誌銘〉云：

> 嗚呼！降年不永，二十一而終，哀哉！

〈唐揚州倉曹參軍王府君墓誌銘〉云：

> 嗚呼！夫懋言行，蓄事業，俾道積於躬者，在人也；踐大官，贊元
> 化，俾功加於民者，由命也。有其人，無其命，雖聖與賢，無可奈
> 何。

〈唐揚州倉曹參軍王府君墓誌銘〉云：

> 而才爲時生，道爲命屈，名雖聞於天子，位不過於陪臣，鬱鬱然歿
> 而不展其用者，命矣夫！

〈唐揚州倉曹參軍王府君墓誌銘〉云：

> 嗚呼！百煉之金，不鑄幹將。十圍之材，不作棟樑。公亦如之，與
> 世不當。道不虛行，後嗣其昌。

〈唐太原白氏之殤墓誌銘〉云：

> 嗚呼剛奴痛矣哉，念爾九歲逝不回。埋魂閟骨長夜台，二十年後復
> 一開。昔葬符離今下邽，魂兮魂兮隨骨來。

〈唐故武昌軍節度處置等使正議大夫檢校戶部尚書鄂州刺史兼御史大夫賜紫
金魚袋贈尚書右僕射河南元公墓誌銘〉云：

> 嗚呼微之！年過知命，不謂之夭。位兼將相，不謂之少。然未康吾

民，未盡吾道。在公之心，則爲不了。嗟哉惜哉！道廣而俗隘，時

矣夫！心長而運短，命矣夫！嗚呼微之，已矣夫！

〈唐故溧水縣令太原白府君墓誌銘〉云：

才不偶時，道屈於位，而徒勞於州縣，竟不致於青雲，命矣夫！

〈唐故坊州鄜城縣尉陳府君夫人白氏墓誌銘〉云：

嗚呼！謹揚三德，銘於墓門。恭惟夫人，實生我親，實撫我身。欲

養不待，仰號蒼旻。嗚呼！豈寸魚之心，能報東海之恩。

（八）對偶

對偶又稱爲對仗、儷辭、駢儷，俗稱「對對子」。這是把字數相等或大致

相等、結構相同或相似、意義相關或相反約兩個句子或詞組對稱地排列在一

起的格式。從結構上分，對偶有嚴對、寬對。嚴對：又稱「工對」。指要求嚴

格的對偶。嚴對的上下句，不僅要求字數相等，結構相同，而且詞性一致，

平仄相對，沒有重複的字。寬對：針對嚴對而言。指要求不很嚴格的對偶。

寬對的上下句，字數大致相等，結構大致相同，而且不必講究詞性、平仄，

可以出現個別詞的重複。對偶的作用可以使文章形式工整，意境幽遠，語意

自然。

中國文字的特色之一就是方塊字，適合講求對偶，形成整齊的形式之美。

對偶的原理就如同劉勰在《文心雕龍·麗辭》所說：

造化賦形，支體必雙，神理爲用，事不孤立。夫心生文辭，運裁百

慮，高下相須，自然成對。〔註54〕

意思是說天地創造萬物，賦予人的形貌，肢體都是相對稱的，神思表現作用

時，也必定是剛柔並濟，凡事都不會孤立的。作家在從事寫作時，也是相同

的的道理，當心中靈感出現時，會產生這個意念所表達的文辭，經過運思裁

斷，由天南到地北，由遠山到近水，或陰陽平仄，都是高下相須，自然成對

的，因此便產生了對偶的文字。劉申叔在《中古文學史》也有相同的看法：

文成而麗，交錯發形，分動而明，剛柔判象，在物僉然，文亦猶之

〔註55〕

在樂天的碑誌文中也屢屢用到對偶。例如：

誘之以厚利不從，迫之以淫刑不動。（〈淮南節度使檢校尚書右僕射

〔註54〕劉勰《文心雕龍》卷七（台北：臺灣開明書局，1978 年），頁 33。

〔註55〕劉申叔《中古文學史》（台北：文海出版社，1972 年），頁 1。

趙郡李公家廟碑銘〉）

供施無虛日，鐘梵有常聲，四眾知歸，萬人改觀。（〈大唐泗洲開元寺臨壇律德徐泗濠三州僧正明遠大師塔碑銘〉）

皇帝厚惇睦之恩，深友悌之愛。（〈唐故曹王墓誌銘〉）

外以儒行修其身，中以釋教治其心。（〈醉吟先生墓誌銘〉）

寵辱不驚其心，喜慍不形於色。（〈唐故銀青光祿大夫秘書監曲江縣開國伯贈禮部尚書范陽張公墓誌銘〉）

火水不能燒漂，風日不能搖消。（〈蘇州重元寺法華院石壁經碑文〉）

鄉黨推其行，交遊讓其才。（〈唐故溧水縣令太原白府君墓誌銘〉）

南朝梁代劉勰在《文心雕龍》中提倡「文附質」，「質待文」，詩文的藝術魅力往往蘊涵在內容與形式的完美統一之中。

如果要在我們主觀的美感之外，進而客觀地分析優秀文學作品的文辭之美。美在何處？美從何來？又如何創造文辭之美？就要研究文句修辭美的問題。語言文辭是人類交際中表情達意的工具，只有不斷總結、深入研究語言文辭之美，才能達到表情達意的完美效果。

樂天碑誌文修辭之特色，確已充分掌握散文所應具備之散體性、形象性、音樂性之藝術特徵。散體性方面：樂天行文簡潔，用語質樸，不以能文為勝，而以立意為宗，故辭簡而義豐，字樸而生色，乃樂天散體文字成功之關鍵。形象性方面：能靈活運用頂針、類疊諸法，使其碑誌文有迴環相生，語如貫珠之美；至於譬喻、排比、設問、引用之各種作法，對白居易碑誌文之明晰事理，加深讀者印象，增強說服力，均有莫大之助益。音樂性方面：疊字、對偶等用法，不僅使聲韻和諧，節奏抑揚，且有助於氣脈之流轉，逼出作者之神態；而駢散相濟，寓整齊於參差之中，使音節錯落變化。

唐代新出墓誌顯示，因為社會需求量太大，在書儀一類應用文體範本著作通行的同時，碑誌也有一定的範本為一般作者所參考，唐墓誌甚至出現過多次不同誌主的墓誌，而誌文大致相同，僅姓名生平稍有差別，著名的渤海貞惠、貞孝兩公主墓誌就屬如此。當然，不少作者在程式規範中也在努力尋求創新，韓愈不但將六朝的誌文由駢體改為散體，而且對銘文也有意打破其韻文的體制，隨意變化。其銘文有四言韻語者，有雖為四言而不為韻者，有用韻與不用韻摻雜者，有的則乾脆用散文，這些可以說是墓誌文之變體。曾國藩說：

　　或先序世系而後銘功德，或先表其能而後及世系，或有誌有詩，或

　　有詩無志，皆韓公創法，後來文家宗之，遂授爲金石之例。〔註56〕

此評論肯定了韓愈在墓誌文體方面的大膽創新，白居易繼承此多樣的風貌，
於敘事方面不僅能掌握碑主、墓主的細微表現，尚能掌握重點，簡賅扼要的
展現史實；描寫方面則不以雕琢奇詭爲勝，而以流暢舒緩的語言逐次寫來；
抒情方面則懷著眞實情感來抒寫。細膩、高明的筆觸，使得碑志文多是靈心
慧筆。

　　碑誌流行於漢代，其主要特點是在不太長的篇幅內曆敘傳主德行、事蹟，
而多有諛美之詞，久而久之，逐漸形成空洞、蒼白、呆板的格套，令人生厭，
尤其是進入六朝以後，已不可避免地走上了程式化、公式化的道路。內容上
不外乎鋪敘閥閱，記敘曆官，歌功頌德，浮泛無實；形式上一律用駢體文寫
作，只講求鋪排事典，溢美誇飾，華而不實。從總體而言，這些碑誌文思想
意義不大，行文也未能完全擺脫舊的體格。但樂天在寫作這類稱頌德業的記
實之文時，已開始採用古文筆法，夾敘夾議，敘事求實錄，議論求平實，樸
實簡潔，情意眞摯，善用修辭，從白居易碑誌文中「題」、「序」、「銘」三部
分作探究，可見白居易對文體、文風進行改革。

第七章　白居易碑誌文的價值

　　陳尚君認爲：「就文獻價值來說，石刻保留了數量可觀的文學作品，也提供了文學家生平的眾多線索，傳統金石的研究方法還有許多開拓空間。就文學研究意義來說，新出石刻對於唐代喪挽文學、傳記文學、文體變化、家族文學、女性文學、地域文學等方面研究，都有特殊的意義，值得作系統的探討。」〔註1〕

　　白居易是唐代著名詩人、文學家，平生所作頗豐，其中碑誌文不僅是他眾多文學作品中的一個組成部分，而且具有多方面的價值，茲歸納如下：

第一節　研究人物家世背景

　　唐代社會階層前後變動很大，軍功貴族與文學才俊都有機會從下層進入權力中心，但就總的方面來說，六朝以來形成的世家大族仍保持着強大的社會優勢，形成以家族爲單元的文化群體。聚族而葬正是這一文化現像的集中體現，也是世族增強族群凝聚力的重要途徑。許多世族人物客死異鄉，其家人或後人即使經歷再多的艱難困厄，也要讓先人遺骸歸葬故里。洛陽北邙山一帶的大批家族墓群，就是這樣形成起來的。〔註2〕

　　碑誌中也述及得姓之原，可以與氏族譜、姓纂、姓解等專書相互參証。墓碑前述先世至曾祖，後又詳載子孫名字、仕歷及婚配，這對研究家族史的

〔註 1〕 見陳尚君：〈新出石刻與唐代文學研究〉，收入於《六朝隋唐學術研討會論文集》（台北：文史哲出版社，2004 年），頁 699。

〔註 2〕 見陳尚君：〈新出石刻與唐代文學研究〉，收入於《六朝隋唐學術研討會論文集》（台北：文史哲出版社，2004 年），頁 716。

學者來說提供第一手之史料。

　　羅聯添《白樂天年譜》便參考〈醉吟先生墓志銘并序〉、〈唐故坊州鄜城縣尉陳府君夫人白氏墓志銘并序〉、〈唐太原白氏之殤墓志銘并序〉等白居易所作之碑誌文，完成了〈白氏世系表〉〔註3〕，茲引如下：

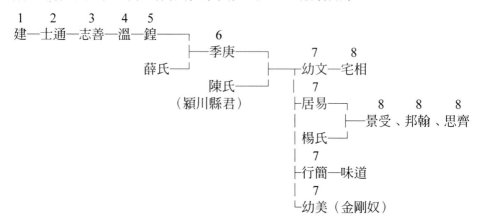

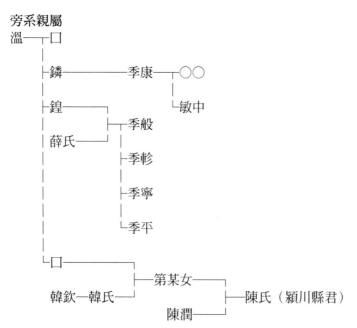

　　陳寅恪先生就利用碑刻資料作白居易家先世研究，他據《白氏長慶集》

〔註 3〕羅師聯添《白樂天年譜》，（台北：國立編譯館，1987 年）

中所存白居易祖父及外族碑誌事狀，證明白居易實爲北齊白建之後，並指出其「先世本由淄青李氏胡化藩鎮之部屬歸向中朝」，其家風「與當日行之禮制及法典極相違戾」。〔註4〕

　　〈醉吟先生墓誌銘并序〉是白居易爲自己而作的。較新、舊《唐書》白居易本傳。行文要簡潔得多，然有些內容卻爲正史所無，尤其述其家世一段可補正史之不足。正史對白居易家世記述極簡略，觀此，可對白居易家世有一大概的了解。

　　〈唐故坊州鄜城縣尉陳府君夫人白氏墓誌銘并序〉是白居易爲其外祖母所撰，說：「及居易、行簡生，夫人鞠養成人，爲慈祖母。」又言其外祖母「敬賓客，睦娣姒，工刀尺，善琴書」。外祖母的才能對白居易的成長起著潛移默化的作用。

　　〈唐太原白氏之殤墓誌銘并序〉是白居易爲幼年夭折小弟弟幼美而作的，說幼美是老四，也即幼美當有三個哥哥。而據新、舊《唐書》記載，僅知有居易和行簡兄弟兩人。關於白居易的家世，《舊唐書・白居易傳》載：「世敦儒業，皆以明經出身。」也即以儒學傳家。但從幼美自幼能詩賦、鼓琴來看，白居易家教要寬鬆活潑一些。而這種寬鬆活潑的家風對白居易後來成爲一個多才多藝的詩人、文學家有著重要的影響。

　　白居易的家庭出身，在當時講究門第的時代來說，是卑微的。白居易雖然在〈故鞏縣令白府君事狀〉及〈唐故溧水令太原白府君墓誌銘〉裏，說他是楚公族之後裔。但是他在該文中所說的自楚公族到白起一段，完全是托古冒名的杜撰。而就是所謂北齊五兵尙書贈司空的白建，也是靠不住的。所以他的從弟白敏中做了宰相還是免不了被盧發說是「十姓胡中第六胡」，被崔愼由說是「蕃人」，近人顧學頡在〈白居易世系、家族考〉一文中說白居易出於漢化的胡人，而如此托古冒名，其原因在於自當時無足輕重的社會地位裏，能高攀擠進上流社會。〔註5〕白居易在〈與元九書〉回顧在他初應進士時的情況時說：「中朝無緦麻之親，達官無半面之舊，第蹇步於利足之途，張空拳於戰文之場」。這段話足以證明他確實是個毫無靠山的寒微之士。

　　白居易如此出身於寒門家庭，既沒有世襲的爵位，也沒有世傳的家產，只有考上進士，才有機會從無足輕重的社會地位，爬上政治的高階段，得到

〔註4〕參見陳寅恪《元白詩箋證稿》附論甲〈白樂天之先祖及後嗣〉。
〔註5〕顧學頡：《顧學頡文學論集》（北京：中國社會科學出版社，1987年），頁710。

高官厚祿，一面展開自己的政治野心，一面解決衣食問題。

再如《鶯鶯傳》所涉本事，既引白居易爲元稹母鄭氏所作〈唐河南元府君夫人滎陽鄭氏墓銘〉，又引韓愈爲元稹妻韋叢所撰〈監察禦史元君妻京兆韋氏夫人墓誌銘〉，證明元氏母、妻皆出士族，元稹極重姻族之顯赫，進而揭出鶯鶯所出必非高門，元稹棄崔而取韋，實循世俗而重視門第之高下。

第二節　認知喪輓文學 [註6] 發展

《荀子・禮論》云：「喪禮之凡，變而飾，……故死之爲道也，不飾則惡，惡則不哀。……故變而飾，所以滅惡也。」「喪禮者，以生者飾死者也。」「凡禮，事生，飾歡也；送死，飾哀也·」「事生，飾始也；送死，飾終也。終始具而孝子之事畢，聖人之道備矣。」 [註7] 要取得情感與理智相合與平衡，文飾裝飾的禮儀規範是不可缺少的。

據《群書要語》載：

> 銘之義，稱美而不稱惡，此孝子孝孫之心也。銘者，論著其先祖之有德善、功烈、勳勞、慶賞、聲名於天下。 [註8]

因爲撰寫墓誌的名家，與亡者或有朋友、同僚之誼，或有師生、戚里之故，在行文中不免隱惡揚善，讓亡者之子孫看了心慰，這也是人情之常。

墓誌銘在當時，既是有一種上下同風的流行，在人們喪葬禮俗中，扮演著很重要的角色，它不僅表達了孝子之心，也表示出社會對死者的尊重、對喪家的體恤與安慰、對不朽或永生的追求 [註9] 。因此，這樣的安排，更可表

〔註6〕喪輓文化在重視禮儀的中國古代一直佔有重要地位，由此而形成的喪輓文學，或稱飾終文學，可包括十多種不同體式的文學作品，如挽詩、哀辭、祭文、行狀、神道碑、墓碣、墓誌、塔銘、謚議、哀冊、謚冊等，內容也極其豐富。陳尚君〈新出石刻與唐代文學研究〉見《六朝隋唐學術研討會論文集》（台北：文史哲出版社，2004年），頁710。

〔註7〕梁啓雄：《荀子柬釋》（台北：台灣商務印書館，1983年），頁268、271、273、274。

〔註8〕見祝穆輯《新編古今事文類聚》（中文出版社影印明萬曆刻本）前集卷六十〈墓銘〉引。

〔註9〕對身後不朽之名的追求，正是傳統儒家知識分子超越個體生命、追求永生不朽的一種獨特形式。中國古代文人士大夫普遍有一種留名後世的強烈慾望，和對於不能留下身後之名的憂懼，渴求建立身後之名的心理。孔子本人那裡即已表現出來。孔子說過：「君子疾沒世而名不稱焉。」（《論語・衛靈公》）這就是說一個人如果到死還不出名，就是一件很痛心的事了。屈原《離騷》

明一種「孝」的文化〔註10〕，體現出「仁」的胸懷，雖然或有諛墓的情況，但在社會禮俗上，誠然人性真實的一面。由於宋、明、清乃至近代的仿效，以至於影響深遠，這就是承傳了中國傳統文化中「慎終追遠」的精神〔註11〕，也是對社會文化的貢獻。

　　碑版文在唐宋時期的文人創作中，具有極其重要的位置，許多一流文人都以很大的精力從事此方面的寫作。從昭陵所存三十多通大碑和近年新出的幾十方墓誌中，不難看出一位作者要勝任地寫出那樣的作品，必須具備很強的駕馭文章的才能。昭陵碑誌的主人都是唐初的名臣懿戚，許多人一生的經歷和建樹都很不平凡，且經歷了隋唐之際的世變和唐初以來的複雜政爭，死後得陪葬昭陵〔註12〕，官營喪事，碑誌作者要寫出其平生業績和宦績，加以議論和頌揚，又要始終注意官方的立場和喪家的要求，還要盡量為死者諱，文章則要寫得典雅淳正，不失分寸，要做好是非常艱難的，要求秉筆者具有敍事、議論、文采三方面的綜合才能。史載崔融因撰武后哀冊文用思過度而死，正足顯示飾終文章寫成的不易。

　　《禮記‧祭統》云：「喪則觀其哀也。」〔註13〕此乃孝子事親三道之一，為人子女不忍先德美不稱於後世，故請人撰銘紀德表哀，以待後世得聞，因此，內容深懷傷痛，以引起古今同慨的情感。如北魏正九六年〈李超墓誌銘〉

　　　中寫到：「老冉冉其將至兮，恐修名之不立。」表現的也是同樣一種心理。
〔註10〕這種歷久不變的文體，透射出中國人超越生死的獨特智慧——家族孝文化。世系的排列體現出孝的最基本的第一層含義－延續父母與祖先的生物性生命；行治的羅舉體現出孝的更高一層含義－延續父母與祖先的高級生命；卒葬和銘文體現儒家孝道之宗族群居的論理精神。見張慧禾，〈儒家孝文化：碑誌文體的文化意蘊〉，《兵團教育學院學報》第4期（2003年8月），頁6。
〔註11〕在一千二百餘篇盛唐碑傳文作品中，有將近一千篇作品是有關於人物的墓誌銘文，他們的「序」中，大都不約而同的提到寫作動機，不外乎「恐懼陵谷變遷，滄海桑田」等大自然不可抗拒的變數，改變先人陵墓的位置，使得後人無從憑弔，這正是出於一種「追懷先人」的孝心。
〔註12〕程徵、李惠編：《唐十八陵石刻》（陝西：人民美術出版社，1988年），頁46。
〔註13〕倡導孝道，以孝道敦厚人心，強化代際聯係，進而促進社會治理，這就是中國傳統的喪禮文化的核心。論語云：「生事之以禮，死葬之以禮，孝子之事親也，有三道焉：生則養，沒則喪，喪畢則祭；養則觀其順也，喪則觀其哀也，祭則觀其敬也。」養生送死是為人子女應盡的孝道，也是我國故有倫理道德的真諦。所以喪禮是報答父母養育恩情的具體表現，其目的在盡哀與報恩，讓孝子賢孫能在各種儀式中抒發心中的哀痛，並藉以安頓死者的身心與魂魄，也是教化世人盡孝表現在外的一種禮儀。

誌語云：

> 君諱超，字景昇，本字景宗，後承始族放 在江左者懸同，故避改
> 云。秦州隴西郡狄道 縣郡鄉華風里人也。雅著高節，敦襲世風，
> 言行足師，興作成准，循情孝友，因心名義。安貧樂道，息詭遇之
> 襟；介然峻特，標確焉之操。弱冠舉司州秀才，拜奉朝請，除值農
> 郡冠軍府錄事參軍事，宰沁水縣。巨政崇治，綽居尤最。爲受罪者
> 所詮章，憲臺誤聽，被茲深幼，除名爲民。於是廿年中，浮沉閭巷，
> 玉潔金志，卓爾無悶。到熙平二年，甫更從宦，補荊州前將軍騎兵
> 參軍事，復作懷令。已受拜垂垂，述職遭疾，正光五年八月十八日
> 卒于洛陽縣之永年里宅，時年六十一。孤貞華首，訝於二邑，門從
> 無兩。遠邇酸恨懷之，百姓長帶喪氣，雖陳留之哀望胡季數，不是
> 過也。〔註14〕

本篇記載了李超「爲受罪者所詮章，憲臺誤聽，被茲深幼，除名爲民」的遭
遇，已令人同情，之後李超「述職遭疾」的悲劇，自然「遠邇酸恨懷之，百
姓長慕喪氣」，而墓誌銘的特色就在表達這樣的情感。

作者於面對「死亡」的時侯，哀傷慘惻的情緒是創作的動機，在誌語、
銘辭之間所出現的刻石的緣由，可視爲對誌主的懷念和悲痛，這樣的基調是
通貫於全篇每一部分。其銘辭云：

> 寫來如泣如訴，有一唱三歎的不盡哀傷，音節淒傷哀婉，彷彿使人
> 聞作者的嗚咽之聲。

據此可知，墓誌銘主題有二個部分，就是「人物」和「悲傷」，整個作品兩
部分的關聯性極強。

白居易所作的墓誌銘幫助於我們了解當時的喪葬風俗。在唐代，喪禮是
頗爲講究的，往往要耗費大量錢財，致使很多人變賣家產，生活貧困，因此
提倡薄葬的也不乏其人。白居易在〈唐故虢州刺史贈禮部尚書崔公墓志銘并
序〉中即講到墓誌銘主人薄葬的情況，文曰：

> 公之將終也，遺誡諸子，其書大略云：『吾年六十六，不爲無壽，官
> 至三品，不爲不達。死生定分，何足過哀』。又曰：『送終之事，務
> 從儉薄。

〔註14〕〈李超墓誌銘〉見周紹良主編：《唐代墓誌彙編》（上海，古籍出版社，1992
年），頁160。

此外，又講到其他喪葬風俗曰：

> 自天寶以還，山東士人皆改葬兩京，利于近便。

又唐代喪葬風俗，孝子要爲其父守孝三年。守孝期間，孝子臨時搭建小屋「寢苫枕塊」居住，守護墳墓。由於居住條件惡劣，時間又長。孝子賢孫往往被搞得哀毀骨立，殆不勝喪。白居易在墓志銘中對崔公爲其先父守喪情況作作了記述，文曰：

> 公之丁少師憂也，退居高郵，其地卑濕，泣血臥苫者三載，因病痹其兩股焉，逮于終身，竟不能趨拜。

這可以加深我們對唐代風俗的了解。

第三節　瞭解當代社會狀況

　　唐玄宗晚期，因楊國忠、李林甫等小人專權，淫侈貪賄、爭權奪利，朝廷日益衰敗。再加上府兵敗壞，募兵代之而興，武力乃成爲藩鎮私人所宰制，且又任用跋扈不馴的胡人爲邊城統帥，終致引發安史之亂。〔註15〕

　　唐代自從安史之亂以後，社會情況發生了根本的變化。首先是經濟遭到嚴重的破壞〔註16〕，國力虛弱，其次是政治失範，加之藩鎮的割據〔註17〕、外族的入侵〔註18〕、大地主的土地兼併，一系列災難性的危機，使人民陷入

〔註15〕 安史之亂是指安祿山、史思明等鎮守邊城的胡人，起兵叛亂。安祿山爲人狡詐，他身兼營州、范陽、河東三鎮的節度使，擁兵二十萬，在天寶十四年，以討伐楊國忠爲名，舉兵叛亂。自范陽南下，勢如破竹，輕易攻下洛陽城。接著又西破潼關，唐玄宗逃往成都，叛軍乃進入長安城進行殺掠。其後叛軍發生內訌，安祿山爲義子安慶緒所殺，勢力減弱，而唐軍在大將郭子儀、李光弼等人的領導下，率領大食、回紇的援兵乘機反攻。一場大亂在史思明爲義子史朝義所殺後，氣燄降至冰點及唐軍、大食、回紇支援軍隊的努力下，在唐代宗廣德元年始告平定。總計安史之亂前後九年，唐的元氣爲之大傷。唐由盛世突步衰落，關鍵即是安史之亂。

〔註16〕 安史之亂後，社會上物質短缺，物價飛漲，如米價比開元時期上漲 300 倍，人民生活困苦。由於戰亂，戶籍散失，租庸調制遭受破壞，國庫收入大減，政府不得不另立名目，徵收其他稅項以作彌補，使百姓負擔奇重。

〔註17〕 亂平後，朝廷對叛將仍採安撫手段，因此安史餘黨仍據黃河下游南北區，唐室又不敢撤消內地兵鎮，因此兵鎮遍及全國。而且朝廷又封賜平亂有功的將領，各授以鎮帥，地方軍力繼續擴張，遂演變成藩鎮據割之局面。史學家陳寅恪曾言：「安史之霸業，雖俱失敗，而其部將所統之民眾，依舊保持勢力與中央政府對抗，以迄於唐室之滅亡。」

〔註18〕 回紇自恃助唐平定安史之亂有功，日益驕橫，勒索財帛，並常擾亂中國邊境。

了悲慘的境界。

就在這樣的時代裡，詩人白居易度過了他的一生。他十幾歲時，由於朱泚、李希烈等作亂，曾到徐州、越中等處避難。〔註19〕年紀稍長，父親白季庚去世，家境衰落，生活更加貧困，迫使他南北奔走，愁於衣食，「時難年荒世業空，弟兄羈旅各西東」〔註20〕，「苦乏衣食資，遠為江海遊。光陰坐遲暮，鄉國行阻修。身病向鄱陽，家貧寄徐州」〔註21〕，在這些詩句中，蘊藏著詩人的無限辛酸，也表現出詩人對於當時人民生活痛苦有著深切的感受，因而與受苦難的勞動人民的思想感情有共通之處，奠定了他以後在政治上和詩歌創作上關懷人民疾苦的思想基礎。

崔玄亮字晦叔，新、舊《唐書》有傳，但所記事情非常簡單。對其任地方官時的政績一無所提。而白居易在墓志銘中對崔元亮的政績作詳細的記述，如述其在密州時：

> 公既至密，密民之凍餒者賑之，疾疫者救療之，骼未殯者命葬藏之，男女過時者趨嫁娶之，三月而政立，二年而化行，密人悅之，發於謠詠。換歙州刺史，其政如密。先是歙民畜馬牛而生駒犢者，官書其數，吏緣為姦。公既下車，盡焚其籍，聽息貿易，一無所問。先是歙民居山險而輸稅米者，擔負跋涉，勤苦不支。公許其計斛納錢，賤入貴出，官且獲利，人皆忘勞，農人便之，歸如流水。朝廷聞其政，微拜刑部郎中，謝病不就。俄改湖州刺史，政如密、歙，加之以聚羨財而代逋租，則人不困，謹茶法以防黠吏，則人不苦，修堤塘以防旱歲，則人不飢，罷氓賴之，如依父母。

由此不難看出當時人民賦斂之重，生活之苦，及良吏之難得。〈故滁州刺史贈刑部尚書滎陽鄭公墓誌銘〉中，主人鄭公是安史之亂時人，從白居易述其事蹟中可以看出安史之亂以來的一些政局動蕩變化情況。如曰：

> 時安祿山始亂，傳檄郡邑，邑民孫俊、鄧犀伽歐市人劫廩藏以應。公時已去秩，因奮呼，率僚吏子弟急擊之，殺俊、犀伽，盡殲其黨，繇是一邑用寧。

〔註19〕汪立名《白香山年譜》建中三年下云：「公年十一歲宿滎陽詩：生長在滎陽，少小辭鄉國……去時十一二，今年五十六。時兩河用兵，公避難越中，當事此年。」

〔註20〕見於〈自河南經亂，關內阻飢，兄弟離散，各在一處，因望月有感，聊書所懷，寄上浮梁大兄於潛七兄烏江十五兄，兼示符離及下邽弟妹〉。

〔註21〕見於〈將之饒州江浦夜泊〉。

這些都有助我們了解安史之亂以來唐代的社會狀況。

第四節　明瞭唐代官制制度

　　觀看白居易的碑誌文，可知男性墓誌著重官場職歷的描寫，如〈有唐善人墓碑銘〉云：

> 公官歷校書郎、左拾遺、詹府司直、殿中侍御史、比部兵部吏部員外郎、兵部吏部郎中、京兆少尹、澧州刺史、太常少卿、禮部刑部侍郎、工部尚書；職歷容州招討判官、翰林學士、鄜州防禦副使、轉運判官、知制誥、吏部選事；階中大夫，勳上柱國，爵隴西縣開國男。

再如〈唐銀青光祿大夫太子少保安定皇甫公墓誌銘〉云：

> 公由進士出身，補夏陽主簿，試左武衛兵曹，充宣歙觀察推官，轉大理評事，詔徵授監察御史，改秘書郎殿中侍御史內供奉，始賜朱紱銀印，充鳳翔節度判官營田副使，旋又徵還，眞拜殿中，改比部員外郎河南令、都官郎中河南少尹，歷太子左右庶子並分司東都，俄又徵拜國子祭酒，未幾謝疾，改太子賓客，轉秘書監分司，又就拜檢校左散騎常侍兼太子賓客，轉秘書監分司，始加命服正三品，又遷太子少保分司，封安定縣開國男，食邑三百戶，始立家廟，享三世。

如〈唐故銀青光祿大夫秘書監曲江縣開國伯贈禮部尚書范陽張公墓誌銘〉云：

> 公即僕射府君第五子。貞元中進士舉及第，博學亞科，初補集賢院校書郎，丁內憂。喪除，復補正字，選授咸陽縣尉。鄜坊節度使闢爲判官，奏授監察御史裡行，俄而眞拜。歷殿中，轉侍御史、倉部員外郎、金州刺史、度支郎中，駁宰相事議，出爲遂州司馬。移復州司馬，俄遷刺史，改曹州刺史、河南少尹、鄭州刺史。入爲諫議大夫福建觀察使兼御史中丞，徵還爲太子賓客，再爲左散騎常侍京兆尹、華州刺史兼御史大夫、秘書監。勳至上柱國，階至銀青光祿大夫，封至曲江縣開國伯，食邑七百戶。開成二年四月某日，薨於上都新昌裡第，詔贈禮部尚書。

細檢白居易的碑誌文，可看出墓主的官銜、爵祿、諡號等，也可以看出官員

在士途上，經常有調動的情況，如此撰寫，對研究唐朝官制極有幫助。墓誌銘中提及墓主的官銜、爵祿，一方面有襃獎墓主生平官場表現，另一方面也提供了士人的仕宦經驗，呈現出唐人兢兢業業、坦然面對士途升遷的盡職士大夫精神。

　　就官制而言，唐朝已經形成與秦漢有所不同的新體制，就是從三公九卿制變爲三省六部制。根據《新唐書‧百官序言》：

> 唐之官制，其名號祿秩雖因時增損，而大抵皆沿隋故。其官司之別，曰省、曰臺、曰寺、曰監、曰衛、曰府，各統其屬，以分職定位。其辯貴賤、勞能，則有品、有爵、有勳、有階，以時考覈而升降之，所以任人才、治百事。其爲法則精而密，其施於事則簡而易行，所以然者，由職有常守，而位有常員也。方唐之盛時，其制如此。蓋其始未嘗不欲立制度、明紀綱爲萬世法，而常至於交侵紛亂者，由其時君不能愼守，而徇一切之苟且，故其事愈繁而官益冗，至失其職業而卒不能復。〔註22〕

唐朝官制的調整與變化，主要是針對百司及官名，從表面上看來，即「以義訓更其名」，歷史上稱之爲「大易官名」被改的有尙書省、僕射、左右丞等近一百種官名，形成一次改官制的熱潮。〔註23〕

　　研究唐朝的官制制度，除了閱讀《唐六典》〔註24〕及《新唐書‧百官志》外，也有說明其官職執掌。自北周庾開府以來，碑傳文所記「十三事」中的「履歷」，大多詳細地敘述誌主的歷任職官，依據歷代碑傳文上所在官職，比較隋朝以降的官制，自中央到地方官制，有助於後人在研究唐代官制時參考比對之用，並釐清官制變化的許多問題。〔註25〕

　　隋唐時期便確立了中央行政中樞上的「三省〔註26〕六部〔註27〕制」。三省

〔註22〕宋‧歐陽修、宋祁等撰、楊家駱主編：《新唐書》（台北：鼎文書局，1994年。），頁53。

〔註23〕陳茂同：《歷代職官沿革史》（江蘇：華東師範大學出版社，1988年），頁266。

〔註24〕唐六典三十卷，唐玄宗撰。列其職司官佐，敘其品秩，猶今之政府組織、人事法規。

〔註25〕杜文玉先生有關唐代宦官的研究，也是根據金石與墳塋的分佈所寫成的論文。

〔註26〕尚書省、中書省、門下省。

〔註27〕「尚書省」屬下有六個部，每部長官是尚書，次官是侍郎，分別相當於後世內閣政府的正、副部長。每部設四個司，各司正副長官分別爲郎中和員外郎。

長官同爲宰相，三省長官外，其他官員若加上「同中書門下三品」、「同平章事」等頭銜，也成爲宰相（宰相是最高行政長官的統稱。隋唐時三省長官爲宰相；加「同中書門下三品」、「同平章事」等也是宰相）。宰相後來有專門辦公地點稱政事堂，又改稱「中書門下」。行政系統之外，隋唐設置了監察百官的「御史台」，長官爲御史大夫。中書、門下兩省內部則設置專門向皇帝進諫的諫官，目的是要及時糾正皇帝的失誤決策。另外還有史官，也能在一定程度上約束皇帝。

　　至於唐代的地方官制，有道〔註28〕、府〔註29〕、州、縣，除了道屬於中央分治，府設有牧、尹、少尹，州設有都督府及司馬〔註30〕，縣則設令、丞，少數民族地區則設都護府，從這些地方官職的碑傳文，可提供研究地方官職者之重要參考資料。

　　〈醉吟先生墓誌銘〉云：

　　　　樂天幼好學，長工文，累進士、拔萃、制策三科，始自校書郎，終

　　　　以少傅致仕，前後歷官二十任，食祿四十年。

樂天任職江州司馬時，曾以「六命三登科」〔註31〕說明自己官運的亨通，所謂的「六命」是指至任江州司馬止，總共擔任六種官職，依序爲：秘書省校書郎，盩厔縣尉、左拾遺、京兆府〔註32〕戶曹參軍、太子左贊善大夫〔註33〕、

　　　　「吏部」主管人事，如文官的選授、考核等；「戶部」管財政；「禮部」職
　　　　掌涉及禮儀、宗教、外交、民族等事務，唐中期起，科舉考試也由「禮部」
　　　　主持；「兵部」負責武官的選授、軍人名籍、國防設施等；「刑部」掌司法
　　　　刑政；「工部」主要負責土木水利工程。除六部外，唐代中央還有些事務機
　　　　關，如「宗正寺」掌皇族及宮廷事務，「太常寺」掌禮儀，「國子監」掌學
　　　　校教育，「祕書省」管圖書等，它們與六部無隸屬關係，但要接受六部的督
　　　　察。

〔註28〕開元二十一年，分天下爲十五道，每道採訪使檢舉非法，如漢刺史之職。

〔註29〕楊樹藩：《唐代政制史》中言：「唐之京師及其他重要地方置府，府之地位相
　　　　當於監州之都督府。首爲「京兆府」……次爲『河南府』」，見楊樹藩：《唐代
　　　　政制史》（臺北：正中書局，1967年3月）頁222。

〔註30〕《唐六典》：「尹、少尹、別駕、長史、司馬掌貳府、州之事，綱紀眾務」，頁
　　　　524。

〔註31〕〈答故人〉云：「自從筮仕來，六命三登科」。

〔註32〕《唐史》：「京兆府：領萬年、長安、藍田、渭南、昭應、三原……盩厔、奉
　　　　先、奉天、華原、美原、同官、凡二十三縣」，參見章羣著：《唐史》（台北：
　　　　華岡出版社，1978年6月），頁470。

〔註33〕《唐六典》：「左贊善掌翊贊太子以規諷也。皇太子出入動靜，苟非其德義，
　　　　則必陳古以箴焉」，《新唐書・百官志》（卷四十九上）：「左贊善大夫五人，正

江州司馬。

元和元年四月憲宗策試舉人，樂天應材識兼茂明體用科，辛酉發榜，樂天入第四等，授盩屋縣尉。盩屋縣屬京兆府管轄，位於長安以西，是靠近京城的畿縣。至於「畿縣縣尉」的地位在唐代比較特殊，爲日後成爲政府高級行政官員的一個重要資歷，其特殊性可由《唐語林》的一段記載得知：

> 議者戲云：畿尉有六道，入御史爲佛道，入評事爲仙道，入京尉爲
>
> 人道，入畿丞爲苦海道，入縣令爲畜生道，入判司爲餓鬼道。〔註34〕

以佛教的六道比喻畿尉任滿後升遷的情況，雖是戲言，卻反映出畿尉職位是基層中比較好的一項，提領未來高級官員一個地方行政的經歷。雖身處地方，卻是入朝爲京官的最佳跳板，此職位對樂天而言，成了進入朝官的暖身工作。

另一方面，身爲縣尉得以與庶民階層有更深一步接觸與觀察，列爲諷諭詩作的〈觀刈麥〉一首，便是樂天於盩屋縣尉任內觀察到的農民問題：

> 右手秉遺穗，左臂懸敝筐。聽其相顧言，聞者爲悲傷。家田輸稅盡，
>
> 拾此充飢腸。

由於將收成全部輸官稅都不夠，只得賣田繳納稅賦，最後只好淪落至撿拾遺穗充飢。可知諷諭詩的寫作早在此時便已出現。

白居易曾經在長慶四年（53 歲）、大和三年（58 歲）、大和七年（62 歲）、大和九年（64 歲）四任分司官〔註35〕，會昌二年，以刑部侍郎致仕，結束分司生涯。〔註36〕

從白居易碑志作品，可瞭解有關任官的名詞。隋唐官吏（職事官）任用的種類甚多，主要有拜、遷、轉、擢、除、改、左遷、左除、授、左授、貶等，均表示任用時新官職與舊官職在秩位上的升降關係。

如〈故滁州刺史贈刑部尚書榮陽鄭公墓誌銘〉云：

五品上。掌傳令，諷過失，贊禮儀，以經教授諸郡王」

〔註34〕《唐語林》卷五，見宋，王讜撰、周勛初校證：《唐語林校證》（北京：中華書局，1997 年 12 月），頁 447。

〔註35〕張晉藩針對東宮官職責言：「太子擁有官屬，亦稱『東宮』，其東宮職官十分龐雜，但大體上模擬一個小朝廷，以培養太子學習執政當權的能力，但實際上又多半爲閒散之職」、「太子東宮官員平時除教習太子外，一般無具體職事，是爲散職」。所謂東都分司官，是指唐代中央職官分設在陪都洛陽的一套官僚體系，多屬閒散之職。

〔註36〕參見勾利軍：〈白居易任東都分司官考述〉，《中州學刊》第 128 期（2002 年 3 月），頁 109～111。

採訪使奇之，奏署支使。改〔註37〕浚儀主簿，轉〔註38〕大理評事，
兼佐漕務。彭果領五府，奏公爲節度判官。會果坐贓，連累僚佐，
貶〔註39〕光化尉。移向城尉，歷北海。時安祿山始亂，傳檄郡邑，
邑民孫俊、鄧犀伽毆市人劫廩藏以應。公時已去秩，因奮呼，率僚
吏子弟急擊之，殺俊、犀伽，盡殲其黨，繇是一邑用寧。朝廷美之，
擢〔註40〕授登州司馬。尋轉長史，累加朝散大夫，入爲太子左贊善
大夫、尚書屯田員外郎、太子中允，出攝淄州刺史，俄換萊州，連
有善最，詔授〔註41〕檢校司勳郎中兼侍御史，充青萊登海密五州租
庸使。太尉李公光弼鎮徐州，奏公爲徐州刺史，充海登沂三州招討
使，加正議大夫，賜紫金魚袋。公威惠舊著，比至部，而蒼山賊帥
李浩與其徒五千來降，繇是三郡底定。復入爲衛尉少卿，相國王公
縉統河南，奏公爲副元帥判官。未幾，除〔註42〕秘書少監兼滁州刺
史本州團練使，居八載，政績大成。

又如〈唐銀青光祿大夫太子少保安定皇甫公墓誌銘〉云：

俄又徵拜〔註43〕國子祭酒，未幾謝疾，改太子賓客，轉秘書監分司，
又就拜檢校左散騎常侍兼太子賓客，轉秘書監分司，始加命服正三
品，又遷〔註44〕太子少保分司。

又如〈唐故通議大夫和州刺史吳郡張公神道碑銘〉云：

在獲嘉以不茹柔得人心，以不吐剛得罪，繇是左遷〔註45〕鄂州司馬

〔註37〕改：即調任他職之意，可由低職調高職，也可由高職調低職；可由同級調優
　　　　缺，也可調劣缺，使用甚廣。
〔註38〕轉：「轉」也是調任官職之稱，但所調的新職是同品級或較高的品級。
〔註39〕貶：即調任較低的官職，較「左遷」、「左授」更爲明顯而強烈。唐人稱「貶」
　　　　官多係指由中央高官調地方卑官，或中央勢要之官調邊地閒散之官（不論品
　　　　級，主要在去其勢要），或由距京師較近的官職調較遠的官職。
〔註40〕擢：「擢」是調升之意，即由低品級升任高品級的官職。
〔註41〕授：即授予官職之意，可用於初任，也可用於轉任，「授」與「拜」「除」相
　　　　似，可作任官之通稱。
〔註42〕除：其意與「拜」同，但「除」極少用於初任。
〔註43〕拜：「拜」係隋唐任官的通稱，意即正式任命，少有官職升降的含義，因此，
　　　　「拜」較常用於初任，如陸贄以經學聞名，陳少游薦於朝廷，「拜左拾遺」，
　　　　即受任命爲左拾遺。不過，在屢任之後也會用「拜」，因爲「拜」是隋唐任官
　　　　常用之辭。
〔註44〕遷：由一官職調任另一同品級或高品級的官職，通稱爲「遷」。
〔註45〕左遷：「左遷」與「遷」不同，「左遷」是由一較高官職調降較低官職之意。

以上所述爲隋唐任官形態的種類，然而唐人對任官種類的稱呼除降官必稱
貶、左遷、左授外，其他並無嚴格的區分，所以在史料中，拜、遷、轉、擢、
進、除、改、授等字常有混淆參用的現象。

第五節　探究佛道流行情況

一、佛教流行情況

　　源於印度的佛教，在西漢末期傳入中國，到唐代大爲盛行。初唐至中唐
發生了三件崇佛大事。一是貞觀年間高僧玄奘赴印度取經，往返十九年，攜
回佛經 657 部，翻譯後，唐太宗親作序文。二是武則天在東都洛陽造特大佛
像，利用興佛教製造輿論，奪取帝位。三是憲宗李純不顧大臣反對，從鳳翔
法門寺將佛骨（傳爲釋迦牟尼的指骨）迎到長安，在皇宮供奉三天。雖然三
件事性質不同，但都宣揚了佛教，擴大了佛教的影響。到會昌五年，唐武宗
滅佛時，全國共有大、中寺院四千六百多所，小型寺廟四萬多所，僧尼二十
六萬多人，且有結社〔註46〕的存在。

　　〈唐江州興果寺律大德湊公塔碣銘〉云：

> 本結菩提香火社，共嫌煩惱電泡身。不須戀戀從師去，先請西方作
> 主人。

又〈華嚴經社石記〉

> 有杭州龍興寺僧南操，當長慶二年，請靈隱寺僧道峰講《大方廣佛
> 華嚴經》，至《華藏世界品》，聞廣博嚴淨事，操歡喜發願：願於白
> 黑眾中，勸十萬人，人《轉華嚴經》一部。十萬人又勸千萬人，人
> 諷《華嚴經》一卷。每歲四季月，其眾大聚會。於是攝之以社，齊

〔註46〕僧社，又叫法社、蓮社、浮社、香火社等等，是崇奉佛教的官僚貴族和在家
居士同僧人結成的社會團體。最早的蓮社是由淨土宗的先驅者、東晉高僧慧
遠創辦的。慧遠對祖國文化的深厚修養，以及風度魅力，對士大夫很有吸引
力，使得彭城劉遺民、豫章雷次宗、雁門周續之、新蔡畢穎之、南陽宗炳、
張萊民、張季碩等一百二十三人，都依慧遠遊止。慧遠於是和他們集於廬山
北面般若雲台精舍阿彌陀佛像前，建齋立誓，共期往生西方淨土。這樣，
中國的第一個蓮社便產生了。蓮社的創立，開闢了僧俗交遊的新蹊徑。到了
唐代，僧社普遍發展起來。入社的士大夫成分也頗複雜。由於歷史的原因，
廬山東林寺和西林寺仍然是僧社中最活躍的處所。此外，洛陽和其它些有佛
教寺院的地方，也都有一些僧社。

之以齋，自二年夏至今年秋，凡十有四齋。

我們從〈唐江州興果寺律大德湊公塔碣銘〉和〈華嚴經社石記〉中可以略窺佛教結社的存在，白居易自然也曾經出入這種佛教團體，既追求了佛教精神的高揚又強化了社會的連帶感，這種連帶意識又更進一步普及了白居易所使用的多樣文學形式，正因為如此，當時的社會上有許多人吟誦他的文學，形成文學集團，佛教的勢力與影響可謂遍及全國。

佛教之盛，自碑誌以求證，略舉其犖犖大者如下：

（一）帝王之虔信而見於碑者，如：

〈草堂寺爲子祈疾疏〉：「鄭州刺史李淵，爲男世民因患，先於此寺求佛，蒙佛恩力，其患得損。今爲男敬造石碑象一鋪，願此功德資益弟子男及合家大小福德具足，永無災障。弟子李淵一心供養。」〔註47〕

（二）后妃禮佛，如：

〈敬善寺石像銘〉：「……自鶴林秘彩，雞山蘊迹。甄睿像於貞金，刊瑞容於芳琬。夙猷不墜，醫此賴焉。紀國太妃韋氏，京兆人也……爰擇勝畿，聿脩靈像……」〔註48〕

（三）婦女佛教信仰之見於碑誌者，如：

白居易所作〈海州刺史裴君夫人李氏墓誌銘〉云：

> 夫人爲相門女，邦君妻，不以華貴驕人，能用恭儉克己，撫下若子，敬夫如賓。衣食之餘，傍給五服親族之饑寒者，又有餘，散沾先代僕使之老病者，又有餘，分施佛寺僧徒之不足者。浣衣菲食，服勤禮法，禮法之外，諷釋典，持眞言，棲心空門，等觀生死。故治家之日，欣然自適，捐館之夕，怡然如歸。

李氏嫁進夫家後，事奉其姑以孝聞，隨侍丈夫以順稱，輯睦娣姒以和者。身爲主婦的漫長生涯裏，她相夫教子、經理家庭經濟的用度、維繫家族成員的情誼等等，各式各樣的家族需求，都由她來操持、供應，其辛勞難以道盡。最後的依賴，也是皈依佛教。描繪李氏面對生死之坦然，可謂超越了世俗的表揚。對「生死豁達」的描繪，如了悟生死的體現，是表露在臨終之際，預先自知歸期，安然西歸極樂，自在而無礙，寓寄高度的讚歎。

〔註47〕〈草堂寺爲子祈疾疏〉全唐文卷三。
〔註48〕〈敬善寺石像銘〉全唐文卷二二六。

　　墓誌撰寫人對婦女在持家之餘，以宗教爲寄心所在，給予肯定，因爲心性行爲上的修持，強化了清淨、簡樸、溫柔、慈悲，乃至好善樂施的種種品行，符合士人對婦德的要求。作者更常顯彰墓主生前堪耐繁重家務的折磨，臨終能豁達面對死亡的到來，是修行感應的成果，或是平日善行的回饋，這是對婦女極高的讚禮。

　　從對唐墓誌的分析考察可知，唐代婦女信佛者較多〔註 49〕，在家修行的婦女占絕對多數，且相當一部分奉佛者爲孀居婦女。〔註 50〕唐代婦女誦讀或抄寫的佛典主要集中在金剛般若、法華、尤以金剛般若、法華兩經爲最。唐代婦女崇佛原因眾多，其中不少孀居婦女、無子和不育的婦女多從佛教中尋求精神和情感寄託。

　　周紹良先生主編的《唐代墓志彙編》、《唐代墓志彙編續集》〔註 51〕和《全唐文》〔註 52〕，見到其中有相當的碑銘祭文，勾描出唐代婦女信奉佛教的一些情況，焦傑先生〈從唐墓志看唐代婦女與佛教的關係〉一文，文中談了唐代婦女爲什麼信奉佛教，唐代婦女對佛教的篤信程度，唐代婦女的佛教生活

〔註 49〕 可參見嚴耀中，〈墓志祭文中的唐代婦女佛教信〉〈收入鄧小南主編，《唐宋女性與社會》，上海：上海辭書出版社，2003 年 8 月，頁 467～793，特別是頁 467、479。〉、楊小敏，〈唐代婦女與佛教〉，《濬陽師範大學學報》（社會科學版），2003 年第 3 期，頁 20～23、吳敏霞，〈從唐墓誌看唐代世俗佛教信仰〉，《佛學研究》，1996 年，頁 218～225，特別是頁 219，蘇士梅，〈從墓志看佛教對唐代婦女生活的影響〉，《史學月刊》2003 年第 5 期，頁 84～88。

〔註 50〕 蘇士梅〈從墓誌看佛教對唐代婦女生活的影響〉史學月刊 2003 年 05 期。

〔註 51〕 周紹良主編《唐代墓志彙編》，上海古籍出版社，1992 年版，以下簡稱《彙編》；周紹良、趙超主編《唐代墓志彙編續集》，上海古籍出版社 2001 年版，以下簡稱《續集》。《彙編》的墓志中明確地表示墓主或與墓主相關的婦女專一信佛者共有 172 例，《續集》中則有 63 例。

〔註 52〕 在《全唐文》中，還有不少記有婦女信佛事例的文章，尤其是一些佛像畫贊和造像碑記。如僅梁肅一人所撰的《金剛般若波羅密經石幢贊並序》、《藥師琉璃光如來畫像贊並序》、《繡觀世音菩薩像贊並序》、《地藏菩薩贊並序》、《藥師琉璃光如來繡像贊並序》、《千手千眼觀世音菩薩像並序》等文章[l][8]中都提到其緣起者爲女施主。再如《唐文續拾》卷十一所載《韓文雅造像記》、《女弟子劉造像記》、《葉師祖妻造像記》、《劉□□造像記》、《楊君植造像記》、《都督長沙姚意妻造像記》、《仁縣尉周楚仁造像記》、《鄉縣丞牛密母造像記》、《蘇州長史妻造像記》、《比丘尼阿妙等造像記》、《比丘尼永悟造像記》、《劉恭造像記》、《王承秀造像記》、《佛頂尊勝陀羅尼經幢記》、《黃順儀造經幢記》等等，其文所表明造經像的發起人中皆有女性，這還不算同卷中《周村卌餘家造像記》、《桑始興合邑百餘人等造像記》等碑銘裡所可能包括的大批女性。

等三個方面的內容，不無新意。

（四）士大夫為僧人撰寫的碑文

佛教界為了擴大宣傳和影響，請士大夫中高位崇名者和大手筆為已故的名僧撰寫碑銘，這在唐代，蔚然成風。早在唐初，住力去世，東宮庶子虞世南為他撰寫碑文；德美、空藏去世，金紫光祿大夫、侍中于志寧撰文。慧能死後，先後有王維、柳宗元、劉禹錫三人為他撰寫碑銘，成為最突出的事例。〔註53〕

士大夫為僧人撰寫的碑文，成為編纂僧史的珍貴資料，北宋贊寧《宋高僧傳》一書，即多據碑文而寫成。士大夫撰寫碑文，稿酬極高。盧山東林寺僧道深、懷縱、如建、沖契等二十餘人，請白居易為撫州景雲寺律師上弘撰碑銘，以價值十萬錢的絹帛共一百匹作為報酬。白居易認為「法施淨財，義不己有」〔註54〕於是用於修經藏西廊。這在當時是通行的價格。

白居易是唐代士大夫虔謹奉佛的典範，他博通佛典，他的文集保存了許多唐代佛教史料，其中就有禪宗〔註55〕北宗在洛陽長期而重要的道場──聖善寺法凝師徒三人的相關文獻 ，可從〈如信大師功德幢記〉、〈東都十律大德長聖善寺鉢塔院主智如和尚荼毗幢記〉來做參考。《白居易集》保存了洛陽聖善寺法凝等三位僧人的資料，長久以來未被辨識出他們原是北宗禪師。簡宗修從多方面証明了他們的北宗禪師身份，並對他們所處的時代意義，作出一些推論，對禪宗史的發展，有更完整的了解。〔註56〕簡宗修釐清這三位北宗禪師的真正身份背景，〔註57〕這些資料雖屬舊文獻，但一經重新確認它們的

〔註53〕郭紹林：《唐代士大夫與佛教》（台北：文史哲出版社，1993年），頁110。

〔註54〕卷四十三〈東林寺經藏西廊記〉。

〔註55〕禪宗，中國佛教宗派。主張修習禪定，故名。又因以參究的方法，徹見心性的本源為主旨，亦稱佛心宗。傳說創始人為菩提達摩，下傳慧可、僧璨、道信，至五祖弘忍下分為南宗惠能，北宗神秀，時稱「南能北秀」。該宗所依經典，先是《楞伽經》，後為《金剛經》，《六祖壇經》是其代表作。

〔註56〕簡宗修：〈《白居易集》中的北宗文獻與北宗禪師〉，《佛學研究中心學報》第6期，頁213～242。

〔註57〕白居易與洛陽聖善寺法凝師徒的法緣，既深且久，但法凝師徒的北宗背景，千餘年來仍未為人知。簡宗修從多方面証明他們的北宗禪師身份。如：考証聖善寺在法凝之前即與北宗有長期淵源、辨明〈如信記〉中所云「傳六祖心要」的「六祖」是北宗神秀，而非南宗慧能、從法凝師徒的葬所（龍門奉先寺），說明他們是神秀弟子義福的法裔、從唐代佛教的背景，解釋如信與智如對尊勝陀羅尼的尊信，不能作為認定他們是密教弟子的根據。

北宗背景，這不只對研究白居易的學佛歷程有重大意義，在北宗禪發展過程的研究上，也添補了一項新的史料。

另外，白居易生平交往的僧人中，也有南禪〔註58〕系統的僧人，其著名者，如長安大興善寺惟寬禪師，是馬祖道一弟子，胡適根據白氏爲惟寬所撰的碑銘〈傳法堂碑〉，寫了一篇〈白居易時代的禪宗世系〉〔註59〕。又如洛陽奉國寺神照禪師，是神會法裔，白氏爲神照所撰的塔銘〈唐東都奉國寺禪德大師照公塔銘並序〉，提供了研究宗密在神會禪系的出身背景資料〔註60〕。

二、道教流行情況

唐王朝由始至終都崇奉道教，前後出現過三次高潮：一是初唐時期，以皇室姓李爲由，追認道教祖師老子李耳爲祖先，更下詔尊太上老君李耳爲玄元皇帝，並立祠堂供奉，使道教有了御用宗教的性質；二是唐玄宗時，在全國各州大修玄元皇帝廟，親注老子《道德經》，頒發給公卿和佛、道兩教，又在科舉中增考《老子》，增開道科，同時廣求道士，大設道場；三是唐武宗時，滅佛崇道，煉丹服藥，更在宮中建望仙台，追求成仙得道，長生不老，最後卻被丹藥毒死。

道教是中國土產宗教，它與佛教把現實看作夢幻，追求解脫的消極厭世思想不同。道教肯定生命，追求永生，這更符合人們的欲望，易於被人接受。道教宣揚的道術、符法、服丹、升仙，雖是無稽之談，但也存在著某種誘惑力。白居易《長恨歌傳》受道教的影響也是顯而易見的，當中的楊貴妃成了仙，道士用法術找到了她。

（一）慕仙成道之風

唐代經濟發達，社會蓬勃發展，導致唐人對功名利祿、聲色歌舞和長生

〔註58〕他晚年結交的智如、如滿都是南宗弟子。由於禪宗南宗是一個玄學化儒學化了的中國式的佛教，具有輕視式律、放蕩形骸的世俗世彩，因此很適合那些士途失意，滿懷煩惱的中國士大夫的口味。白居易在南宗禪學中，找到一個宗教生活的歸宿，也是很能說明他對儒、道、佛三教的調和態度。由於禪宗南宗具有「見性成佛，不立文字」，「若欲修行，在家亦得，不必在寺」的修行方法，以及輕視戒律放蕩形骸的世俗色彩，頗與白居易晚年通脫放任的處世態度及通脫放任的形象相合，因此白居易栖心於禪宗南宗。

〔註59〕見《胡適文存・第二集卷四》。亦見柳田聖山編，《胡適禪學案》（1974，台北：正中書局）。

〔註60〕參閱冉雲華〈宗密傳法世系的再檢討〉（載於冉雲華《宗密》一書附錄，1988，台北東大圖書公司）。

富貴的強烈追求。他們盡情縱欲、攀花折柳，欲永享塵世歡樂。但是時代潮流的跌蕩起伏，人間世事的變幻不定，構成唐人對人世種種享樂的不滿足和對生活短暫憂患意識的心理困擾。由之乃借小說的創作來表達他們要求以生為樂、以長壽為大樂、以飛升成仙為極樂的理想。而一些對仙界描寫的志怪小說正能體現出來。《柳毅傳》中，描寫金碧輝煌的龍宮、氣魄雄偉的盛宴仙樂。又《柳毅傳》中，柳毅本是個落第窮儒，只因為他巧遇落難龍女，仗義為她捎信。好運自此降臨，他不僅穫得巨資，成為淮右巨富，而且因娶了龍女又「壽比神仙」「水陸無所不至」。再如白居易所作〈唐故虢州刺史贈禮部尚書崔公墓誌銘〉云：

> 公夙慕黃老之術，齋心受籙，服氣煉形，暑不流汗，冬不挾纊，膚
>
> 體顏色，冰清玉溫，未識者望之如神仙中人也。

凡此對仙境、仙女、神仙等的描寫，不難發現是世人對世俗的強烈欲望。他們沉溺在塵世的欲海裡，希望能夠長生富貴，享用一切。由此可窺知唐代的慕仙成道之風的盛行。

（二）崇尚隱逸之風盛行

道家對於「隱」亦持著肯定的態度，老子認為聖人之所以能不朽是因為他能「處無為之事，行不言之教。」〔註61〕而且他有「生而不有為而不恃，功成而弗居。」〔註62〕的美德，所能夠功蓋天下達到不朽的境界。所謂的大道應該是「功成而不有，衣養萬物而不為主。」〔註63〕、「生而不有，為而不恃，長而不宰。」〔註64〕。

莊子不但極力地頌揚隱逸，且以身作則貫徹隱逸主張，在〈秋水〉篇裡，當楚威王派使者，傳達要莊子出來參與政事的旨意時，莊子斷然拒絕，並把自己比喻為神龜，寧可曳尾於塗中，也不願死去被留在廟堂之上受人崇仰。〔註65〕隱士所追求的是「平易恬淡」的正道和美德。莊子也在〈讓王〉篇裡針對君子對於「身在江海之上，心居乎魏闕之下」〔註66〕莊子明白地說出：「純

〔註61〕晉・王弼注：《老子帛書老子》（台北，學海出版社，1994年），頁2。
〔註62〕晉・王弼注：《老子帛書老子》（台北，學海出版社，1994年），頁26。
〔註63〕晉・王弼注：《老子帛書老子》（台北，學海出版社，1994年），頁39。
〔註64〕晉・王弼注：《老子帛書老子》（台北，學海出版社，1994年），頁10。
〔註65〕錢穆著：《莊子纂箋》（台北：東大圖書股份有限公司，1985年），頁137。
〔註66〕《莊子・讓王》，雜篇之六，頁238。

粹而不雜，靜一而不變，淡而無爲，動而以天行，此養神之道也。」〔註67〕
由此引申而來的，當然是注重「處」的功夫，也是以「隱」爲主的的思考重
心，當然顯現出來的是，對現實的政治採取棄絕的主張，因而，道家思想是
重隱的。

　　睽諸整個唐代的隱逸，在當時的文士之間，是一種最時興的文化及個人
的人生選擇，嘉慕隱逸之詩作一直不曾中斷過，李劍鋒說明了唐朝代各個階
段中，隱逸動機的差異性，他說：「盛唐人的隱主要是爲了用世，中唐人則主
要是獨善，而晚唐五代則主要是避世。」〔註68〕，翻開記載唐代歷史的史書
中所載的隱逸之士，《新唐書》〈隱逸傳〉有二十三位〔註69〕、《舊唐書》〈隱
逸傳〉有二十位〔註70〕，扣除掉兩書重複的人士，這二本史書裡所記載的隱
士，總共有三十人之多。在《唐語林》裡也列有〈栖逸〉一章〔註71〕，《大唐
新語》則有〈栖逸〉一門〔註72〕，也都記載著當時隱士的事跡。根據《唐人
隱逸風氣及其影響》一書〈唐代士人隱逸事跡表〉的統計，唐代士人在新、
舊唐書有事跡可考，或有詩著作傳世，總計得一九〇人，而僧、道之屬，均不
收錄。〔註73〕唐朝的皇帝也頻頻與隱逸之士保持良好的互動關係，也喜以徵

〔註67〕《莊子・刻意》，外篇之八，頁123～124。

〔註68〕李劍鋒著：〈論唐代人接受陶淵明的原因和條件〉，《文史哲》，山東人民
　　　　山版社，1999年3月，頁83～87。

〔註69〕楊家駱主編：《新校本新唐書》，台北市，鼎文書局出版，西元1985年3月
　　　　4版。卷一百九十六，列傳第一百二十一，隱逸，頁5593。共有「王績、朱
　　　　桃椎、孫思邈、田游巖、史德義、孟詵、王友貞、王希夷、李元愷、衛大經、
　　　　武攸緒、白履忠、盧鴻、吳筠、潘師正、劉道合、司馬承禎、賀知章、秦系、
　　　　張志和、孔述睿、陸羽、崔覲、陸龜蒙。」等二十三人。《新校本舊唐書・
　　　　列傳・隱逸》卷一百九十二，列傳第一百四十二，頁5115。共有「王績、田
　　　　遊巖、史德義、王友貞、盧鴻一、王希夷、衛大經、李元愷、王守慎、徐仁
　　　　紀、孫處玄、白履忠、王遠知、潘師正、劉道合、司馬承禎、吳筠、孔述睿、
　　　　陽城、崔覲。」等二十人。

〔註70〕楊家駱主編：《新校本舊唐書》，卷一百九十二，列傳第一百四十二，〈隱
　　　　逸〉，頁5115。共有「王績、田遊巖、史德義、王友貞、盧鴻一、王希夷、
　　　　衛大經、李元愷、王守慎、徐仁紀、孫處玄、白履忠、王遠知、潘師正、劉
　　　　道合、司馬承禎、吳筠、孔述睿、陽城、崔覲。」等二十人。

〔註71〕此據宋・王讜撰《唐語林》（台北：台灣商務印書館，1979年）。卷四〈栖
　　　　逸〉，頁114～118。

〔註72〕唐・劉肅撰：《大唐新語》（北京：中華書局，1984年）。

〔註73〕劉翔飛撰：《唐人隱逸風氣及其影響》，國立台灣大學中文研究所碩士論文，
　　　　1978年，頁149～176。附錄，〈唐代士人隱逸事跡表〉。

辟隱士出山爲號，來突顯政治昇平清明，所以連隱居深山的高士也願意爲朝廷效力。於是各階層的人，也都以隱居爲高爲優。如：〈故饒州刺史吳府君神道碑銘〉云：

> 初元和中，公始因郎官分司東洛，由是得伊嵩趣，愜吏隱心，故前後歷官八九，凡二十有五年，優游洛中，無西笑意，忘懷窮達，與道始終，澹然不動其心，以至於考終命，聞者慕之，謂爲達人。

胡適在《白話文學史》一書裡，說明了唐朝隱逸風氣盛行的情況，他說：

> 中國的思想界經過佛教大侵入的震驚之後，已漸漸恢復了原來的鎮定，仍舊繼續東漢魏晉以來的自然主義的趨勢，承認自然的宇宙論與適性的人生觀。禪宗的運動與道教中的智識分子都是朝著這方向上走的。在這個空氣裡，隱逸之士遂成了社會上的高貴階級。聰明的人便不去應科第，卻去隱居山林，做個隱士。隱士的名氣大了，自然有州郡的推薦，朝廷的徵辟；即使不得徵召，而隱士的地位很高，仍不失社會的崇敬。〔註74〕

由此可知，唐代隱逸風氣的盛行，除了朝廷的獎掖禮遇隱逸之士，還有佛道思想的背景在助長著，難怪隱逸成爲唐代士人的生活道路之一。

　　中唐以後的政治風氣逐漸敗壞，許多文人的仕途蹭蹬不順，屢遭遷謫，歷經種種磨難以後，再回朝任官，精神風貌和人生的價值觀，也都有了重大的改變，尚永亮在《科舉之路與宦海浮沉》一書裡，詳細論述了中唐貶謫文人，從貶途到長期謫居生活過程中的情形和心理狀態。他將這些文人的生命沉淪畫分爲「踏上貶途、初至貶所和長久謫居三大階段」，他說：

> 這一過程我們看到，他們的生命由沉淪、磨難而一步步被貶值、被拋棄、被拘囚，甚而至於荒廢，他們的心理也由惶恐、焦慮而一步步發展爲孤獨、苦悶、憂鬱，直至產生性格的變異。〔註75〕

在政治社會的變動影響下，以及各種思潮的衝擊下，再加上自身的人生波折，於是出現了新的隱逸型態，也就是白居易所提出的「中隱」，白居易提出這樣的論調，主要因爲他的處世原則是：「達則兼善天下，窮則獨善其身」，當兼濟之志無法實現時，就退而求獨善，也就是說「兼濟」和「獨善」在他內心形成

〔註74〕胡適著：《白話文學史上卷/第二篇・唐朝》（台北：遠流出版社，1986 年），頁 76。

〔註75〕尚永亮著：《科舉之路與宦海浮沉——唐代文人的仕宦生涯》（台北：文津出版社，2000 年），198 頁。

一個自動調節的機制，在生活實踐上，這兩原則會自動調節互相消長，當他對於自己在外在世界的遭遇有所不滿時，就以「委順」來取得內心的平衡。

隱逸不但是高尚的行為，且又有避禍全身的好處，如果又想能夠飽食安車、衣食無缺，那麼唯一的路就是吏隱，選擇在朝廷裡讓自己形見神藏，身在仕宦而心則以不理世務為原則，如此亦仕亦隱，即可常保安康。至此實質上的避世隱居，就無必要了，在出處進退之間也因而獲得了身心的平衡，這就是出處兩宜了。

第六節　補史籍記載之闕漏

顧炎武《金石文字記序》云：「余自少時，即好訪求古人金石之文，而猶不甚解，及讀歐陽公集古錄，乃知其多與史書相證明，可以闡幽表微，補闕正誤，不但詞翰之工而已。」〔註76〕墓誌銘可補闕正誤，可據以考證、訂補史書上的記載。

當代人記述當代名賢士大夫的生平事蹟，或本之家傳，或驗之以親見親聞，就史料價值而言，應是第一手的，向來為研究經史的學者所取資。例如劉恕在任和川令時，在郊外見到「劉聰太宰劉雄碑，知嘉平五年始改建元，正舊史之誤。」〔註77〕是知碑上所書的紀元必是最正確的。歐陽修輯《集古錄》，其序說：「可與史傳正其闕繆」〔註78〕則可見碑刻對研究歷史是非常有幫助的，既可以補史傳之缺略，也可改正其錯誤。

碑誌文，為歷史研究提供了多層次、多角度的資料。這些資料，多由死者的親屬、好友或當時名流撰寫，比起後人的追述，更為詳實可靠。因此，在學術研究中的價值和作用更大。

碑誌文可補充史傳記載的不足。兩《唐書》分別成書於五代和北宋，追述唐代有些重要的歷史人物或語焉不詳，或缺載遺漏，通過墓誌史料補證史籍記載之缺。如「孫光祚墓誌」，唐大曆十二年刻，1979年出土於河北省涿縣塔上村。墓主於新舊《唐書》均無傳。誌文保存完整，敘事簡潔，是研究中唐歷代的重要實物史料。如唐儉是李淵太原起兵建立唐朝的直接參與者之一。唐儉的功業事蹟在新、舊《唐書·唐儉傳》雖有載，但公元一九七八年

〔註76〕顧炎武《金石文字記》《石刻史料新編》第12冊，頁9191。
〔註77〕見《歐陽文忠公集》卷七十三〈論尹師魯墓誌〉。
〔註78〕見《司馬文正公集》卷六十五〈十國紀年序〉。

〈唐儉墓志銘〉於陝西禮泉出土後，墓志銘上載有李淵在出兵太原之際對唐儉「言聽計從」之文，其內容所記遠較兩《唐書》本傳更為豐富，是以作者根據〈墓志銘〉的內容，重估了唐儉在唐朝建國史上的地位，同時補充了兩《唐書》對唐儉記載的不足。〔註79〕

　　如案：李商隱撰墓碑銘曰：「公以致全刑部尚書，年七十五。會昌六年八月薨東都。」陳譜、汪譜俱據此定卒年為會昌六年八月。陳譜曰：「公卒之歲，新史及墓碑所載皆同。獨舊史云大中元年，年七十六，非也。當以墓碑為定。」舊唐書誤遲一年。

　　清末金石學家葉昌熾撰《語石》十卷，是研究碑刻的經典之作。在其中提到：

> 以碑版考史傳往往牴牾，年月、官職、輿地、尤多異同。……然不徒証史也，即以文字論，一朝總集莫不取材於此。〔註80〕

實則不止補一代之總集，唐代名家所撰名臣墓碑石刻，即使收入其文集中，也可以互校其文字之異同，仍有校勘的價值。葉氏更進一步論及：

> 撰書題額結銜可以考官爵、碑陰姓氏亦往往書官於上，斗筲之祿，史或不言，則更可以之補缺。郡邑省并、陵谷遷改，參互考求，瞭於目驗。關中碑誌，凡書生卒，必云終於某縣某坊某里之私第，或云葬於某縣某村某里之原，以証《雍錄》、《長安志》，無不吻合。推之他處，其有資於邑乘者多矣！〔註81〕

王國維研究古史，提出二重證法，即是將紙上的文獻和地下的遺物打成一片，互相印證，求其可信，補其脫遺，而缺其不可知者，以待後來的學者賡續研究。墓誌銘原先埋於壙中，是地下的遺物，後來為考古學者發掘，不斷流布，成為今日研究歷史必須利用的第一手史料。《文心雕龍·誄碑》篇云：「夫屬碑之體，資乎史才，其敘則傳，其文則銘」，可見碑誌文亦屬傳記文字之一種。白居易以史家嚴肅之態度，審慎取材，忠實記錄，確使其碑誌保留許多歷史人物之事蹟、反映社會國家之動態，具有史料價值；白居易碑誌作品，或得之目接，或獲之耳聞，或本之家傳行狀，皆有據依，治唐史不可不留意。

〔註79〕見牛致功，〈唐儉和李淵建唐——讀唐儉墓誌銘〉，《歷史月刊》第 24 期（1999 年 6 月），頁 108～115。
〔註80〕見葉昌熾撰《語石》（台北：台灣商務印書館，1965 年），頁 200。
〔註81〕見葉昌熾撰《語石》（台北：台灣商務印書館，1965 年），頁 201。

第八章 結 論

　　白居易是中國文學史上偉大的現實主義詩人，這一點，幾乎家喻戶曉；他同時又是唐代一流的散文家，這一點，卻不大被人們注意。綜觀白居易的全部作品，不難發現其散文創作不論在數量方面還是質量方面均可追及其同時代的散文大家韓愈、柳宗元。但是，也許由於白氏詩名太大了，而掩蓋了他其他方面的成就，關於這位「極文章之壺奧」（〈與元九書〉）的大散文家的散文創作幾乎被所有史學家所忽視，當然就更談不上作什麼系統深入的研究了。

　　歷來研究白居易及其作品之學者，可謂甚多。主要集中於詩歌，然對其散文之研究，尤其是碑誌文之研究，卻寥寥無幾，缺乏應有的關注，實為可惜。本文以白居易散文中碑誌文部分，作為探討對象，以作引玉之磚，開展探究之領域。

　　碑誌的演變，乃是由最初上古帝王記錄功業，經過拴牲畜之用，後來發展到墳墓前的刻石記功。至於其起源，乃無法確定，但由文獻的探討，可得知，其發展演變的情形是漢代已將碑誌的文體定型，而至唐代由於帝王碑刻、文人書碑之風盛行，加上唐朝建立以後，結束了魏晉南北朝長期分裂的局面，實現了南北統一。經過長期穩定的發展，人民生活安定，經濟迅速發展，使人們有條件去刻石立碑，甚至拿出巨額資財求人寫碑誌。唐代流行刻誌立碑，致使唐代碑誌撰刻極為發達。唐代碑誌之多，是歷代所無法比擬的，這與唐代刻寫碑誌風氣的盛行是分不開的。唐代碑誌文的內容豐富而絢麗，有著歷史和文化價值。無怪乎自古以來，不斷有學者進行研究，挖掘蘊含其中珍貴的遺產。

　　唐朝白居易的碑誌文，在《文苑英華》、《唐文粹》、《白居易集》、以及《全唐文》可見分類情形。白氏散文，向來不甚受推重，故前人僅作零星之校勘，而未全力爲之披榛莽、掃蕪穢者，以致魯魚虛虎之訛，觸目皆是。目前校訂白居易散文較爲完備，有羅聯添所寫的《白居易散文校記》及朱金城編撰的《白居易集箋校》。兩書比較各版本，作了詳細的考證、勘校，可說極具參考價值。

　　現存白居易碑誌文共有二十九篇，觀墓主的身分，自王侯將相至閭巷之士，無所不包。白居易爲人撰寫墓誌銘，大約有「請銘」、「奉詔」和「自願」等三種創作動機。白居易墓誌銘的優秀的作品，大都出於自願之作。這些作品的墓主，大都是自己的親戚、交往深厚的好友、甚至於作者本身，文中充分流露出作者眞摯的心情。這種作品與應酬之作，不可相提並論。

　　白居易所撰的 29 篇碑誌作品中，9 位墓主之行跡，因史書也同樣記載他們的事蹟，而可以尋索碑、史不同之處。經過碑、史所說的內容比較，可以發現「碑詳史略」、「史詳碑略」二大類。

　　有些墓主因無顯赫的功績，或爲平凡無奇之人物，後代史家爲他們立傳時，篇幅十分簡略。但在白居易所作的碑文中，對於這些人的事蹟，描寫得頗爲詳細。究其原因，碑誌文與史傳文，從記述個人事蹟來看，乃是同出一轍。但因作者的身分、立場不同，難免有不同之處。後代的史官記述前代的人物或事件時，要以靠當時的史料，因此，史傳文以客觀性的筆法行文。碑誌文敘述當代人，作者敘
述墓主的行蹟時，難免插進作者的私見。

　　白居易爲人撰寫墓誌銘，其中有些墓主，由於後來被視爲一代忠臣或傑出的文人，史家蒐集有關資料時，除了白居易所作的墓誌銘外，可能亦有更豐富的資料，比白居易所撰碑文記載得更爲詳細。因此經過碑、史合觀，才能更能具體地了解前人的事跡。

　　由白居易之〈醉吟先生墓誌銘〉、〈唐故溧水縣令太原白府君墓誌銘〉可知其先世：從北齊五兵尙書白建以下，代代相承，都有記載可資查證。而白建以前無從考證；至於家人，可由〈唐故坊州鄜城縣尉陳府君夫人白氏墓誌銘〉瞭解其外祖母對他們兄弟的恩德，亦因外祖母時常的照料教導，以致於白居易兄弟皆能知書達禮，進而在朝爲官；〈唐太原白氏之殤墓誌銘〉可看出樂天與弟幼美的手足情深；而由白居易爲友人所作的碑誌文，如爲元稹所作

的〈唐故武昌軍節度處置等使正議大夫檢校戶部尚書鄂州刺史兼御史大夫賜紫金魚袋贈尚書右僕射河南元公墓誌銘〉、崔玄亮的〈唐故虢州刺史贈禮部尚書崔公墓誌銘〉、李建的〈有唐善人墓碑銘〉……等可看出白居易所結交之士〝往來無白丁〞，亦可看出他所結交的這些高風亮節的友人，正是他爲人剛正不阿的最佳證明。

唐代文化高度發達，統治者對各種思想兼收並蓄，儒、釋、道等思想在唐朝均得到快速發展。白居易受所處時代的影響，思想也呈多元狀態。多元思想爲白居易面對現實和人生的進退升沉、順逆榮辱，提供了極大的精神支撐，進則懷兼善天下之志，以儒爲先鋒，積極進取；逆則偏居一隅，或覓仙尋道，或清淨談禪。

他的思想和人格素質的鑄成，受著多方面的影響。如他以儒家思想中，吸取了健剛自強的人生態度和「爲政以德」的政治思想；從道家思想中吸取了潔身自愛，以及容忍不爭和喜愛自然、放達自適的精神；從佛教中吸取了慈悲爲懷、樂善好施的思想等等。這些人生觀的積極面，既表現在在他的性格人品上，也反映在他的詩文創作上。

白居易在〈醉吟先生墓誌銘〉中說自己「外以儒行修其身，中以釋教治其心」，自幼稟受孔孟遺教，言行忠信，以身許國的白居易，卻因直言方行而遭人讒謗，遭謫江州。他遭到這樣的打擊，思想自然會有所改變：以前剛直用事，以後轉爲柔屈；以前排斥佛禪，以後篤信佛禪；以前雖也仰慕老莊，但未深入，以後則潛心研究，辟穀煉丹。白居易仕途坎坷，政治受挫折，他的兼濟天下積極用世的熱情消退，虛無恬淡的道家思想，與看破人生超越塵俗的佛教思想，逐漸占據他整個的思維。所以他到了晚年，便集儒、釋、道三教於一身，他處行於儒，置心於佛，浪跡於道。

碑誌作爲一種應用文體，有相對固定的形式和內容，本身就容易程式化，再加上碑誌主要是用於社會和人際關係的應酬文字，創作者有應酬之累，無創作激情，因襲舊式，敷衍了事，就使碑誌的程式化更加積重難返。從六朝到初唐的許多碑誌，內容上都是記述曆官，鋪敍閥閱，歌功頌德，浮泛空洞，形成了「鋪陳郡望，藻飾官階」的所謂模式；形式上一概講究對偶，鋪排典故，在一套凝固僵死的程式中表達一些空洞抽象的內容。從總體而言，這些碑誌文思想意義不大，行文也未能完全擺脫舊的體格，但樂天在寫作這類稱頌德業的記實之文時，已開始採用古文筆法，夾敍夾議，敍事求實錄，議論

求平實，樸實簡潔，情意眞摯，善用修辭，從白居易碑誌文中「題」、「序」、「銘」三部分作探究，可見白居易對文體、文風進行改革。

白居易之碑誌文，爲人所津津樂道者，爲表現平實簡潔作品，白居易能恰如其分，且精於剪裁，著重大節之敍寫。所寫的碑誌文，往往流露出滿腔眞情，特別對至交、親屬之身世坎坷、賢而早夭，皆以感情帶文；感情深摯沉痛，句句發自肺腑。且善用修辭發揮中國文字的特性，白居易可稱是撰寫碑誌的名家，而且其中有許多碑誌作品，是文隨人異。從內容到形式能不落俗套，並非是千篇一律、固定不變的格局。

〈醉吟先生墓誌銘〉云：「凡平生所慕所感，所得所喪，所經所遇所通，一事一物以上，布在文集中，開卷而盡可知也。」這就是說，白居易一生的經歷遭際、窮通得失以及他的所慕的人生理想和所感的生活體驗，均記錄、表述在他的詩文中了。研究白居易碑誌文，由於墓主不僅與白居易生活在同一個時代，而且有的墓主與白居易關係密切，或爲親人，感情血融於水；或爲朋友，彼此交往甚厚。除了此種關係以外，有些墓主是當時頗爲聞名的人物，而且白居易對他的了解也不淺。因此，史書有些傳記，即取材於白居易所撰碑文。有關研究人物家世背景、認知喪輓文學發展、進行歷史地理研究、瞭解當代社會狀況、明瞭唐代官制制度、探究佛道流行情況、補史籍記載之闕漏等，白居易碑誌文具有參考價值。

葉國良先生認爲今後唐代墓誌的研究，可劃分爲資料的整理、資料的運用兩個範疇。〔註1〕資料的整理，是唐代墓誌本身的研究，應包括分類出版拓本、文字考釋、釋例。資料的運用，包括研究職官學、沿革地理學、家族史、傳記學、古都學、宗教史、禮制史、曆法學、氏族遷徙、詩文校讎等學門，都有開發的價值。

白居易碑誌作品中，潛藏豐富的價值，只要學者能善於讀取與考證，必能一一如躍眼前。希望本論文之發表，能夠引起學界對白居易散文及唐代碑誌作品研究之興趣。學海無涯，本人才疏學淺，本論文終不免於闕漏謬誤，尚祈先進鴻儒，予以賜教。

〔註 1〕葉國良：《石學蠡探》（台北：大安出版社，1989 年），頁 255。

參考書目

（古籍依作者朝代，其餘依作者姓氏筆劃順序排列）

一、專書

（一）白居易專書類

1. 王拾遺：《白居易生活系年》，銀川：寧夏人民出版社，1981 年。
2. 王拾遺：《白居易傳》，西安：陝西人民出版社，1983 年
3. 唐・白居易：《白居易集》，台北：漢京文化事業，1984 年。
4. 唐・白居易：《白氏長慶集》，台北：藝文印書館，1981 年。
5. 唐・白居易著、朱金城箋校：《白居易集箋校》，上海：古籍出版社，1988 年。
6. 朱金城：《白居易年譜》，上海：古籍出版社，1982 年。
7. 朱傳譽主編：《白居易傳記資料》，台北：天一出版社，1982 年。
8. 邱燮友：《白居易》，台北：國家出版社，1988 年。
9. 施鳩堂：《白居易研究》，台北：天華出版社，1981 年。
10. 陳友琴編：《白居易資料彙編》，北京：中華書局，1986 年。
11. 陶宗翰編：《白香山詩集》，台北：新陸書局，1963 年。
12. 楊宗瑩：《白居易研究》，台北：文津出版社，1985 年。
13. 楊國娟：《白居易長恨歌與琵琶行的研究》，台北：光啓出版社，1981 年。
14. 褚斌杰：《白居易評傳》，北京：北京大學出版社，1985 年。
15. 劉逸生編：《白居易詩選》，台北：遠流出版社，1988 年。
16. 劉維崇：《白居易評傳》，台北：商務印書館，1996 年。
17. 謝思煒：《白居易集綜論》，北京：中國社會科學出版社，1997 年。

18. 謝思煒：《白居易詩集校注》，北京：中華書局，2006 年。

19. 羅聯添：《白樂天年譜》，台北：國立編譯館，1989 年。

20. 羅聯添：《白居易散文校記》，台北：學海出版社，1986 年。

（二）金石類

1. 清·王芑孫：《金石三例》，台北：商務印書館，1970 年。

2. 王行：《墓銘舉例》，台北：商務印書館，1978 年。

3. 中國科學院考古研究所編：《西安郊區隋唐墓》，北京：科學出版社，1966 年。

4. 中國社會科學院考古研究所編：《唐長安城郊隋唐墓》，北京：文物出版社，1966 年。

5. 毛漢光：《唐代墓誌銘彙編附考 1～18 冊》，台北：中央研究院歷史研究所，1985～1994 年。

6. 北京圖書館金石組編：《中國歷代石刻拓本匯編》，北京：中州古籍出版社，1989 年。

7. 朱劍心：《金石學》，北京：文物出版社，1981 年。

8. 李域錚：《西安碑林》，台北：華正書局，1987 年。

9. 李慧編：《陝西石刻文獻目錄集存》，西安：三秦出版社，1990 年。

10. 孟繁峰主編：《隋唐五代墓誌滙編·河北卷》，天津：天津古籍出版社，1991 年。

11. 周紹良主編：《唐代墓誌彙編》上下冊，上海古籍出版社，1992 年。

12. 周紹良、趙超：《唐代墓志滙編續集》，上海：古籍出版社，2001 年。

13. 河南省文物研究所編：《千唐志齋藏石》，北京：文物出版社，1982 年。

14. 施安昌：《唐代石刻篆文》，北京：紫禁城出版社，1987 年。

15. 馬衡：《凡將齋金石叢稿》，北京：中華書局，1996 年。

16. 徐自強、吳夢麟：《中國的石刻與石窟》，台北：台灣商務印書館，1994 年。

17. 陝西省博物館編：《西安碑林書法藝術》，陝西：人民美術出版社，1992 年。

18. 陳龍海：《名碑解讀》，台北：牧村出版社，2000 年。

19. 張沛：《昭陵碑石》，西安：三秦出版社，1993 年。

20. 國家圖書館善本金石組編：《隋唐五代石刻文獻全編》全四冊，北京：北京圖書館出版社，2003 年。

21. 程章燦：《石學論叢》，台北：大安出版社，1999 年。

22. 程徵、李惠編著:《唐十八陵石刻》,陝西:人民美術出版社,1988 年。

23. 葉國良,《石學蠡探》,台北,大安出版社,1989 年。

24. 葉國良:《石學續探》,台北:大安出版社,1999 年。

25. 葉昌熾:《語石》,遼寧:教育出版社 ,1998 年。

26. 葉程義:《漢魏石刻文學考釋》,台北:商務印書館,1970 年。

27. 隋唐五代墓志滙編編輯委員會編:《隋唐五代墓志滙編》,天津:古籍出版社,1991 年。

28. 趙超《中國古代石刻概論》,北京:文物出版社 1997 年。

29. 趙超:《古代石刻》,北京:文物出版社,2001 年。

30. 趙超:《石刻史話》,台北:國家出版社,2003 年。

31. 趙超:《古代墓誌通論》,北京:紫禁城出版社,2003 年。

32. 趙萬里:《漢魏南北朝墓誌銘集釋》,台北:鼎文書局,1972 年。

33. 饒宗頤編:《唐宋墓誌:遠東學院藏拓片圖錄》,香港:中文大學出版社,1981 年。

(三) 唐代研究相關書目

1. 宋·王溥:《唐會要》,台北:世界書局,1989 年。

2. 宋·王讜:《唐語林》,台北:商務印書館, 1997 年。

3. 宋·王讜,周勛初校證:《唐語林校証》,北京:中華書局,1987 年。

4. 唐·元結:《元次山集》,台北,河洛圖書出版社,1988 年。

5. 向淑雲:《唐代婚姻法婚姻實態》,台北:商務印書館,1991 年。

6. 唐·李林甫:《唐六典》,北京:中華書局,1992 年。

7. 唐·李肇:《唐國史補》,台北:世界書局,1978 年。

8. 李志慧:《唐代文苑風尚》,台北:文津出版社,1987 年。

9. 李樹桐:《隋唐史別裁》,台北:台灣商務印書館,1995 年。

10. 岑仲勉:《隋唐史》,北京:中華書局,1980 年。

11. 尚永亮:《元和五大詩人與貶謫文學考論》,台北,文津出版社,1993 年。

12. 尚永亮著:《科舉之路與宦海浮沉—唐代文人的仕宦生涯》,台北,文津出版社,2000 年。

13. 唐·長孫無忌:《唐律疏義》,台北:商務印書館,1965 年。

14. 宋·姚鉉:《唐文粹》,台北:商務印書館,1979 年。

15. 段塔麗:《唐代婦女地位研究》,北京:人民出版社,2000 年。

16. 高世瑜:《唐代婦女》,西安:秦出版社,1988 年。

17. 唐·高彥休:《御覽唐闕史》,台北:藝文印書館,1966 年。

18. 明·胡震亨：《唐音癸籤》，台北：木鐸出版社，1982 年。

19. 胡可先：《中唐政治與文學—以永貞革新爲研究中心》，合肥：安徽大學出版社，2000 年。

20. 陝西省博物館編：《隋唐文化》，香港：學林出版社，1990 年。

21. 馬銘浩：《唐代社會與元白文學集團關係之研究》，台北：臺灣學生書局，1991 年。

22. 陳寅恪：《唐代政府史述論稿》，台北：里仁書局，2000 年。

23. 逢甲大學中國文學系編：《六朝隋唐學術研討會論文集》，台北：文史哲出版社，2004 年。

24. 清·聖祖御定：《全唐詩》，台北：明倫出版社，1971 年。

25. 傅樂成：《隋唐五代史》，台北：長橋出版社，1979 年。

26. 傅璇琮：《唐代科舉與文學》，台北：文史哲出版社，1994 年。

27. 楊樹藩：《唐代政制史》，台北：正中書局，1967 年。

28. 鄧小軍：《唐代文學的文化精神》，台北，文津出版社，1993 年。

29. 後晉·劉昫等撰、楊家駱主編：《舊唐書》，台北：鼎文書局，1994 年。

30. 唐·劉肅：《大唐新語》，北京，中華書局，1985 年。

31. 宋·歐陽修、宋祁等撰、楊家駱主編：《新唐書》，台北：鼎文書局，1994 年。

32. 羅聯添：《唐代文學論集》上下冊，台北：台灣學生書局，1989 年。

（四）古籍類

1. 漢·趙岐注、宋·孫奭疏：《孟子注疏》，台北：新文豐出版公司，十三經注疏本，2001 年。

2. 漢·司馬遷：《史記》台北：泰順書局，1971 年。

3. 漢·班固：《漢書》，台北：鼎文書局，1991 年。

4. 漢·班昭：《女誡》收錄於《古今圖書集成·閨媛典》，台北：鼎文書局，1985 年。

5. 漢·許慎：《說文解字》，台北：藝文印書館，1967 年。

6 南朝宋·范曄：《後漢書》，台北：鼎文書局，1975 年。

7. 北齊·顏之推：《顏世家訓》，北京：中華書局，1993 年。

8. 梁·劉勰：《文心雕龍》，台北：學海出版社，1991 年。

9. 唐·元稹：《元稹集》，台北：漢京文化事業，1983 年。

10. 唐·宋若昭：《女論語》收錄於《古今圖書集成·閨媛典》，台北：鼎文書局，1985 年。

11. 唐‧鄭氏：《女孝經》收錄於《古今圖書集成‧閨媛典》，台北：鼎文書局，1985 年。

12. 唐‧杜佑：《通典》，台北：大化書局，1978 年。

13. 宋‧李昉等編纂：《文苑英華》，台北：新文豐出版社，1976 年。

14. 宋‧司馬光編著：《資治通鑑》，北京：中華書局，1956 年。

15. 宋‧羅大經：《鶴林玉露‧劉錡贈官制》，北京：新華書局，1997 年。

16. 宋‧歐陽修：《歐陽文忠公集》，台北：台灣商務書局，1967 年。

17. 明‧吳訥、徐師曾、陳懋仁：《文體序說三種》，台北：大安出版社，1998 年。

18. 明‧江進之：《雪濤小書》，台北：廣文書局，1971 年。

19. 清‧顧炎武：《日之錄》，台北：明倫書局，1979 年。

20. 清‧趙翼：《甌北詩話》，台北：廣文書局，1971 年。

21. 清‧阮元校勘：《阮刻十三經注疏》，台北：新文豐出版社，1979 年。

22. 清‧孫希旦：《禮記集解》，台北：文史哲出版社，1984 年。

23. 清‧王國維：《人間詞話》，台北：洪氏出版社，1976 年。

24. 清‧姚鼐：《古文辭類纂》，台北：廣文書局，1961 年。

（五）佛教類書

1. 大藏經刊行委員會編：《大正新修大藏經》，台北：新文豐出版社，1983 年。

2. 平野顯照著、張桐生譯：《唐代的文學與佛教》，台北：業強出版社，1987 年。

3. 宋晁迥：《法藏碎金錄》，台北：商務印書館，1970 年。

4. 南懷瑾：《禪宗與道家》，上海：復旦大學出版社，1991 年。

5. 洪修平：《中國佛教與儒道思想》，北京：宗教文化出版社，2004 年。

6. 孫昌武：《唐代文學與佛教》，陝西：人民出版社，1985 年。

7. 孫昌武：《禪思與詩情》，北京：中華書局，1997 年。

8. 郭紹林：《唐代士大夫與佛教》，台北：文史哲出版社，1993 年。

9. 宋‧普濟：《五燈會元》，台北：文津出版社，1986 年。

10. 宋‧贊寧：《宋高僧傳》，台北：文津出版社，1991 年。

11. 宋‧釋道原編著：《景德傳燈錄》，台北：新文豐出版社，1993 年。

（六）道家及道教類書

1. 晉‧王弼注：《老子道德經》，台北：文史哲出版社，1979 年。

2. 晉・王弼注：《老子帛書老子》，台北市，學海出版社，1994 年。

3. 王先謙：《莊子集解》，台北：三民書局，1981 年。

4. 孫昌武：《道教與唐代文學》，北京：人民文學出版社，2001 年。

5. 張成權：《道家與中國哲學》，北京：人民出版社，2004 年。

6. 葛兆光：《道教與中國文化》，台北：臺灣東華書局，1989 年。

7. 劉精誠：《中國道教史》，台北：文津出版社，1993 年。

8. 劉仲宇：《中國道教文化透視》，上海：學林出版社，1990 年。

9. 錢穆：《莊子纂箋》，台北：東大圖書股份有限公司，1985 年。

（七）修辭類

1. 向宏業、唐仲揚、成偉鈞主編：《修辭通鑒》，北京：中國青年出版社，1998年。

2. 杜淑貞：《現代實用修辭學》，高雄：高雄復文圖書出版社，2000 年。

3. 沈謙：《文心雕龍與現代修辭學》，台北：文史哲出版社，1997 年。

4. 林月仙：《實用修辭學》，台北：偉文圖書出版社，1978 年。

5. 金兆梓：《實用國文修辭學》，台北：文史哲出版社，1977 年。

6. 陳望道：《修辭學發凡》，台北：文史哲出版社，1989 年。

7. 崔紹範：《修辭學概要》，呼和浩特：內蒙古大學出版社，1993 年。

8. 黃慶萱：《修辭學》，台北：三民書局，1994 年。

9. 傅隸樸：《修辭學》，台北：正中書局，2000 年。

10. 黎運漢、張維耿編著：《現代漢語修辭學》，台北：書林出版有限公司，2001年。

11. 北朝・顏之推：《顏氏家訓・音辭編》，台北：臺灣古籍出版社，1996 年。

12. 譚全基：《修辭新天地》，台北：書林出版社，1994 年。

（八）目錄、索引

1. 吳汝煜主編：《唐五代詩人交往詩索引》，上海：古籍出版社，1993 年。

2. 傅璇琮、張枕石、許逸民編：《唐五代人物傳記資料綜合索引》，北京：中華書局，1980 年。

3. 羅聯添編：《隋唐五代文學論著集目》，台北：五南圖書出版公司，1996年。

（九）工具用書

1. 丁福保主編：《佛學大辭典》卷中，台北：新文豐初版，1985 年。

2. 吳汝均編注：《佛教思想大辭典》，台北：臺灣商務印書館，1992 年。

3. 黃秀文編：《中國年譜辭典》，上海：百家出版社，1997 年。

（十）參考網站：

1. 「中華民國期刊論文索引影像系統」
   http：//www2.read.com.tw/cgi/ncl3/m_ncl3

2. 「中央研究院・漢籍全文電子文獻・瀚典全文檢索系統」
   http//www.sinica.edu.tw/-tdbproj/handy1/http//

3. 「國家圖書館全國博碩士論文資訊網」
   http：//datas.ncl.edu.tw/theabs/1/

4. 「中國期刊網」
   http：//cnki50.csis.com.tw/kn50/

（十一）其他

1. 川合康三（日）著、蔡毅譯：《中國的自傳文學》，北京：中央編譯出版社，1999 年。

2. 王德保：《仕與隱》，北京：華文出版社出版，1997 年。

3. 清・吳曾祺：《涵芬樓古今文抄》，北京：華文出版社出版，1997 年。

4. 沈謙：《文心雕龍與現代修辭學》，台北：文史哲出版社，1997 年。

5. 胡適：《胡適文存》，台北：遠東圖書公司，1970 年。

6. 胡適：《白話文學史》台北：遠流出版社，1986 年。

7. 范文瀾：《中國通史簡編》，北京：人民出版社，1953 年。

8. 梁啓雄：《荀子柬釋》，台北：台灣商務印書館，1983 年。

9. 陳寅恪：《元白詩箋證稿》，北京：生活讀書新知三聯書店，2001 年。

10. 陳東原：《中國婦女生活史》，台北：商務印書館，1998 年。

11. 陳茂同：《歷代職官沿革史》，江蘇：華東師範大學出版社，1988 年。

12. 陳柱：《中國散文史》，台北：台灣商務印書館，1991 年。

13. 章太炎：《文學論說》高雄：復文圖書出版社，1984 年。

14. 張晉藩主編：《中國官制通史》，北京：中國人民大學出版社，1992 年。

15. 葉國良：《古典文學》，台北：學生書局，1979 年。

16. 廖美雲：《元白新樂府研究》，台北：台灣學生書局，1989 年。

17. 褚斌杰：《中國古代文體學》，台北：學生書局，1995 年。

18. 鮑家麟編：《中國婦女史論集》，台北：稻鄉出版社，1989 年。

19. 劉大杰：《中國文學發展史》，台北：華正書局，1977 年。

20. 劉申叔：《中古文學史》，台北：文海出版社，1972 年。

21. 劉詠聰：《女性與歷史——中國傳統觀念新探》，台北：商務印書館，1995 年。

22. 蔣星煜：《中國隱士與中國文化》，上海：中華書局印刷，1947 年。

23. 錢易：《南部新書》，台北：藝文印書館，1965 年。

24. 薛鳳昌：《文體論》，台北：商務印書館，1970 年。

25. 顧學頡：《顧學頡文學論集》，北京：中國社會科學出版社，1987 年。

二、論文

（一）學位論文

1. 金太熙，《韓愈所作墓誌銘研究》，私立文化大學中文研究所碩士論文，1995 年。

2. 周次吉，《唐碑誌所見女子身份與生活之研究》，國立台灣大學中文研究所博士論文，1978 年。

3. 俞炳禮，《白居易詩研究》，國立台灣師範大學中國文學研究所博士論文，1987 年。

4. 徐秀芳，《以教育和法律角度試論唐代婦女的角色》，國立清華大學歷史研究所碩士論文，1987 年。

5. 陳家煌，《白居易生命歷程對詩風影響之研究》，國立中山大學碩士論文，1999 年。

6. 陳文豪，《魏晉南北朝墓誌銘研究》，國立政治大學中文研究所博士論文，1998 年。

7. 楊曉玫，《中唐佛理詩研究》，私立玄奘人文社會學院宗教學研究所碩士論文，1990 年。

8. 趙佩玉，《盛唐碑傳文研究》，私立逢甲大學中文研究所碩士論文，1990 年。

9. 劉翔飛，《唐人隱逸風氣及其影響》，國立台灣大學中文研究所碩士論文，1978 年。

10. 劉香蘭，《蔡邕及其碑傳文研究》，國立政治大學中文碩士論文，1990 年

11. 韓庭銀，《白居易詩與釋道之關係》，國立政治大學中文研究所碩士論文，1985 年。

（二）期刊論文

1. 王永波，〈50 年白居易研究著作述評〉，《周口師範學院學報》第 3 期（2005 年 5 月），頁 30～36。

2. 王家歆，〈白居易的閒適詩及其閒適生活〉，《社教資料雜誌》第 187 期（1993 年 10 月），頁 1～5。

3. 王振芳，〈白居易所作墓誌銘簡論〉，《洛陽師範學院學報》第 6 期（2004 年），頁 71～73。

4. 王妙純，〈韓愈婦女碑誌探微〉，《國立虎尾技術學院學報》第 4 期（1990 年），頁 17～27。

5. 王夢鷗，〈白樂天之先祖及後嗣問題〉，《政治大學學報》第 10 期（1964 年），頁 7～12。

6. 牛玉秋，〈白居易詩論得失考〉，《古代文學理論研究》第 187 期（1993 年 10 月），頁 1～5。

7. 牛春玉，〈從策林看白居易的從政思想〉，《歷史文獻研究》第 3 期（1992 年），頁 100～113。

8. 勾利軍，〈白居易任東都分司官考述〉，《中州學刊》第 128 期（2002 年 3 月），頁 109～111。

9. 邢義田，〈從《列女傳》看中國式母愛的流露〉，《歷史月刊》第 4 期（1988 年），頁 98～108。

10. 吳敏霞，〈從唐墓誌看唐代世俗佛教信仰〉，《佛學研究》1996 年第 25 期（1988 年），頁 218～225。

11. 岑仲勉，〈白集醉吟先生墓誌銘存疑〉，《中央研究院歷史語言研究所集》第 9 期（1947 年 9 月），頁 52～68。

12. 林虹，〈試論白居易的婦女觀〉，《安徽廣播電視大學學報》第 2 期（2005 年），頁 107～109。

13. 林秀春，〈試論莊子中體道的境界〉，《問學》第 8 期（2005 年 6 月），頁 37～57。

14. 胡永炎，〈大秦景教流行中國碑〉，《藝術家》第 4 期（2003 年 4 月），頁 458～465。

15. 俞美霞，〈張旭嚴仁墓誌考—論唐代墓誌所反映的若干問題〉，《中華書道》第 24 期（1999 年 5 月），頁 52～68。

16. 張鳴鐸，〈大秦景教流行中國碑述略〉，《中原文獻》第 3 期（1997 年 7 月），頁 1～9。

17. 張萍，〈唐代刻寫碑誌的風氣〉，《故宮文物月刊》第 172 期（1997 年 7 月），頁 84～91。

18. 張慧禾，〈儒家孝文化──碑誌文體的文化意蘊〉，《兵團教育學院學報》第四期（2003 年 12 月），頁 6～10。

19. 陳維德，〈碑帖略論〉，《中華書道》第 16 期（1997 年 5 月），頁 27～37。

20. 許東海，〈諷諭與諫諍──從諫爭意識論白居易新樂府創作之理念與實踐〉，《中國古典文學研究》第 8 期（2002 年 12 月），頁 187～220。

21. 梅家玲，〈依違於婦德與才性之間：《世說新語·賢媛篇》的女性風貌〉，《婦女與兩性學刊》第 8 期（1997 年 4 月），頁 1～28。

22. 楊果，〈宋人墓誌中的女性形象解讀〉，《東吳歷史學報》第 11 期（2004年 6 月），頁 243～270。

23. 蔡正發，〈白居易散文述略〉，《古今藝文》第 187 期（1993 年 8 月），頁 28～36。

24. 劉秀蘭，〈莊子的生死觀〉，《問學》第 8 期（2005 年 6 月），頁 131～146。

25. 劉靜貞，〈女無外事？墓誌碑銘中所見之北宋士大夫社會秩序理念〉，《婦女與兩性學刊》第 4 期（1993 年 3 月），頁 27。

26. 簡宗修，〈評近人對「白居易集」佛教相關問題的研究〉，《文與哲》第 1 期（2002 年 12 月），頁 147～193。

27. 謝佩芬，〈近四十年來臺灣地區白居易研究概況〉，《中國唐代學會會刊》第 8 期（1991 年 10 月），頁 57～64。

28. 篠原亨一，〈白居易墓誌銘中的「結構」和「群體」〉，《中華佛學學報》第 4 期（1991 年），頁 379～450。

29. 蘇士梅，〈從墓志看佛教對唐代婦女生活的影響〉，《史學月刊》第 5 期（2003年），頁 84～88。

附　表　〈白居易碑誌文年表〉

年　代	白居易碑誌作品篇名
1. 永貞元年（805）	唐揚州倉曹參軍王府君墓誌銘（代裴頤舍人作）
2. 元和二年（807）	故滁州刺史贈刑部尙書滎陽鄭公墓誌銘（並序）
3. 元和二年（807）	唐河南元府君夫人滎陽鄭氏墓誌銘（並序）
4. 元和四年（809）	大唐故賢妃京兆韋氏墓誌銘（並序）
5. 元和五年（810）	唐故會王墓誌銘（並序）
6. 元和八年（813）	唐太原白氏之殤墓誌銘（並序）
7. 元和八年（813）	唐故坊州鄜城縣尉陳府君夫人白氏墓誌銘（並序）
8. 元和十二年（817）	唐江州興果寺律大德湊公塔碣銘（並序）
9. 元和十四年（819）	西京興善寺傳法堂碑銘（並序）
10. 長慶元年（821）	有唐善人墓碑銘（並序）
11. 長慶二年（822）	唐故通議大夫和州刺史吳郡張公神道碑銘（並序）
12. 長慶二年（822）	唐贈尙書工部侍郎吳郡張公神道碑銘（並序）
13. 寶曆元年（825）	如信大師功德幢記
14. 寶曆元年（825）	故饒州刺史吳府君神道碑銘（並序）
15. 寶曆二年（826）	華嚴經社石記
16. 寶曆二年（826）	海州刺史裴君夫人李氏墓誌銘（並序）
17. 大和三年（829）	蘇州重元寺法華院石壁經碑文
18. 大和五年（831）	唐故湖州長城縣令贈戶部侍郎博陵崔府君神道碑銘（並序）
19. 大和六年（832）	唐故武昌軍節度處置等使正議大夫檢校戶部尙書鄂州刺史兼御史大夫賜紫金魚袋贈尙書右僕射河南元公墓誌銘（並序）
20. 大和八年（834）	大唐泗洲開元寺臨壇律德徐泗濠三州僧正明遠大師塔碑銘（並序）
21. 大和八年（834）	唐故溧水縣令太原白府君墓誌銘（並序）
22. 大和九年（835）	唐故虢州刺史贈禮部尙書崔公墓誌銘（並序）

23. 開成元年（836）	東都十律大德長聖善寺缽塔院主智如和尚茶毗幢記
24. 開成元年（836）	唐銀青光祿大夫太子少保安定皇甫公墓誌銘（並序）
25. 開成二年（837）	唐故銀青光祿大夫秘書監曲江縣開國伯贈禮部尚書范陽張公墓誌銘（並序）
26. 開成四年（839）	唐東都奉國寺禪德大師照公塔銘（並序）
27. 開成四年（839）	唐撫州景雲寺故律大德上弘和尚石塔碑銘（並序）
28. 開成四年（839）	醉吟先生墓誌銘（並序）
29. 會昌四年（841）	淮南節度使檢校尚書右僕射趙郡李公家廟碑銘（並序）

附　圖

出處：王仁波主編：《隋唐五代墓誌滙編·陝西卷》（天津：天津出版社　1991
年），頁38。